# マイホーム

カリ・ホタカイネン　末延弘子……訳

Kari Hotakainen

Juoksuhaudantie

新評論

もくじ

# マイホーム

（株）新評論は、カリ・ホタカイネン著『マイホーム』の日本語訳出版に際し、フィンランド文学情報センター（FILI：Suomen kirjallisuuden tiedotuskeskus）より翻訳助成金を授与されました。ここに、深く感謝の意を心より申し上げます。

Me Shinhyoron Publishing Inc. kiitämme FILI:ä, Suomen kirjallisuuden tiedotuskeskusta, joka on myöntänyt käännöstuen Kari Hotakaisen Juoksuhaudantien japaninnoksen toteuttamiseen. Hyväntahtoisuutenne, toimeliaisuutenne ja iloisuutenne ovat auttaneet meitä etenemään parhain päin, mille kiitoksemme on ehtymätöntä.

# 第一章

# 基礎と暗渠排水（1）

# マッティ

リンゴの木の下にある庭のブランコに座って、芝生の上で素足を滑らせる。八月の黄昏時、サウナを焚く。もうすぐ二人が車から降りてきて、一緒にサウナに入るんだ。その前に、僕にすべてを与えてくれた彼に食事を与えよう。

あの見上げるような白樺で鳥が囀《さえず》っている。何の鳥だろう。僕は一日中、大きな叫び声と不整脈を刻む鼓動を聞いていた。自分の音なのに、今では何を伝えているのか分からなくなっている。優しい風が白樺にそよいで、鳥を連れ去ってゆく。視線を高く上げて地面から足を離すと、ブランコが僕をわずかにぐわんと揺らす。くらくらする。動きを止めても芝生がしばらく波打っているように感じるほど、一日の仕事疲れに脳の酸素が蝕まれてしまった。

借金は一円もないけど、説明する責任はある。すべては、妻と子どもを失った半年前に始まった。どうやって二人を取り戻せばいいのか、僕には分からなかった。ただ、言葉だけでは取り戻せないということは確実だった。

四月に入って間もないころの暮れなずむ金曜日、対スウェーデン戦のアイスホッケーの試合中に二人は出ていった。ブルーライン[2]でヘルミネン選手はパックをキープし、ぐるぐる回ってはカーブを切って、カラハティ選手に向かってパスをする。受けたパックは、猛烈な勢いでゴールに飛んでいくと跳ね返ってきた。僕は立ち上がって、「ちくしょう」と声を上

（1）地下排水の一方法。地下に設けた管路を用いて、排水する方法。

（2）防御氷域、中央氷域、攻撃氷域を分ける線。

げた。フィンランドがリードしている間に、妻のヘレナは娘のシニに服を着せて玄関先に立った。ヘレナがドアを開けたときにはもう手遅れで、「地獄で小さな炎に包まれればいいわ」と言い残して出ていった。

僕は二人の跡を追って走った。友人のシルックが玄関前に車を止めていて、ヘレナがシニを抱きかかえて後部座席に飛び込んだ。僕は後ろドアの取っ手をつかんだけれど、車の加速には勝てずに手を離した。解けかけた雪の上にどさりと倒れて、赤く点灯しているテールライトをじっと見つめるしかなかった。

家に戻ると、「インターバル中にフィンランドの勇士たちにアドルフ・アーンルース将官(3)からの挨拶をVTRで流します」と解説者が伝えていた。将官は椅子に腰かけ、震えながら独立国家の意義について話し、選手たちには最後まで正々堂々と戦うように命じた。僕には、自分専用の嘔吐バケツがある。近くに置いていなかったので、白いマットの上にコップ二杯くらい嘔いた。そうやって、ムカつく将官を洗い流した。

シルックの携帯電話にかけてみたけれど、つながらない。家の電話にかけてみると留守番電話になっていたので、メッセージを残した。

「マッティです。あれは間違いだから、すぐに戻ってきてくれ。こんなふうには終われないよ」

電話口に座って、ヘレナから電話のかかってくるのを待っていた。もうすぐヘレナはかけてくる。そして、一五分後にはシニと戻るから、と言うはずだ。

（3）（1905～2004）対ロシア戦となる冬戦争（1939～1940）や継続戦争（1941～1944）の前線で果敢に戦って功績を残している。退役軍人となっても各メディアを通して意見を表明し続け、傷病兵や退役軍人の生活状況や社会活動を支援した。

三日後に手紙をもらった。そこには、僕の性格や事態の法的手続きの詳細事項が書かれてあった。ヘレナは離婚を申請して、半年間の再考期間が終了するまで待つと書いてある。離婚は、彼女にとって疑いなく当然のことだった。

僕はバルコニーに出て、タバコと手紙に火を点けた。

手紙が着いてから二日間は悲しみと憎しみが沈殿し、息は絶え絶えになり、胸は締めつけられ、奇妙な目眩の発作を何度も起こした。身体がぶるぶる震えて、眠っている途中でふいに飛び起きたり、夜明けからバルコニーに出ては握りしめた拳を見つめて、このごつごつした物体は誰のものだろうと思ったりした。

ヘレナは、一回の殴打を離婚目的の根拠に取り上げた。そう、一回の。

じゃあ、そうなるまでの経緯《いきさつ》はどうだったんだ？　彼女はひどいことを言った。目の前が霞むくらい、食器棚の輪郭がぐらぐらと揺らぐくらい、そして目の前が見えなくなるくらいひどいことを言った。遠い昔から人類が行ってきた、古風なやり方で攻めてきたんだ。僕が手を出してしまえるように、言葉で攻めてきたんだ。裁判所や社会福祉機関は、青痣のついた彼女のために、手厚く赤いカーペットを敷いてきたようだった。

この拳が飛ぶ前まで、僕は精いっぱいやってきた。「精いっぱい」と僕は言った。なのにヘレナは、「ちっとも」と言った。

僕は心を広くもって受け入れ続けてきたし、理解を示して不当な条件も飲んできた。スパと同じくらい定着してきた家族セラピーというものにすら、通うことにもなった。この国では、家でぶらぶらしながらロックに聴き入っている間に、行き詰まって瀬戸際に立たされた夫婦関係をケアするためのセラピストや心理学者がわんさか育成されていたのだ。一週間目はこのセラピー通いを悔やんだけれど、呼吸法や腹筋のおかげで、部屋に入って黄色い椅子に座る患者を取り繕うことができた。

残念ながら、我慢にも限界があった。セラピストは、両者の立場を理解する産毛のような髭を生やした羊みたいなやつで、その憐れむような視線に耐え切れなかったのだ。うぶ髭の生えたセラピストは長い関係を森の散策にたとえて、僕たちはコンパスを忘れて砂丘に取り残されたような状態だと言った。「危機はチャンスですから、砂丘に身を投げて深呼吸するように」と、うぶ髭がすすめてきた。僕はインスタントコーヒーを書類にこぼすと、「老体夫婦のリハビリに来たわけじゃない」と声を上げた。うぶ髭はこれといって驚かずに汚れを拭くと、「意見をもたなくては人間は枯れていきますから」と言って、僕が意見を言ったことに感謝したのだ。そして、僕がＯＨＰを引っくり返して行動を起こすと、うぶ髭はドアを開けて出て行くように促した。

二日間ほど部屋の中を行ったり来たりしながら、発散し足りないエネルギーを爆発させた。徹底的に部屋を掃除して、ぬいぐるみをベッドに並べ、隅々まで念入りに磨いた。最初は、ヘレナは自分が怒っているということをアピールしたいだけだと僕は思っていたけれど、次第に離婚が真実味を帯びてきた。

毎日がぼやけて過ぎてゆく。その細かいことまで覚えていない。僕は捨てられたのだ。庭で母親と子どもの姿を見ると、僕のものだったのにと思う。テレビで保育園の問題についてレポートしていると、すっ飛んでスイッチを消す。服のコマーシャルに出てくる茶色い髪をした女性は、みんなヘレナに見えた。

ぬいぐるみは最悪だった。どこを向いてもあるし、まるで殺人者のように僕をじっと凝視している。それらをすべて集めて大きな段ボール箱に一つにまとめて、衣装ダンスの中にしまった。クマの絵柄の小皿が流し台に置きっ放しだったから、毒を盛られた食器を扱うようにゴミ箱に投げ捨てた。

ある日、ヘレナから電話がかかってきて、接近禁止法を申請したと語った。一回殴っただけでこんな仕打ちはないと叫んだけれど、自分には行政がついているからときっぱりと言ってきた。そんなことできるはずがない。でも、ヘレナのちょっとした言動に僕はひどく傷ついて、受話器をガシャンと置いた。

僕はヘレナに手紙を書いた。建設的で平和的な雰囲気を出そうと、できるかぎり努めた。そして、シニにできればすぐにでも会わせてくれと頼んだ。ヘレナは承諾したけれど、離婚の意志は曲げなかった。

ヘレナは娘をスーパーの駐車場へ連れてきて、僕のところへ走らせた。シニを掻き抱いて、嗚咽が出るのを必死で抑えた。シニは、僕の後れ毛をぐるぐるといじりながら、今までどこにいたのか聞いてきた。

「家にいたよ」

「でも、あたしたちのお家じゃないでしょ。あたしたちのお家はいま、ママのともだちのお家だよ」

「もうすぐ、おまえたちは本当の家に戻ってくるから」

「でも、ママはもどらないって」

「ママは冗談を言ってるだけだよ」

「ちがうもん。アイスがほしいよう」

「じゃあ、家で食べよう。本当の家でね」


月曜日の朝、シニを返しに連れていった。ヘレナが、この前と同じ駐車場を娘の返却場所として指定してきたのだ。「返却場所」として。一体どうやったら、そんな言葉が出てくるんだ？　シニをぎゅっときつく抱きしめて、「次に会うときはリンナンマキ遊園地(4)に行こう」と言った。

「木のうまにね」

「馬だね」

「あのぐるぐるまわってるうまだよ」

「わかった」

「それからキリンにも」

「約束だ」

（4）ヘルシンキにある遊園地。木製のジェットコースターで有名。

シニは、金髪をなびかせてヘレナのもとへ駆けてゆく。ヘレナは娘を抱き上げると、人込みに消えていった。

その次の日から、ジョギングコースを延長した。体力で走らずに、精神力で走った。走り終えてシャワーを浴びると、自分がどこを走ったか思い出せなかった。長距離を走った足はくたびれて、しばらく部屋で休んだ。

ある日曜日の午後、長いジョギングの終盤で、いつもは走らない道を走って迷ってしまった。一戸建てが立ち並んでいる小道の交差点で立ち止まって、足を休ませると、汗がダラダラと流れてきた。

呼吸が整ったあと、ぐるりと周りに目をやった。目に飛びこんできたのは緑の自然だった。サンザシの垣根、リンゴの木々、生い茂るリラ、白樺、松、ハンノキ、植え込みの数々。緑を縫って見えてくるのは、古びた一軒家の壁、庇、ベランダ、玄関、窓、そして、切り妻屋根だ。僕は目を細めた。日は高く昇り、頭上を容赦なく照らしている。

太陽の輝きと青い緑の向こうから、ガーデニング用の手袋をはめた男性の姿が見えた。彼は、思案をめぐらせながら雑草を引き抜いている。鬱蒼と茂ったモミの垣根越しに、隣人が芝刈り機を唸らせながら突っ込んでくる。どこからか遠くのほうで、子どもの甲高い叫び声や笑い声が聞こえてきた。

流れる汗は気にせずに、小道をどんどん進む。垣根の隙間から茶色い肉がちらりと見えて、足を止めた。

緑の庭を横切るように女性がくつろいでいる。白ワインの入ったグラスとインテリア雑誌を手に、デッキチェアに座っている。小さな丸いテーブルにグラスを置くと、光沢のある分厚い雑誌を読み始めた。ときどき雑誌を胸の上に置いては、彼女のために天に昇ったかのような太陽を仰いでいる。高価なものを扱うように長い足を動かし、いちばんよい体勢を探そうと徐《おもむろ》に足を組みかえる。何だか、胸のすぐ下から足が際限なく出てきているみたいだ。

サンザシの垣根の脇にある溝に大きな石があったので、そこに腰かけて垣根越しに女性をじっと見ることにした。彼女はページをめくっては目を細めている。すると、どこからかピシャリと手を叩く音が聞こえた。僕は体勢を整えると、ライトブラウンのショートパンツとノースリーブのシャツを着た小太りの男性が、ビーチサンダルの踵をピシャピシャと鳴らしながら女性のほうへ歩いてくる。男性は女性の前で立ち止まって額にキスをし、隣にあった自分のデッキチェアに腰かけた。椅子の布がクジラのような巨体で軋んだ。そう、そこに二人は腰かけた。太陽と二人以外に誰もいない。

僕は姿勢を直して、庭全体が見えるように数本の枝を脇によける。二本の古いリンゴの木に、ベリーの木と丈の低い観賞植物がいくつかある。芝生は刈りたてで、地面には芝刈り機から吐き出された草が束になってあちこちに散在している。

そして、赤い色が目に入ってきた。庭の奥に佇んでいる古い木造家屋だ。

自分の中で何が起こったのか分からなかったけれど、その瞬間、すべてが動き出したと思った。もう、後戻りはできないと感じたのだ。

あんな家がほしかった。

ぞくぞくとして、石の上に立った。太陽が上からぎらぎらと直射する。きっと、熱さからくる脱水症状のせいで気が昂ぶっているんだろう、と思った。昂ぶる気持ちから解放されたくて家から離れた。

赤い家から二〇〇メートルくらい先まで歩いて、事実を繰り返してみる。

僕は、生まれてからずっとアパート住まいだ。シンプルで気のおけない住居形態が気に入っている。今までに、マイホームについての本は読んだことはあるけれど、買う気を起こさせるような気持ちにはならなかった。むしろ、リフォーム代やら、水漏れする管やら、暖房費用のことを考えると恐ろしくなったくらいだ。

僕は家路を急いだ。さっきの男性と女性、そして二人の赤い家が、噴き出してくる汗と一緒に余すところなく流れ落ちてくれますようにと思いながらシャワーを浴びる。そして、一服しようとバルコニーに座ってもあの赤い家が依然として目に浮かんでくる。

これは何だ？　少なくとも夢ではない。夢というのは穏やかな感情だ。話し相手の反応を味わいながら、ゆったりと構えて話すものだ。夢というのは家族の中だけの話だ。子どもが成長した後にいつか叶えられるようなものであっても、快く話題に上るものだ。

子どもを寝かしつけたあと、何千というアパートで町外れの小さなマイホームの夢を見る。見積もりを立てて、雑誌をパラパラめくって、日曜日にオープンハウスに足を運んでは溜息を吐くものだ。

ただ、一体全体、このことと僕とどんな関係があるんだ？　願望は僕のものではなく、妻ヘレナのものだということに気がつくと、すべてのことがぱっと鮮明に蘇った。頬を紅潮させながら、友だち夫婦の家や庭やベランダの造りについて語っていたヘレナの様子を。魅力的なディテールについて、地下室の使い勝手について、そしてインテリアについて繰り返し繰り返し話していた様子を。彼女がこの地域をひどく望んでいた様子を。

僕はといえば、聞く気もなく、家事でぐったりと疲れてソファでうとうとしながら生返事をしていた。週末になると、この地域まで散歩に誘われたけれど、僕はそれ以上にほかにやることを捻り出すばかりだった。

彼女は家が欲しい。

僕は家族が欲しい。

家を持てばきっと上手くいく。

僕は準備に取りかかった。

人生は上手くいっていなくても、良い面が一つだけある。ヘレナとシニがいない間に、このことに全神経を注ぐことができた。家の購入を前にして、並々ならぬ苦労をすることが目に見えて分かっていた。

家について僕は何も知らなかったけれど、希望を芽生えさせた赤い家が、後に増築された、いわゆる退役軍人家屋だというくらいは知っていた。偶然かどうかは知らない。でも、僕だって家庭戦線に立つ主夫だ。女性たちの解放戦争のベテランなんだ。

僕は、この国で最初に主夫業に就いて、女性の解放に貢献したグループに入る。だからといって感情的になっているわけでもなく、性別間の対立と混同しているわけでもない。

家庭戦線主夫は家事を引き受け、女性に理解を示す。結婚しているときは、父親たちがこれまでにやり残したことをすべてやった。洗濯物を洗って、食事を作って、部屋を掃除して、彼女には自分の時間を与えて社会から家族の立場も守った。仕事の愚痴や情緒不安定や希望に対して、ありとあらゆる優しさを示しながら何時間も耳を傾け、家事から解放してあげようと広範囲にわたったオペレーションを施した。彼女がぐったりと疲れて帰宅したときも、食事の準備に手を抜くことはなかった。

毎日、同じ作業を繰り返しているうちに、腕がプロ並みになってくる。シニを腕に抱きかかえながら、床に落ちたパンくずを拾おうとしゃがむこともできるし、むずかる声に耳も慣れて、少々の叫び声にも中枢神経はびくともしなくなった。

毎晩、寝る前に童話を読んで聞かせた。四年間にわたって。合計すると約一五〇〇ページ、平均すると一晩あたりにつき四ページだ。『ヒップラネズミと這い虫たちの冒険』は何ページだったろう、誰かに数えてもらうことにしよう。

ヘレナが出張に出ているとか、偏頭痛にかかっているような厳しい状況でも、二日分の食事も作れるし、食器も洗えるし、家族の食事もこなせるようになった。家族セラピストの冷めた視線を浴びながらでも、これらの仕事を文句一つ言わずにやってのけたと誓って言える。

耳を傾け、理解を示し、さすって、愛撫し、セックスが終わっても雰囲気を大事にした。どの行為をとっても、何の教育も受けていないし、お手本になるようなものもない。大人になって、女性たちの解放戦争の恐怖と火の嵐を体験することになったが、黒い三角形の目の眩むような暗闇を見ながらこう確信した。そこに頭を突っ込んでしまうと光の場所に出られない、と。

でも、僕は突っ込んで光へ立ち上がった。ユコラ兄弟[5]が字を覚えるように、頭を木にぶつけるように面くらいながらセックスに密かに磨きをかけたのだ。僕は恐怖に打ち勝った。恥ずかしさに打ち勝ったのだ。けれど、大きな仕事と厳しいノルマへのひどいプレッシャーに蝕まれ、快楽の一部をもっていかれてしまった。それでも、ヘレナのけだるげな表情が、今まで続けてきた開拓者の仕事に対する大きな救いだった。

この一〇年間、家庭に関するあらゆることに一〇〇パーセントの力を注いできた。そのせいで、アイスホッケーのフィンランド代表チームのキャプテンであるティモ・ユティラ選手が、「あらゆることに一一〇パーセントの力を注いでやります」と言ったときには傷ついた。一体、彼は何を言い出すのか。毎日の小遣いがあって、男ばかりの集団にあって、そして海外でホテル住まいの彼には、自分のこと以外に管理するものは何もない。ほかの選手たちが小さな物体を追いかけるために余裕をもって競技場に向かっている間、僕は料理をして、子どもの世話をして、女性の仕事をして、自分の仕事場の環境を整えていたのだ。

できることはすべてやった。ただ、やりすぎた部分もある。この仕事におとなしく打ち込

（5）アレクシス・キヴィ（1834〜1872）著『七人兄弟（Seitsemän veljestä）』（1870）に登場する兄弟。社会の中で、様々なことを身につけて成長していく物語。

んだことが重荷になった。ヘレナがこのことを暗にほのめかして、自分について話してきたら、と男の井戸端会議をすすめてきた。もちろん、きっぱりと断ったけれど、再三にわたるほのめかしに苛立ちを覚え、僕たちの日常が喧嘩と和解の波間に揺れ動くようになってきた。ついには辛い交戦状態になってしまい、僕はリビングのソファに座って黙り込み、ヘレナはトイレの床に泣き伏せた。

交戦状態は後に引けなくなってしまった。大砲の地鳴りは止み、粉砕したモミのような二人はどうにもしようがないように突っ立って、沼地から煙が上がった。静かなる戦線はごまかしだった。当事者同士は対峙し合い、売り言葉に買い言葉を放っては決定的な瞬間を待っていたのだ。

ヘレナがやった。

ヘレナに言わせると、僕がやった。

僕が手を上げた。

だけど、言ったのは誰だ？

ヘレナだ。

彼女と家族のためを思ってやったことを考えれば、文句を言われる筋合いはない。

一語一句は覚えていないけれど、僕は料理が下手で、家にうずくまっている野心のない負け犬で、オーブンでくつくつ煮込んだ粥みたいに煮え切らない思いを抱いている、と言われた。くんくん鳴かずに、ロックを聴きに行くなりして男連中のところへ行ったり、どこかに派兵したりすればよいのに、と。

罵声は止めどもなく出てきそうだったけれど、僕がそうさせなかった。口をめがけて殴るつもりだったのに、的が外れて拳がこめかみと頬のくぼみに入ってしまった。ヘレナはよろめいて、棚の角に頭をぶつけて床に倒れた。

このことが頭から離れない。僕は常習的な家庭内暴力者ではなく、過ちを一つ犯しただけの一兵卒にすぎない。一〇〇分の一秒の間に、拳は手の中で大きくなって、ロケット花火のように部屋をぐるりと巡るレールを飛び立った。暴力にまったく慣れていない僕は、あまりにも力任せに、あまりにも適当に手を振りすぎた。悪気のないビンタを頬に食らわしても、同じことになっただろう。

もしも、彼女が叩き返してくれていたら。もしも、僕が手を上げなかったら。もしも、違う言葉を彼女が選んでいたなら。もしも、自分の目の中で燃えている黒点を気にしなかったら。もしも、もしも、もしもは尽きない。がらんどうの部屋で、「もしも」に食われてしまう。どれくらい感情を表に出せるというのだろう？　この質疑は野党ですら提示できない。

叫んではいけなかった。叩いてはいけなかった。そのことは認めるけれど、できるかぎり広く感情表現ができるように自分を鍛えていれば、やりすぎることはなかっただろう。この言い訳にヘレナは聞く耳をもたず、シニと寝室に閉じこもってしまった。

感情表現は、僕の年代の男性にとって生活には欠かせない。だからこそ、感情表現の許せる度合いを測る尺度が、ヘレナや行政にあるというのは不当に思えてならない。

僕には休戦に入る心構えがあったのに、彼女はチャンスを与えてくれなかった。家を出ていってすぐ、額にできた打撲跡を行政に見せにいって電話をかけてきた。家財はすべて僕が、子どもは彼女が引き取ると伝えてきたのだ。受話器が音を立てるくらい、手の中でぎゅっと握りしめた。

一九八八年の法改正の後、離婚が国民の大いなる娯楽になっているという事実に気が休まることはこれっぽちもない。改正された法では、半年間の再考期間が終われば、玄関先で「さよなら」と手を振ることができるようになったのだ。戦後、年に平均して三五〇〇組が離婚している。一九八五年には九〇〇〇組が、そして一九九五年には一万四〇〇〇組を上回った。

離婚がひどく加速したのは、一九八〇年代後半と一九九〇年代初めの不況のころだ。当時は、社会が安全策を敷くほど離婚が日常茶飯事となっていた。社会的な過少評価や恥を感じないままに、その保護下に夫婦のいずれかが傾いた。そして、自分がその統計に加担しつつあると思うと吐き気がした。

統計は冷ややかな数字にすぎない。機械的な数字が、生活臭を帯びてくると温かくなる。実際の数字というのは、電卓ではなく心で数えなくてはならないのだ。

一万四〇〇〇組というのは、実際には二万八〇〇〇人の離婚者を意味する。離婚一件につき、二人プラス子ども一人、もしくは、それ以上の子どもが累積される。フィンランドの一家庭あたり子どもはだいたい二人いる。ということは、その小さな子どもの分だけ離婚数が膨らむというわけだ。つまり、離婚は四人を巻き込むことになる。数字はそこで留まるわけではない。離婚という作業には、当事者同士に加えて、関係当局、ソーシャルワーカー、弁護士、警察、シェルターのスタッフ、心理学者、身内がかかわってくる。突如、2DKで積み重ねられた離婚がアパート全体をもぐらつかせる。

統計調査は、ヘレナとシニに歩み寄る助けにはならなかった。統計局から取り寄せた資料を燃やして、流し台に投げ捨てた。燃え尽きた紙の煙がキッチンを漂うと、パイヤンネ湖畔(6)にあるヘレナの両親のサマーコテージを思い出した。

シニが三つのころ、夏の間、そこで数週間を過ごした。広大な湖の岸辺を歩いていたら、冬がきたら水はどこに入れておくの、とシニから聞かれたことを思い出した。

「水は氷の下にいるんだよ」「そこでなにするの？」「待ってるのさ」「なにをまってるの？」「夏が来て、氷を解かしてくれるのを待ってるんだ」「夏はいつくるの？」「今が夏だよ」「じゃあ、水はこうしていればいいんだ」「そうだよ」「魚はどこにいれるの？」「いつ？」「冬がきたとき」「魚も氷の下にいるんだよ」「そこでなにするの？」「夏を待っているんだよ」「みんな夏をまってるんだ」「そう、待っているんだよ」

家を買うことに決めた。

僕の人生は、女性たちの解放戦争の中で過ぎていった。今こそ、防空壕の中から立ち上が

（6）フィンランドで２番目に大きな湖。

って、家の外の世界が何でつくられているのかはっきりさせなければいけない。

すべてに移り変わりがあって、変わらないものなんて何もない、と生涯ずっと思ってきた。労働力も、ローンの利子も、住宅価格も変動する。踏みしめている大地も、青空を飛ぶ鳥たちも、すべてぴょんぴょん飛び跳ねてはふらふらと揺らぐのだ。今までに一四回引っ越しをして、職場もこれで八つめだ。僕はまたも新たな事を目の前にしているけれど、今回にかぎっては、これからどうなるのか検討がつかない。

大人になって就いた職は僕には不向きだった。ドリルや切断機について慣れた口調で話している人たちに、傍から羨望の眼差しを送っていた。器用な男たちは、つなぎの作業着を着た変わった生物のようだった。騒々しいガラクタ機械のもとへ上機嫌で姿を現すと、修理を済まして、サービスステーションへコーヒーを飲みに出かけてゆく。彼らの行動を、まるで不可解な自然現象でも見るかのように僕は見つめていたものだ。

誰に救いを求めればいいのか考えてみた。家を自分で建てた第一退役軍人世代と名乗る人たちは、今では福祉施設でフルーツスープを飲んでいる。僕を救うことはできないだろうし、救いを求めに行こうとも思わない。彼らは戦って僕に国を残した。そのことに、自分たちの時間を費やしたのだ。遺産として残されたのは、短い言葉と女性の恐怖だ。

家事に役立つようなことなんて一つもない。最初のオムツすら軍人たちは替えなかったし、マカロニグラタンを作ったこともないし、中耳炎を患った子どもを抱えながら、寝室とキッチンを何時間も往復したこともない。彼らは国を解放し、女性の解放と家事の世話を僕の世代に残したのだ。

僕の戦争に理解なんてさらさら示してくれないだろうし、そもそも僕はそんなことを頼んでいるわけでもない。僕たちの世代にとっては過ごしやすい世の中だ、と第一退役軍人たちは主張している。心をずたずたにされて戦場から帰還した彼らにとって、戦後生まれの連中が真剣に議論していることが理解できないのだ。家には機能的な集中暖房装置があって、町には万人に無料の学校が提供され、砲兵部隊のお呼びもかからないのであれば文句の言いようがない。

ところが、僕の戦友たちを見てみても、必ずしも良いわけではない。ほとんど全員が離婚していたり、別の町へ引っ越していたりしていた。なかには、二つの家族に挟まれてひどい事態に陥っている人もいて、連絡をとることも憚られる。電話なんかしたら、せっかく忘れたことがすべて去来してくることだろう。それこそ、家庭前線からの訃報というものだ。

職場の人たちのことを考えてみたけれど、家族を取り戻すために家を手に入れようとした人なんて思い浮かばなかった。奥さんのために庭にサウナ小屋を建てた人を思い出したけれど、その奥さんはタクシーで庭まで来ると、「センスのないタイルね」と言い残して、新しい恋人のもとへ戻ってしまった。

このことで父親を悩ませたくなかった。経緯《いきさつ》を話すべきなんだろうが、こうなってしまった僕の人生の責任を電話口で父親に問いただすことになってしまいかねなかった。

親戚のことを考えた。おじさんは大工をしていたけれど、とくに付き合いはなかった。降って湧いたようにこっちから連絡をとって、おじさんにとってはまったく関係のない、恐怖すら感じられるような問題に救いを求めるなんてできそうにない。

これまでもそうだったように、僕は一人で解決しなければならない。今まで、誰からも助けてもらったことはない。昔だったら別に何ともなかったけれど、今ではきつく感じる。周りを見ても、女性の解放戦争から生き残った者たちの世話をするような社会的な動きが何もないと分かると、傷つけられたように感じる。

その一方で、その責任は僕や僕のような人たちにある。

僕たちは一度も問題を表に出すことなく、誰しもが各自、その土地に大砲を降ろし、遠目に見てもそこが戦場だとは気づかれないほど塹壕を深く掘ってしまったのだ。戦時中は連絡をとりあうこともなく、各自、お互いを知ることなくそれぞれの活動を繰り広げてきた。狼たちの遠吠えは、決定者たちの耳には深い森の奥から大群となって押し寄せる声としてではなく、個々のケースとして届いたのだ。

僕が沈黙を通しているのは、戦争を体験した世代のトラウマ治療に五〇年はかかるからであって、集中暖房世代の控えめな遠吠えが割り込む余地なんてないからだ。とくに、革命を起こしたり、退役軍人が怖がって中共帽子(7)を目深にかぶるくらいに性の解放を声高に叫んだりするような世代が首を突っ込んでくるから余計悪い。

各世代、自分の番を待つべきなんだ。その順番を逃したら、二度と巡ってこない。世代？世代とは一体全体何なんだ？

（7）軍人用の毛皮帽子。
（8）「オレが何を欲しがろうが知ったこっちゃねえ。だけど、自分が欲しいものを手に入れる方法は知ってるぜ」（1976、Anarchy in the U.K.）

自分が何かの代表なんて考えたことすらない。世代全体の中に占める僕の割合は皆無に近い。自分はただ自分自身と、統計もなく一般的に知られていない家庭戦線主夫を代表しているだけだ。

“Don't know what I want but I know how to get it”(8)

こう歌うセックスピストルズ(9)のジョニー・ロットンはいかれたやつで間違っている。ジョニーも僕も若くて、僕は一緒に喚いていた。でも、こんなふうにはいかない。その逆だ。つまり、自分が何を欲しいのか知っているのに手に入れる方法を知らない、のだ。

夕べは夜を徹して、各銀行のローン提供を見比べ、普通の住宅だと生活はどんなふうになるのか計算してみた。この辺だと、状態が悪くない住宅なら一三〇万マルッカ(10)くらいだ。自宅を売って七〇万マルッカくらい、残りはできるだけ返済期間を長くして銀行でローンを組む。返済が終了するのが二〇二九年七月一四日だ。

住宅ローン手数料が月に七九〇〇マルッカかかって、それに家のメンテナンス費用がプラスされる。税金を天引きされたあとの手取りは九八〇〇マルッカ。これは、可能な残業すべてが含まれた金額だ。ざっと計算すると、生活費は月に一〇〇〇マルッカ。一〇〇〇マルッカで三〇日間、一日当たり三三マルッカだ。

豆スープの缶詰、お粥、見切り品のレバーグラタンでやりくりする。服も毛糸の帽子も新しく買わない。たとえ古い帽子の先端が縮んで尖ってかぶり心地が悪くても、たとえ南部ハ

（9）1970年代後半にイギリスでデビューしたパンクロックを代表するバンド。権力や体制に過激に反抗姿勢を示し、若者の指示を得た。
（10）ＥＵに加盟する前のフィンランドの通貨単位。2000年当時で１マルッカ＝約18円。

メ地方の地方銀行名が書かれたノベルティグッズだとしても。一番安いオイル漬けツナを添えたトマトスパゲッティ。ディスカウントスーパーで買った日の経ったパン。一日一杯のブラックコーヒー。冬のジョギング用に厚底靴を履く。散歩のあとは水で髪を洗うか、プールのサウナから小さい容器に入れて持って帰ったシャンプーで洗う。シニの服はすべて古着屋で揃える。デパートの食品売り場から珍しい調味料も羊のローストも買わない。巻きタバコを吸う。巻き紙は、同僚に頼んだタリン土産で安く上げる。携帯電話は持たない。ロックのCDも、中古であっても一枚も買わない。

家のローンを返済し終えると僕は七四歳、父親の今の年齢と同じだ。七月のこの日に返済し終えたことを、誰に電話をして話したらいいんだろう。そのときシニは四四歳。結婚もして、自分のことで手いっぱいだ。ヘルシンキ近郊都市のロホヤ辺りから面倒臭そうに電話に出て、何かしらの口実を考えるに違いない。一番下の子が中耳炎にかかったとか、一番上の子の堅信礼だとか言うのだ。たらたらとしどろもどろに話す僕の人生の浮き沈みの話や、ノキアの携帯電話ブームの話や、中年時代の苦しかった時代の話を聞かなくてもいいように。それに、腰の曲がった老人の庭まで来なくてもいいように。そして、「人生のことをちっとも分かっちゃいない、今、ぬくぬくとフィンランドで生活できているのはおまえたちのおかげじゃない、父さんたちが築き上げたんだ」という話を聞かなくてもいいように。

二〇二九年七月一四日よ、さらばだ。僕はほかの方法で家を手に入れなくてはならない。行動計画を作成して、銀行の支店長と相談するための予約を取り、安い家を家族のために探していることを話した。

「そのような家は、どこで売り出されているんですか？」

「じきに売り出します。三〇万マルッカの追加ローンが必要なんです」

「まあ、そう急がないで」

「できません。今住んでいる部屋の支払いはほぼ完済です。それで三〇万は組めますか？」

「ええ、きっと大丈夫でしょう。ですが、もう少しローンを組めば物件もいろいろと選べますよ」

「八〇年代後半だと、借りに来た人には誰にでも提供していましたよね。どうですか、適当な額の検討はつきましたか？　お金はいつ口座に振り込まれます？」

「まあ、まあ。家はもう見つかったんですか？」

「見つかります。一五年の返済期間でいいですか？」

「ええ、いいですよ。ご主人と奥様は定職に就いていらっしゃいますよね。以前のお住まいはもう売りに出しているんですか？」

「明日、売りに出します。ローンの契約書を書いておいてください。来週、また来ます。ちょっとトイレに行ってもよろしいですか？」

支店長は、左手のドアを指差した。洗面台に寄りかかって顔を洗い、鏡に映った男の顔をちらりと見て見慣れた輪郭を確認する。席に戻って握手を交わし、春の光に歩み出た。帰る途中、僕は公園のベンチに座り込まなくてはならなかった。くらくらする。空を仰ぐと、雲は早送りしたフィルムのように流れてゆく。しばらく目を瞑って開けてみる。すると、雲はまた元の位置に戻っていた。

部屋に戻った僕は、２ＤＫの家以外に家具もいっさいがっさい売ることに決めた。店に電話して、大手の競売・公売情報紙「イエローマーケット」を読んで、高価な品物のほとんどが四時間で売り切れるほど値段をぐんと下げた。ヘレナがシニの古い自転車を地下に置き忘れていたので、それを初産に臨む感傷的な妊婦に六〇〇マルッカで売った。五〇歳のポニーテール男は、サイケデリックロックを収めたステアリン塗れのビニールレコードを二〇〇枚ほど買った。ステレオは一〇〇〇マルッカにしかならず、二足のブーツは二五〇〇マルッカで売れた。長髪で、レザーベストを着た人たちも購入者の対象に入っていたおかげだ。残りの服は、シャツが一〇マルッカ、ズボンが三マルッカ、普通の散歩靴は一〇〇マルッカで売った。昔の白黒テレビを欲しがる人は一人もいなくて、育児テーブルに関しては売りたくなかった。重たいテレビを地下まで引きずり、隣人のトランクルームに放り投げた。ジョギングウエア、食器道具数点、片手鍋とフライパンを一点ずつ、それから、パソコンは手元に残した。

すべての家財を売って、一二〇〇マルッカ集まった。金を輪ゴムできつく縛ると、ジョギングジャンパーの内ポケットに突っ込んだ。新聞の掲示板には、「海外へ引っ越すので、中央公園近くにあるお手ごろ価格の２ＤＫアパートを安く売ります」と載せた。

見にやって来たのは、子どものいない夫婦だ。管理組合について手短に説明し、隣人は付き合いやすい人たちだと褒めちぎった。夫婦は本人を目の前にしては考えをまとめづらそうだったので、タバコを吸いにバルコニーに出た。手がぶるぶると震え、胸はひどく高鳴っていた。脈を測ってみたら一四五あった。

魂はやりたい放題だな、そう感じた。理性は身体と契約を結んだ。部屋を売って、そのあとに家を購入して、戻ってきてもいいよ、とヘレナに電話をかける契約だ。それなのに、魂がその契約を破った。魂には羞恥心がないのだ。

震える手を灰皿へ伸ばし、吸殻をもみ消して中へ入った。夫婦は寝室の隅を測っている最中だった。「半年後には家族が三人になるんで、ちょっとばかり測っているんですよ」と恥ずかしそうに男性が言う。僕は感情を押し殺して、「おめでとうございます」と言った。すると女性は顔を赤らめて、この住まいは家族にぴったりの大きさだと褒めた。同感だった。

二人は六七万マルッカを提示してきた。僕は六八万七〇〇〇まで値段を上げた。幸せの代金として、それくらいは支払うことになる。「しばらく考えてみます」と男性が言うので、もう少ししたら別の購入者が交渉しに来ると嘘を吐いた。「あまりにも深く考えすぎると、生まれてくる子どもはこれ以上に簡素な部屋で最初のハイハイをすることになりかねませんよ」と。

せめて、もう少しだけ最終的な結論は待ってほしいと頼まれたので、三〇分、考える時間を与えた。その間、僕は庭のブランコに座り、五年間暮らしてきた部屋を見上げていた。その間にシニが生まれた。見慣れた庭のブランコが虚しく揺れる。どれほどシニがブランコを大好きだったことか。

「うわぁ。うわぁ」

カラフルなオーバーオールをなびかせて、足を広げ、口を開け、シニが高く叫び続ける。僕は鎖をつかんで上下に揺らす。「もっともっと」とシニがせがむけれど、足を滑らせて頭から落ちるんじゃないかと心配になった。そんな心配をよそに、シニはケタケタと笑い、「もっともっと」とせがむ。一時間ブランコを揺らし、娘を抱きかかえて瞳を覗くと、その中で大地が揺れていた。父親の顔だって一時も止まることはなかった。

はっと我に返って時計を見た。三〇分以上経っている。急いで中へ入る。夫婦はあの金額を飲んだ。交渉成立を祝して握手を交わした。男性が女性にキスをする。僕は顔を背けた。


倉庫業で家を購入できるだけの十分な金は稼げないので、税金控除外の仕事をただちに増やすことに決めた。

一九八〇年代後半にマッサージ師の免許を取得していたけれど、実際にはマッサージ感覚を失ってしまっていた。昔の講義メモや生理学の教科書を読み返し、勘を取り戻すために、がっちりとした体格の二人の友人のマッサージをしに地下施設(11)のトレーニングジムに通った。「お手ごろなマッサージです」という広告を新聞に載せると、地下から育児テーブルを運び出し、リビングの真ん中に置いて組み立てた。昔の記憶をたどりながら馴染みのヒッピーショップを見つけだし、そこで香水や数本のムードライトを購入した。

(11)　フィンランドは地盤が岩盤であることから地下が核シェルターとなっている場所が多く、緊急時には住民を収容できるようになっている。平時には、地下施設（トレーニングジム、地下駐車場、遊園地、教会等）として機能し、住民が自由に利用できるようになっている。

広告が出てまもなく、中年女性が電話をかけてきてマッサージについてあれこれ聞いてきた。その聞き方がどうも変だったので、自分は官能マッサージはしないことをすぐに伝えた。最初の一〇人に対しては同じような対応で断ったくらい、タイ人やロシア人のせいで、マッサージのイメージが徹底的に汚されてしまった。

三〇分七〇マルッカまで料金を下げた。なかには一〇〇マルッカ出してくれる人もいたけれど、僕がお釣りを用意するのに持て余していたからだ。夕方に六人もマッサージをすれば、かなり疲れる。ヘレナとシニの写真を傍に置いて、一五分間、肘をついてトイレに座り込む。それから、体を押してジョギングに出掛けていく。体をつくらずして何もできない。ジョギングを終えると夜中の一二時三〇分。オーバーランすると二時三〇分まで眠れず、朝の六時には仕事に出掛けなければならないのだ。

ジョギングを朝に繰り上げて、五時に起きて走ることにした。それから仕事に出て、帰宅してマッサージをする。僕は機械と化し、その燃料は写りの悪い二枚の写真だった。

毎晩、毎週、休まずにマッサージをして、一ヵ月も経たないうちに一万三〇〇〇マルッカを稼いだ。それは大金のように感じたけれど、ヘルシンキにあるマイホームに礎を築くことを考えると、古びた庇からハラハラと落ちてくる枯葉か苔の一塊にすぎなかった。

どうにかして、副収入を確保しなければならない。僕は妥協して、官能マッサージを試してみることにした。すぐに始められなかったのは、まずは二晩くらいはイメージトレーニングをしておかなければならなかったからだ。スポーツトレーニングで使っている方法を応用して、我慢の限界まで辛い状況をやってみた。

最初の客は、僕よりもずいぶん年上の女性だった。彼女は数回の的確な愛撫で快感に震え、提示した料金をはるかに上回って支払ってくれた。これは幸先がいいなと思ったけれど、親密な仕事に手をつけてしまったことでどんな影響が出るかなんて、このときは想像もしていなかった。

最初の官能客の仕事を終えて少し手ごたえがあったので、ここでまた一つ、別の収入方法を考えた。盗んだ品物を仲介する仕事を始めたのだ。

地下にある僕の空っぽのトランクルームは、家電製品や携帯電話やビデオやマウンテンバイクの一時預かり所として機能した。半ば常連客になってきた仲間が、パイロットジャケットをカサカサと衣擦れさせ、鍵束をジャラジャラと鳴らせながら品物をせっせと引きずって中に入れる。僕には前科がなかったので、地下室で真夜中に大きな物音を立てているのを耳にすると神経が昂ぶった。

帳が降りると、だいたい僕の脈は一三〇近くまで上がる。というのも、マッサージの最中に、六〇〇〇マルッカのビデオや四〇〇〇マルッカのマウンテンバイクに、新たな家を考えなくてはならなかったからだ。半ば死んだように疲れた身体で、暗い地下室でワイドテレビの値段や配送の可能性について交渉しているときなどは、たった一発の拳のために僕がどんな代償を支払っているか、ヘレナは知るよしもないだろうと考えていた。

官能マッサージが一番辛かった。通常の上体マッサージから、お尻や股の間に移行することになかなか慣れなかった。客が興奮し始めると、たとえシニの部屋となるインテリアのことを考えていても、自分も一緒に興奮している演技をしなくてはならなかった。なかでも困難だったのは胸へのマッサージだ。ヘレナの胸に見えてしかたがなかった。多くの客の胸は融通の効かない肉塊のように感じたけれど、ディスカウントスーパーのレジ係の胸はヘレナとそっくりで、丸みがあってふっくらしていた。

乳首が硬くなり、喘ぎ声が聞こえ始める。僕はオルガスムを装《よそお》ってマッサージを止めた。レジ係はいくところまでいったようで、テーブルから身を翻して僕を床に押し倒し、胸をくわえさせてきた。僕は彼女の髪をぐいと引っ張って、ねじ伏せるように払いのけた。レジ係はリビングの床で泣き、僕はキッチンで泣いた。

彼女に事情を説明して、正規の料金を請求しなかった。それでも、彼女のほうは支払いたいと言って、次の週の予約までしてきた。それで、彼女に対して官能マッサージではない普通のマッサージをしたいと提案した。

切なさに頭が締めつけられる感じを経験したのは、これが初めてだった。レジ係が去ってから、バルコニーで呼吸法と腹筋運動を行った。僕は、運動をすることで感情を押し殺した。

その晩には、もう一人客がいた。地元のウエイトリフティングの選手だ。その肩の周辺は、肉というよりコンクリートを思い起こさせた。全体重をかけて瘤のようなコリをほぐす。一五分の激しい施術の後、巨体がいななないて溜息を漏らした。

三〇分間が永遠に感じた。ほとんど感覚を失った指で選手をほぐすと、彼はテーブルから身を起こしてジャージを上げ、問題のミニステレオについてそれとなくほのめかし始めた。僕はくたくたになりながらそれを持ってくると六〇〇マルッカを請求した。選手が法外の料金を支払ったのは施術にひどく満足したからで、痛みの中心に入ってきてほぐせる人なんてそういないということだった。

そのマッサージが終わると、僕はふつりと消えるように眠った。

一三時間、一度も起きずに眠り続けて仕事に遅刻してしまった。倉庫主任のシーカヴィルタに、「好き勝手に仕事に出てきてもらってはロジスティクス(12)が乱れる」と言われてしまった。主任には言い訳をして、休憩室の冷凍庫の裏に隠れて睡眠を取った。

仕事から帰宅すると、ビニールレコードを買ったポニーテール男が階段で待っていた。僕は彼に住所を教えていたからだ。ノキア製の中共帽子を四〇〇マルッカで売ったあと、テーブルの用意をしたが、今晩は客の予約が入っていないことを思い出した。目の前に邪魔されない自由時間が開けたのだ。一時間半ほど走って、残りは考える時間に充てた。

官能マッサージと窃盗品の仲介のせいで極限状態にまで追い詰められていたけれど、その禁欲生活のおかげで収入も気分も上向いた。この調子でいけば、二ヵ月後にはリフォームの必要性がある家を安値で手に入れられるかもしれない。

まだ頑張れるだろうか？　もちろん。夜更かしや我慢には慣れている。感覚器官は、ごく些細な刺激にも反応するようになった。冷蔵庫の運転音が大きな音に聞こえてくるくらいだし、膝に置いている指からヤニ臭さが漂ってくるほどで、上階の住人が水洗トイレを流す音

(12) 物流を効率的に行う管理システム。

すらバケツ一杯分の水を耳にバシャンとかけられたように感じてしまう。いくら寝ても寝足りない。鏡を見れば、瞼が腫れているせいでほとんど閉じているように見えるのに、両目はかっと開いている感じだ。

ヘレナに電話をかけて、僕たちの新生活のためにどんなことをやっているのか話したかった。でも、ぐっと堪えた。ジョギングをして学んだこと、それは、長いジョギングを終えた人は宙に漂って、どんなことでもできると信じ込めるということだ。もし、ここで電話をかけたら、しばしの迷いに後悔することになる。

それでも、二人とは連絡をとりたかった。それを忘れるためにパンを焼いた。世界中どこでもすぐに分かる匂いは、シナモンロールと大麻だ。

真夜中近く、焼きたての菓子パンの匂いに包まれて、新聞に掲載された住宅情報に目を通しながら二人の写真を見つめた。ヘレナの髪がくしゃくしゃになっているのは、僕がそうしてくれと頼んだからだ。シニは、親戚の女の子からもらったぶかぶかの黄色い花柄のワンピースを着ている。お腹の辺りにある花は、シニの頭くらい大きい。娘が目を細めているのは、パイヤンネ湖の太陽がきらきらと眩しいせいだ。ヘレナは、まるで僕にウインクしているみたいに片目を瞑っている。

二人の写真を冷蔵庫のドアに貼り付けた。最近の残高照会の隣に。

写真と残高照会の前で、七分間、何も言わずにじっと構えて交信する。これは一九七八年のライロックフェスティバル(13)で会ったデンマーク人男性から学んだテクニックだ。彼は、宗

(13) トゥルク市のルイスサロで毎夏催される北欧で最も歴史のあるロックフェスティバル。

教のように精神統一について話していた。ロックの大音響の中で目を閉じて立ち尽くし、コペンハーゲンの北部に住んでいる母親と交信した。こくりと頷いて目頭に皺が寄ると、彼は自分の世界に浸った。周りで怒涛のように流れる集団と音楽を忘れて、彼の行動を追っていた自分を思い出す。ルイスサロ(14)の芝生に戻ってきた彼は、「母親は元気でやっていて、君によろしくと言っていた」と告げた。

僕は目を閉じて、万物の流れに身を任せた。交信テクニックが効いた。ヘレナとシニは、今、ここに僕と一緒にいる。

不協和音も宙に飛んだ拳も消滅し、その代わりにもう一つの目が迷い込む。毎日の中で大きくなっていった不可解なビニール製の膜が消えてゆく。従順で温和な人たちによって隙間なく築き上げられた壁のような沈黙が消えてゆく。

そこにあるのは、鳥たちの囀《さえず》りを想起させるような声の集合体で、まるで僕は異国の鳥たちの繁殖期に立ち尽くしているみたいだ。がらんどうの虚しい部屋に、ペンキが剥がれ落ちている天井から平和のハトや在庫保管してある陸軍の色褪せたコートが降りてくる。ハトは僕の肩にさっと飛び降りる。何を言っているのかは分からないけれど、大切なのは声の波長を見分けることだ。すべてが許されたわけではないけれど、拳は許された、と僕に伝えたがっている。

僕は身を奮い起こして自分をこの世界に引き戻した。冷蔵庫のドアの前に。

気分はすこぶる良いわけではなかったけれど、澄んでいた。バルコニーに出て、タバコに

(14) フィンランド南西部トゥルク市の一区域。自然保護区や文化と歴史の息づく静養地であり、ライロックフェスティバルの開催地。

火を点ける。六回、ニコチンを吸う。缶の脇で吸殻をもみ消しながら、シニがその缶で遊んでいたことを思い出して、その缶をゴミ箱に投げ捨てた。

気を取り直して、再び徹夜で住宅情報を調べた。なかでも状態が悪い家を取り上げて、鼓動と憎悪が昂ぶった二軒を見つけた。ただ悲しいかな、僕の残高照会を見てみると、ちゃんとした交渉に入るためには、何十にも上る携帯電話や音響再生機、そして愛撫に飢えた夫人をこなさなければならなかった。

住宅の購入と支払いは宗教へと発展した。派閥とは関係なく、誰もが知っている宗教だ。住宅価格の目まぐるしい変動や不定価格や高利子は、ヘルシンキを中心にある連中を作りだした。この連中は、快適住居に関連したマントラを繰り返しながら銀行の階段に立ち、田舎に新築の一戸建てを建てられるくらいの利子を一〇年かけて支払うのだ。

状態の悪い家の紹介文を読む。まるで下手な小説のようで、同じ動詞を使って文章が前へ進むだけの感情に走った三文小説だ。薄氷の上を渡っていることは自分でも分かっていた。溺れても、不動産仲介業者も銀行の支店長も這ってきてくれないし、スキーストックで引き揚げてもくれない。誰かに打ち明けたいけれど、誰にも打ち明けられない。僕は、この世の中から運命の友を探すことに慣れていないのだ。

僕は自分のことを「家庭戦線主夫」と名づけたけれど、誰一人として同じような人と手を組んだことはない。僕は、僕だけの人生にしてしまったのだ。しかし、これは誤りだった。そして今、僕には仕事しかない。二種類のマッサージと窃盗品の仲介。すべて、行き着くところはマイホームなのだ。

このマイホームを獲得するアイデアは夢物語ではないのだと、自分を奮い立たせた。マイホーム獲得のアイデアは発電機だ。夜も昼も動かし続ける機械だ。このアイデアから自分はパワーをもらい、吸われることはない。

官能マッサージを減らす代わりに、マッサージの対象者を長距離ランナーまで拡げることにした。中央公園の近くに住む何人かのハーフマラソンランナーに電話をかけて、自分の事業のことを話した。ランナーたちの過多損傷した部分に専門的なマッサージを施すと、その方面では名前が知れ渡って、官能マッサージを望んでいる客からの電話は、即、切ることもあった。

ランナーたちの多くが、中の上くらいの中流階級の男性と女性で、走ることに新しい人生の意義を見いだしていた。社会も金も家族も車も、大地を滑走しながらランナーが体験する感情と同等のものを与えるものではなかった。ジョギングで凝り固まった殿筋《でんきん》に親指をぐいっと押し込むと、走ることで、人は重税や不安定な利子やドロドロの政治界を忘れる、とランナーたちは話すのだった。


ある週末、多忙をきわめたせいで辛い事態になってしまった。その週末は、シニと過ごすことになっていたのだ。だからといって、予約の入ったマッサージをキャンセルするわけにはいかない。

ランナーたちにマッサージをしている間、シニは段ボール箱の上に腰かけてインスタントフードを食べていた。シニについてあれこれ聞いてくるので、黙らせるためにすかさず親指をぐいっとコリに押し込んだ。最後のランナーが終わって、やっとシニと外で遊ぶ時間ができた。

「はだかのおじさんはお家にかえったの？」と、シニが聞く。

「帰ったよ」

「じぶんのお家に」

「自分のだよ」

「おじさんはまだびょうきなの？」

「いや、パパが悪いところを取ったからね」

「パパがおじさんをなおしたの？」

「いや、パパはマッサージをしてあげたんだよ」

「いたがった？」

「うん」

「ひどく？」

「いや、ひどくないよ。気持ちいい痛みだよ」

施術をする人たちの中には数人の家庭戦線主夫がいることが分かったけれど、話を出すのは控えた。テーブルに横になっている人には、安静にしてもらわなくてはならない。困るのは、客の中にはおしゃべりな人がいて、家族構成について聞いてきたり、部屋の殺風景さについて問いただしたりすることを、彼らはごく当たり前のように思っていることだ。そんなとき、僕は本当のことを言うのは避けて、近くの連続住宅(15)に家族と住んでいて、この部屋は一時的な治療所として使っているなどと話しておく。余計な詮索をしてくる人たちには二割増しの代金をもらったけれど、気づく人は誰もいなかった。というのも、僕が請求する金額は公的な治療所に比べればはるかに安かったからだ。

中流階級の人たちには、窃盗品を売りつけることはしなかった。「これからは家電製品をいっさい受け付けません」と仲介屋グループに伝えると、ほっと安堵の胸を下ろした。こっちのお金に経済的に左右されなくなったし、窃盗品の維持管理はマッサージよりもひどく気を使っていたからだ。仲介屋は僕の知らせにがっかりしたようだった。品物の貯蔵庫としては、借家よりも持ち家の地下室のほうが使い勝手があったからだ。

この活動組織の本部からは、これからも仕事のパートナーを望まれ、家族の一員のように思ってくれているせいかパン作りの器械をプレゼントされた。僕は溢れる思いを押し殺して、お礼を言った。彼が立ち去ったあと、僕はバスルームで泣いた。

六月の初め、疲労は頂点に達した。

頑固なランナーとして、自分の身体の調子もよく分かっていたし、精神面でも熟知していた。だから、総合診断には間違いがないと思っていた。僕は自分を極限まで追い詰めていたのだ。休養を取るべきだと分かっていながらも、残念ながらそんなチャンスはなかった。睡

(15) 2戸から3戸ほど一続きのフラットな住戸で、すべての住戸は地面に接して専用の小庭を有している。

眠薬を手に入れて、三日間で三九時間眠ることができた。ただし、今までの睡眠不足分が二四時間なので、心機一転できる静養時間は一五時間ということになる。それで十分だった。

新聞に掲載されている状態の悪い家を選ぶ。価格を見ると、とうてい手が届かない。オープンハウスは日曜日の午後一時。僕はヘレナとシニの写真を見て電話番号を押す。応答はない。できたら、最初のオープンハウスには一緒に出掛けて、その道すがらいろいろと語り合いたかったのに。

そもそも、マイホーム購入のアイデアはどうやって思いついたのか、とか。

そのために、自分がどんなことをしてきたのか、とか。

二人のことをどう思っているのか、とか。

一人になって何を思ったのか、とか。

もう一度かけてみたけれど、応答はない。

自分の目を信じてオープンハウスに出掛けた。僕の目にかなうものであれば、ヘレナもきっと気に入るはずだ。現金七万マルッカをジョギングジャンパーのポケットに押し込んで、その場所まで走っていった。予定していた時刻よりも五分早く、オープンハウスの前に着いた。仲介業者の黄色い車が転がるように到着して、車から降りてきたジャケット男が道路の脇に看板を折るように立てかける。

彼の傍まで行って、「家を買いたいのだが、提示価格とは違う値段で買いたい」と話した。「困りましたねえ」と言われたのには驚いた。彼の仕事は、付け値の交渉ではないか。男は、

「オープンハウスが終わってから、もう一度あとで話し合いましょう」と提案してきた。

　僕の気持ちは違う。詳細に話をするまでもない。このために、僕は苦労してきたのだ。自分の付けた値段について彼の意見を聞きたいのだ。すると、「もちろん、付け値についてもオープンハウスの展示が終了してからおうかがいします」と繰り返された。

　疲れた。血糖値が下がっていくように感じた。僕は、ポケットから太いチョコレートバーを取り出して一口がぶりと噛みつくと、二時半にまた話をしに来ると告げた。踵を返そうとすると、家の中を見て、どんなリフォームが必要なのか聞きたくはないのかと聞かれた。

「ヘレナとシニが戻ってくれれば、リフォームは終了だ」

　僕は何を言っているんだ？　なんて言葉だ。家の購入なんかと自分のことを一緒にしてしまった。自分の言葉にびっくりして、足早にその場から立ち去った。

　丘のてっぺんまで来てやっと足を止めると、新しい住環境を六分間見下ろした。目を逸らさずに見ると、とても長い時間だ。

　一定の心拍数で一時間走って、残りの時間は、家から二〇メートルほど離れたところにある石の上に座っていた。二家族が家の庭に立っている。みんなリラックスした感じで、生えてきた草を足で蹴っては、茂みの間を駆け抜ける子どもたちに笑顔を見せている。かわいそうに。買い手がもう決まっていることを知らないのだ。ある男性は、シニと同じ年頃の女の子を抱いていた。僕は視線を背けた。

　ジャケット男が道路脇まで出て最後の見学者を見送って、黄色いパンフレットを手渡している。僕は近づいて、道端にそそり立つ大きな白樺にもたれかかった。最後の一人が立ち去ると、札束を取り出して、ジャケット男のもとへと歩きだす。そして、ヘレナとシニが戻ってくるように僕は全力を尽くした。

# ヘレナ

殴ってくれてよかったわ。今は、こんなふうに考えられる。あそこから逃げ出せたし、逃げ出す理由も手に入れたもの。嘔吐バケツも、じっと見つめられることも、ロックについての演説も、料理も、それに、将官の口をアルミテープで塞ぐ理由ももう気にしなくていい。足首がズキズキする。マッティは骨の髄まで入り込んできているようです。心に居られるより、まだましだわ。あの石頭。

マカロニグラタンに黒胡椒は入れたかしら。お米を炊くにはその二倍の量の水が必要よね。マッシュポテトに適したジャガイモは？　マッシュするときに牛乳を絶対に入れなきゃいけないのかしら、それとも茹で汁を使っても大丈夫？　マッティがポタージュスープに使っていたのはフェンネル？　それとも、あの味は何かほかの方法で引き出したのかしら？

電話が鳴ったとき、私はこんな料理の基本を考えていました。着信番号で私たちの家の番号だとシルックが言ったので、電話には出ませんでした。マッティとは話したくありません。声を聞くだけでも、あの部屋や、あの晩を思い返してしまうことが分かっていたからです。

最初の三晩は、手をあっちやらこっちやらに振り回している自分に気づいて、夜中に目が覚めました。シルックに肩を揺さぶられて、「どうしたの」と聞かれて、ついさっきまで部屋がタコで溢れ返っていたことを話しました。

ここに来て二ヵ月、やっと気持ちも落ち着いてきました。今は、シニから一時も離れないで傍にいます。そうしないと、自分を見失いそうだからです。ずっとシニを抱いています。この子に何かあったらと思うと、手離す勇気がありません。あるのはこの瞬間だけ。それ以外に、何も考えられません。

シニは息をして、私も息をしています。あちらからバスがやって来て、私たちの人生について何一つ知らない人たちがいます。私だって彼らのことは何も知りません。分かっているのは、あの人たちには何も起こらなかった、ということだけです。あの人たちに何かあれば、バスを停めて、気持ちの動くままに歩き始めるでしょう。この世の中で、私とシニだけが不幸なような気がします。

「そんなことはないのよ」とシルックは言うけれど、彼女にとって言うのは簡単です。部外者の言葉は、水鳥の和毛に落ちた水のようなものです。

まず問題なのは、マッティがほとんど一人で切り盛りしていた家事です。こんな金曜日の晩なんかは、菓子パンが頭に浮かんできます。どんなふうに生地を膨らませていたのか、想像もつきません。それからグラタン料理。いつだって卵と牛乳をきっちり量って卵液を作るんです。その集中力はどんなものなのでしょう。あの人が、木曜日の朝刊の料理特集から新しいパウンドケーキのレシピを見つけたときなんかは、声もかけられません。

こういった状況は四年ほど前から始まりました。洗濯物の山が部屋中に散らばり、お粥は火にかけっぱなしで、新聞を読んでいて驚くような声を上げるようになりました。もちろん私たちの世話はしてくれましたが、自分のことはさっぱりでした。ですから、何度も彼には自分の時間をつくるように言いました。「何か趣味でも持って、外に出掛けたら」と。

もう大丈夫だわ、と思ったことが一度だけありました。スキーオリエンテーリングのフィンランドグランプリについての記事が新聞に掲載されていたので、私はそれを切り取っておいたのです。もしかしたら、男同士で未知なる森に分け入ることが何かのきっかけになるかもと考えたからです。ところが、この考えは間違っていました。ブルーベリースープを知らないような男たちと飲みに行って、気分が良くなると思うのかって、マッティに怒られました。

日に日に彼の状況は悪化する一方でした。テレビを観て、新聞を読んで、ラジオを聞いて、見るもの聞くものすべてに不可解な決定を下し、そしてあの嘔吐バケツを買ったのです。ああ、神さま。

他人の頭の中に入ることはできません。とくに、こんな人の頭には。それに、自分からこんなふうになっていったのですから。ケーキと戯れているときなんかはさっぱり分かりませんでした。パウンドケーキ、タルト、シナモンロール、デニッシュパン、それからパイに至るまですべて自分で作らなくてはならないんです。このケーキ職人が上手につくる様子をうっとりと見ていなくてはならないんです。おいしくないというわけではありません。そういうことよりも、こういう彼の行動があとから私の立場を不利にするかもしれない、とうすうす感じていました。朝も早くから、マッティがケーキ類を半ば死にそうになって必死に作ったあと、何時間も熱を出した赤ん坊を抱きかかえている間、私は毎晩、シェイプアップ運動と産後の鬱病ケアに通っていたのです。

彼は、「いいよ」と言ってくれました。でも、嫌なら言ってくれればよかったのに。意見を言ってくれれば……。

そして、羊がライオンに変わりました。数ヵ月の間に、すっかり変わってしまいました。長広舌を振るうようになり、聞こうとしないと怒るんです。私たちの関係よりも世界を良くしたいと彼は望んでいました。私の涙も悩みもあの人には何の意味ももたらさず、死んだ魚のようにソファに座ってこちらをじっと見ているだけでした。

そして、あの人の堪忍袋の緒が切れました。ガラスが割れたというか、排水管が詰まったというか。ちょっとよく分かりません。私には何がなんだかさっぱり、そんな感じでした。ただし、あの人にはもう用はない、ということだけは分かりました。それに、市が私たちに用意してくれた新しい住居にも、あの人が来ることはありません。

でも、新居は醜いものでした。どうでもよかった。だって、こんな人生じゃ、町外れの木造家屋に住むことなんてできないからです。それは私の夢でした。このことを話しても、マッティは聞いてもくれませんでした。知り合いの家族がリフォームしたことについて三〇分間話したときも、気づいたら、マッティは片方の耳でぶくぶくに太ったスキー監督が試合の展望について話しているのを聞いていたのです。傷つきました。

喧嘩をしたあの晩、よくもそんな誹謗中傷の言葉が言えるもんだと、あの人は言って手を上げました。私はただ、事実を述べたまでで、あの人がどんな人で、どんな人でなかったか、どんな人であり得ないかを言ったまでです。でも、もうすべてが終わりました。シニとあの借家に引っ越します。

シルックに言わせると、市はわざと醜い家を建てていると言います。つまり、貧しい人たちに自分たちの場所を分からせるためです。よく分かりませんが、そうかもしれません。私は住むところがほしいだけです。四面の壁に普通の家具、そこにタコさえいなければ醜くてもいい。

最近の私の考えはまとまっていません。すべてがボロボロに壊れてしまった破片のようで、どこにも輪郭がないように思えます。もし、シルックが精神安定剤を持っていなかったら、私はきっと千々《ちぢ》に粉砕していたことでしょう。いえ、これから粉砕するかもしれません。実際に、シニにマッティと過ごした週末の様子を聞いたときは、本当に壊れたいと思いました。家には大きな男の人たちがいて、マッティがマッサージをしていると説明するのです。私はすぐにあの人に電話をかけました。すると、マッサージで収入を増やしていると話し、これは私たちのためになると言うのです。信じられないバカです。娘をそこに座らせて、素っ裸の男性のマッサージを見させていたのです。この件について社会福祉機関に報告すると、少なくとも接近禁止令を出してくれることになりました。

もう、何がなんだか分かりません。すべてがぐるぐる回って、何も一所に留まらないのです。はっきりしているのは、一九七八年の夏、ライロックフェスティバルに出掛けるべきではなかった、ということです。その夏から発酵させてきた、どろりとした醸造酒を飲んでいる感じです。

　辺鄙な場所から逃げ出す選択肢は二つありました。ピエティスト[16]ミーティングに行くべきだったのです。

　あの人が、テントの入り口から太陽を塞ぐように入ってきたのを覚えています。そこで少しふらついて、ギターを弾くまねをして私の腕の中に倒れ込んできたのです。そして、そこに留まった。二〇年以上も。あの人は、ピアニストのように柔らかい手をしていました。産毛が生えていた顎に、円錐状に髭を伸ばし始めました。セックスピストルズが最初のシングルを出してからは髭がなくなりました。

　指とは感じられないような愛撫。静かにハミングしながら詩をリフレインして、そらで言うこともできました。何だか波頭《はとう》にいるかのように、私を揺さぶることもできました。マルリ[17]社のリンゴ酒を芝生に吐いたりしたけれど、あんな愛撫と揺らし方をする男を怒れますか。そんな人が、どうやって拳を育てていたのでしょう。「拳の成長速度は松と同じよ」とシルックは言います。二〇年後に成熟したのです。

　ピエティストミーティングに行くべきでした。

(16) 制度や教理よりも神との人格的な関係を重んじる敬虔主義者。

(17) フィンランドの飲料会社。

## マッティ　50

# マッティ

金を差し出した。ジャケット男が札束を見る。頑張った仕事の成果を、腐ったソーセージのように見る。そして、金は受け取れないと言った。理由を問い詰めた。

住宅売買ではこんな金額を現金で持ってくる習慣はないと言われ、どれくらいの値段を考えているつもりなのか聞いてきた。販売価格は一二〇万マルッカだった。僕は、「三〇万マルッカ余計ですね」と言って、「一〇万マルッカを今現金で払って、残りを週明けの平日にすぐに支払う」と言った。僕にしてみれば、調べるまでもなく事は明白だった。ジャケット男の首に浮き出た血管が間欠的に交錯している。多忙な仲介業者が気休めに白ワインでも飲んでいるのだろう。家はこんな仲介業者よりもひどい状態だったのだ。

こんな付け値では売り主に報告できないと言われ、マーケットの現状を申し訳なさそうに言いながら名刺を手渡された。僕は、時間をおいて三〇分後に電話をかけると言った。

「いつでもどうぞ」

ジャケット男はパンフレットの束と看板を折りたたんで脇に挟むと、オペル車のアストラにするりと乗り込んで、札束を握った僕を置き去りにしていった。

僕は誰もいないアパートに帰って、シャワーを浴びる。水に切り替えて、体が震えてくるまでじっと浴びていた。

テーブルの上に座って、理性を取り戻そうとした。僕にとっては高いけれど、提示した金額が低いということは分かっていた。こういう状況でなければ、せいぜいやっても家の石造りの土台に小便をかけることくらいだろう。僕は家のためにすべてを出し尽くしたのに。けれど、事の本質に気づいて気を取り直した。僕は家が欲しいんじゃない。家族が欲しいのだ。

もう一度最初から計算し直す。庭に停まっている僕たちの車を思い出す。ちょっと激しい交渉をすれば六〇〇〇マルッカは手に入る。シーカヴィルタには二ヵ月分の給料を前借りさせてもらおう。予約待ちのために、個人病院で手術することになるからお金がかかる、そう言えばいい。合計金額は二万四〇〇〇マルッカ。官能マッサージを一週間やってもいい。頑張れるさ。胸の辺りで目を瞑って、感情を失くすんだ。

僕は名刺を取り出して番号を押した。受話器をきつく握り締めている自分に気がついて、ガシャンと勢いよく切った。そして、二分間の呼吸法を行って、呼吸を整えてから電話をかけ直した。

ジャケット男に新たに交渉を持ちかけた。もし、分厚い札束が問題の処理に難儀を来たすなら、会社の銀行口座に振り込むと約束した。ジャケット男はお礼を言うと、「金額的には近いものがありましたねえ、でも残念ながら、あの家はたった今売れたんですよ」とふっと笑った。

朝露に濡れた草原を歩いてくるヘレナが見える。そして、樫の老木の向こうへ姿を消してゆく。見知らぬ男性に抱かれて、幼稚園の庭からステーションワゴンに向かうシニが目に浮かぶ。公園のベンチに腰かけた老人が僕だ。皺だらけの皮膚、心もとなく腕を組み、ぶつぶつ嘆く老人。気づいたら、握っていた受話器はレンジに落ちてしまっていた。焦げ臭い匂いにはっと驚いて、形なく溶けてしまった受話器を床に払い落とした。

家とは何なのだろう？　コンクリート、木、釘、一時的に保護する断熱材からできているもの。家に対する軽蔑の言葉には何の希望もない。二ヵ月後には、僕はホームレスになるかもしれないのだ。

自信とは愚鈍だ。自分の出した付け値が抜け目なく完璧だと信じきっていた。そして今、僕は燃えてしまったプラスチックの焦げ臭い部屋に座っている。売りに出してしまった部屋に、僕は座っているのだ。急がなくてはいけない。

# ヘレナ

お腹が痛い。マッティが転移してきました。菌の繁殖した爛れた足をお腹に押し込んできて、豚の蹄《ひづめ》みたいな硬い皮が脆い繊維を引っ掻いて、ぼこっと浮き出た膝が腸をかき乱します。ロックとノンポリ[18]の同居についてだらだらと話し、来週にはＬＰコレクションをセカンドショップに持っていく、と口角泡を飛ばしながら説明するんです。しかも、もうこっちは息苦しいくらいなのに、まだ話を聞くように要求するんです。

あの人が姿勢を変えていい体勢を取ろうと足掻くので、下腹部が痛みます。マッティでいっぱいで吐きそうだし、私はもぬけの殻です。そして、夜になるとシニの質問攻めにあいます。

「パパはどこにいるの?」

「前のお家よ」

「そっちにいこうよ」

「だめよ」

「いつパパがむかえにきて、かたぐるましてくれるの?」

「来週ね」

そう答えながら、もう二度と来ないわよ、と言いたい気持ちでした。

(18) 政治問題に対して無関心な人。

「じゃあ、パパはだっこしてくれて、うたってくれるんだ」

「ゆっくりはしって　おうまさん、いそがずはこんで　おうまさん、家まではこんで　かるくて　だいじな　おにもつを」と、シニは笑って言います。

甘えようと抱っこのポーズをしたけれど、私はそういう気分ではありませんでした。すると、娘はジーンズを引き裂いてぐずります。

「パパは、いつもたかいたかいしてくれるもん」

でも、私はパパじゃない、そう思いました。何とかして注意を逸らせないと。私は床に置いてあった指人形を取って、指を入れて動かしました。シニが人形をパンパンと叩くので、中指にはめてあった人形の頭がするりと取れて、生気なくうな垂れました。シニは泣き出しました。あの日、シルックの車に乗って家を置き去りにしてしまったうえに、人形も死んでしまったと泣くのです。

私は掃除道具入れからモップを取り出して、頭につけました。「ママの頭を見てごらん」と言うと、泣き顔は笑い顔に変わり、これでパパが床掃除をしていたと言いました。この遊びで気を引いて食卓に着かせました。シルックがマッシュポテトと白身小魚のムニエルを作っておいてくれたのです。シニはバターの塊をぽとっとマッシュポテトの真ん中に投げ込んで、パパが教えてくれたと言うのです。

パパ、パパ、パパ。あの人がいないところはありません。マッティは分裂して至る所にいます。そして、その多くがこのシルックのアパートにいるのです。食事をとっていた一〇分間は、「パパ」について何も話しませんでした。最高記録です。娘は平らげると、庭のブランコに行きたいとせがみましたが、私はそんな気持ちになれませんでした。でも、無理やり行きました。シニを抱き上げて、すべてが目まぐるしく回るように猛烈な勢いでブランコを揺らしました。雲も、木々も、大地も、髪も。

# マッティ

ジャケット男は、知らないうちに大作戦を行っていた。僕はリビングの床に座って感謝した。彼は、周りを見ないで突っ走っていた自分に気づかせてくれたのだ。目当ての家のことも何一つ知らず、ちっとも将来の家のように感じない家を購入するところだった。寂しさのあまり、自分の判断力がだめになっていた。

頭をすっきりさせて、しばらくは大人しくしていようと魂に呼びかけた。基本的なことから、改めて一から始めよう。

家を手に入れるためには、自画自賛をしながらプロジェクト反対者たちにくっついて、あっと言わせなければならないのだ。ただし、ティモ・ユテイラ選手の言うような一一〇パーセントの嘘の力を出しても足りないし、才能もなくて目立たない長距離スキー選手のように自分のできる範囲で頑張りたいというわけでもない。完璧な成功を目指すには、反対者の弱点が常に必要なのだ。

けれど、ヘレナの理解はわずかだった。

シニが見ている前で四人のランナーにマッサージを施した週末のことを、ヘレナに間違って解釈されてしまった。僕は行政機関に電話をかけると、できるだけ落ち着いた物腰で事情を説明した。娘には何の問題も生じなかったということ。自分の不器用なスケジュール調整のせいで、その週末に何人もの予約がたまたま入っていたのだということ。そして、どんな状況においても、娘の面倒をみる自信があるということも付け加えた。

床に座り込んで六回深呼吸をする。立ち上がって、寝室に置いてある売却済みのダブルベッドの上壁に、一九九九年七月三日、とポケットナイフで刻んだ。一九四四年の七月のちょうどこの日に、タリ・イハンタラの大戦(19)が激化した戦史が印象に残っていた。攻防が激しいときなどは、二五〇発を超える大砲が同じ標的めがけて飛んだのだ。僕の大砲は一つだけだ。でも、打つ方向を知っていればそれで十分だ。フィンランドは、この伝説的な防衛線によって時間に打ち勝った。そして、僕もそれを望んでいる。ヘレナが僕の新たな挑戦を受け入れてくれるのであれば、半年間で自分を認めてもらえる自信がある。

僕は、マイホームに深入りすることに決めた。あの一件以来、あらゆる詳細な事柄やニュアンスが分かってきたほどだ。たとえ売却中であろうとなかろうと、地域の家という家をしらみつぶしに調べた。都心部から離れたところでマイホームの文化を維持している人たちとも、親しくなろうと決めた。僕はアパート人間だったから、違った住居形態に落ち着いた人たちとの交流がなかったのだ。どんな人たちがマイホームを求め、どんな道徳的基準でマイホームに住むにはふさわしいと考えているのか興味があったし、どんな人たちが僕たちの隣人となるのかも知りたかった。

家具などから得た金額のうち、七〇〇〇マルッカを家の購入経費に充てた。地域の地図、テープレコーダー、双眼鏡、迷彩色の室外着、そして、携帯チェアを付けてもらったリュッ

(19) カレリア地峡で勃発した対ロシア戦の継続戦争最大の激戦で、フィンランド兵とロシア兵が交戦した。

クサックを購入した。住まいと家に関する雑誌を定期購読し、図書館からあらゆる古家を扱った書物を借り、インターネットから「家」や「祖国」や「復興」や「不動産仲介」を検索しながら、些細なことでも知りたい記事を掻き集めた。

スニーカーを新調し、心拍数計を買った。

胸ポケットにメモ帳が収まるような室外着を用意した。

溶けてしまった電話の代わりにコードレス電話を購入した。

住まいと家に関するあらゆる資料を至る所から受信できるように、頭を切り替えた。

区域には一二のメイン通りがあり、その間を二五の通りが横断していることが分かった。

僕の寿命は残り二八年だと打ち出した。晩年は、町外れに建つ自分の家で家族と過ごしたい。そして、誰にも邪魔されずに薄らいでゆく八月の夕暮れの中でブランコに乗っていたい。

市の測量課から住宅区域の詳細な地図を手に入れ、二人の写真が貼ってある壁に糊づけした。聖書を扱う気持ちで地図を調べた。地図には、道路、敷地の境界線、家、そして、植え込みも載っていた。濃緑色は幹線道路のトゥースラ通りと環状一号線、白は一般道路、クリーム色は市の主要道路、濃いオレンジ色はアパート住宅区域、薄茶色は一戸建て区域、緑の蛍光色は森と公園、細かい点線は歩道と遊歩道だ。これをこのまま拡大したものが、目に見える風景であるはずだ。

不動産仲介業者のジャケット男にがっかりした次の日に、早速、組織的な作業に取りかかった。

心拍数計を胸にしっかりと取りつけて、腕につけた受信機を設定してスイッチを押す。一分半後、画面に数字が表示された。安静時心拍数五一。クロスカントリースキー選手のハッリ・キルヴェスニエミやミカ・ミュッルラの安静時心拍数は四〇前後がベストだ。でも、自分を二人と比較しない。二人には、自治体から土地と家が寄贈された。だから、僕たちの心拍数は比較対象にならないのだ。それに、僕たちの夢だってそうだ。スキー選手がどんな家に住んでいるのか知っている。センスのないログハウスだ。無駄に敷地があり、ベランダはがっしりと組まれて、建築家はスイスのアルプスから呼び寄せた。

スキー選手たちのせいで、心拍数はすぐに九八まで上がってしまった。二人のことは忘れよう。テーブルの両サイドには資料が積み上げられている。その間に肘を突っ込んで読み始めた。

不動産仲介業者のパンフレットの数々を見ていると、心拍数が勢いよく上がり一〇〇を超えた。退役軍人家屋の歴史に関する記事に目を移すと、鼓動は次第に落ち着きを取り戻したけれど、家庭やガーデニングの雑誌を読むと汗ばんだ。中央公園を抱くピルッコラ地域の、プール手前の険しい上り坂で掻きそうな汗だ。

午後に昼寝をとろうとしたけれど、眠れなかった。頭がガンガンする。

僕はパンを焼くことに決めた。デザートを考えたり作ったりすると、いつも気持ちが楽になった。二人は家にいないけれど、普段通りの分量で生地をこねた。いつもよりも多めにカルダモンを加えたのも、もう誰も注意する人がいないからだ。生地をレンジの近くにおいて発酵させる。そして、資料の山の中から適当に一冊の雑誌を手に取った。

『ガーデングループ』は、マイホーム住人の非公式雑誌だ。それを見ていたら、若いころに読んでいた『戦う国民』という雑誌が頭に浮かんできた。『ガーデングループ』では、さまざまな角度からマイホーム住まいを検証し、マイホーム族が送っている生活について語られていた。

甘いパンの匂いがキッチンに漂う。僕は文章を読み進める。

『戦う国民』誌で気に入っていたのは、普通の退役軍人たちが飾り気なく淡々とした文章で書きつづった体験談だ。『ガーデングループ』には同じようなものがない。戦争の残忍さや、将来に対する絶え間ない恐怖といったものが完全に欠けている。

マイホーム族は、利子や控除権利のために静かな戦争を体験してきたのだ。懸念に思うことは、配管が破裂したり、屋根のリフォームが近づいてきたり、ゴミが有料化になったり、不動産税が突然上がったり、庭に放置された鋭角的な石に芝刈り機のカッター刃がぶつかって破損したりすることだ。

『ガーデングループ』は、そういった恐怖事項について読者に伝えていない。そういったわけで、これは本物とは言えない。目を引くのは、文章スタイルと語調だ。

マイホーム族には、お互いの生活についてはそれほど知っているというわけではないのに、仲間意識をもっている。彼らをつなぐのは、住居形態と変化への恐怖だ。地域外生活について、少なくとも色眼鏡をかけておずおずと話す。記事では、陰で企んでいる秘密計画のように新たな都市計画について触れている。

インタビューを受けた人の中には、自分たちの住んでいる隣区に、都市の賃貸アパートが建てられるかもしれないという話にびくびくしているマイホーム族もいる。行間を読めば、この先、どんな運命をたどるのかが見えてくる。新たに建設される自転車道を批判している人もいる。この道の整備のために、ゴールデンレトリバーの夕方の散歩おしっこコースに致命的な打撃を与えかねないというのだ。

心拍数がわずかに上がった。

雑誌をしばらく脇に置く。もし、家庭戦線主夫たちが共通項を見つけて雑誌を作ったら一体どんなものになるのだろう、と思案をめぐらせた。フィンランドでは、家庭や住まいやインテリアや料理に重点を置いた刊行物が何十冊と発行されている。そういったわけで、古臭いスタイルで家事のことを書いたような雑誌には読み手がいないのだ。新しい雑誌とは、家事のことを新しい角度から見たものでなくてはならず、熱が出た子どもを抱えてリビングと寝室を半ば死にそうになって行き来したり、黒胡椒と卵液の割合を一心不乱に探したり、愛する人の悩みや移り気に声も上げずに耳を傾けたり、自分の健康のことは後回しにして、ついには四〇度の熱にうなされてセールで買ったソファに倒れこんだりするような、陰に隠れた男性たちを浮き彫りにするようなものでなくてはならない。

頑健なプロパガンダを打って、ぶらぶらと山歩きをしたり、登山したり、滝を下ったり、雪面を踏みしめたりするような、メディアにちやほやされている男どもを攻撃してもいい。

そして、こういう雄々しい男性像をスポンサーに売ってもいい。スポンサーは、各局に逞しい登山を紹介するべく、本当の苦境に立ったことのない腰抜けたちにブランドマークを貼ってしまうのだ。

いろいろと考えていたら心拍数が上がりすぎたので、雑誌の創刊についての考えから本来の問題に立ち返った。

『ガーデングループ』の四ページにわたった記事には、一戸建て住人とアパート住人の相違点について書かれていた。専門家で精神科医のラウリ・マキネンがリンゴの木の下に立っている。足元にはスパニエル犬がまとわりついている。人の精神的な健康面には、環境が本質的にかかわってくるというのがマキネンの考えだ。彼はマイホーム派で、とくに、秋に鬱病傾向にある人や一般的に沈みがちな人にすすめている。マキネン自身は現実主義者だと主張し、全員が全員、マイホームを購入できるような余裕をもっていないことは理解していると言う。だが、知り合いの庭を訪問するだけで最悪の事態を乗り越えられるものだと強調している。木々は僕たちの友である。マキネンはオーストラリア人の研究を上げて、森林近くに住んでいる人は成人してからも、コンクリートと鉄に囲まれた都市環境で育った人よりも人間関係を長く続けられると指摘した。

マキネン自身、一〇年前に一戸建てに移り住んだが、この遅い決断を悔やんでいた。小さな庭やリンゴの木が与えてくれる心の平和を知っていれば、もっと早くに決断を下していただろう。

二ページ目の見開きには、マキネンと妻のマリ、そして双子の兄弟のサミとミカの写真が載っていた。全員、掻き箒を手にし、秋の落ち葉集めが好きだとキャプションに謳っている。四季の移ろいと巡りくる自然が、あらゆる泡沫について教え諭してくれるのだとマキネンは言っている。前の住人の残したアスファルトをすべて取り去って造った自分の庭に立ってみて初めて、澄みわたる秋や春の芽吹く力を認識するのだ、と。サウナのあとは、イルマリ・ピミア[20]のような気分に浸りながら、しょっちゅう芝生の上でころころ寝転がっているとマキネンが語る。

住まいや家に関連した書物の中から、ピミアという人物も松明持ちグループも探し出せなかったけれど、おそらくピミアという人物は、こんなふうに家の完成を祝った名の知れた大工か建築家だったのだろう。

雑誌の裏表紙にある購読注文票を切り取る。空欄に記入して、夕方に投函するつもりでスニーカーに入れた。そうして、電話帳を取り出してラウリ・マキネンの住所を探した。レフトクルッパ通り四番地。僕のアパートから五キロくらい先の中央公園の向かい側だ。

ほとんど焦げてしまった菓子パンをレンジに置く。皿に二つ載せて、その脇に大きなグラス一杯分の冷えた牛乳を添える。食べながらラウリ・マキネンの写真を見る。僕を見つめる彼はまるで犬みたいだ。犬だったら、マキネンはどんな種類だろう。フィンランドスピッツにしてはあまりにもぶよぶよしてだらしがないし、ゴールデンレトリバーにしてはあまりにも妥当すぎるし、ブルドッグにしてはあまりにも肌がつるつるだ。僕は、種類を特定できる

(20)　(1897～1989) 1920年代に設立された文学グループ「松明持ち」に属していたカレリア地方の詩人。戦争で故郷を失った難民の感情を歌った詩人として知られる。作家や彫刻家や音楽家など、様々な芸術家が集まった「松明持ち」は、都会や近代への憧れを芸術のインスピレーションにしていた。

ほど犬には詳しくない。そう言えば、マイホームに熱を上げていたヘレナが犬のことも話しながら、子犬の写真で何とかして僕を説得しようとしていた。

家、家族、芝生、サウナ、ベランダ、郵便受け、犬。

マキネンの穏やかな顔を見ながら、結びつくものをリストにまとめた。

家、子どもたち、芝刈り機、ホース、グリル、犬。

家、妻、庭、水道代、積まれた木、犬。

家、思い出、螺旋階段、夜間電気、犬。

菓子パンにがぶりと齧りついて、牛乳を飲む。そして、ぶつぶつと独りつぶやく。年をとった僕はどんな感じになるのか考えてみる。独り言をつぶやく爺さんだ。思い出の切れ端と断片的な思考の寄り集まった天井にぶら下がった藁細工、もしくは、庭でもう何年もの間忘れ去られて錆びついた、座るとキィーと甲高く軋むブランコだ。

タバコを吸おうとバルコニーに出る。上階の住人がバルコニーのドアを勢いよく閉めた。

## 上階の二人

勇気を出して、思いきりドアを閉めてみました。そのガラスが割れようものなら、四〇〇マルッカはくだらないでしょう。このことについては、レーナと話が済んでいます。もしそうなれば、下に住んでいるバカな男に請求書を突きつけてやります。荒っぽい言葉も使いたくなります。タバコの煙でどんな迷惑な思いを被っているのか、あの男はちっとも分かっていないのです。

レーナが湯気の立つ紅茶を注ぎます。黄色いシール用紙に文章を書き込んでいるのですが、あくまでも冷静に構えて、決して下品にならないように、というのがレーナの希望です。

「神が春をお創りになりました。私たちはその馥郁《ふくいく》たる香りを享受し、暗黒の冬が退いたあと、その輝きから力を授かるのです。ですが、ある者はこういったことに気がつかないで、バルコニーで毒の燃え木を燃やしています。そのために、享受すべき人が夏を満喫することができないのです。今こそ、自己内省のときではないでしょうか?」

私は、レーナに声に出して読んでもらうように頼みました。声の調子と強弱に耳を澄まして、一語一語、きちんと聞いていました。本当なら、文末に汚い俗語を付け足したかったのですが、レーナの希望で削除しました。

バスルーム用のサンダルを足に突っかけて、階段を軽快に下りて廊下の掲示板まで来ました。できるだけ音を立てずに近寄りましたが、あいにくサンダルがカツカツと音を立てるのです。掲示板の鍵を開けて、真ん中に貼ってある規則事項の隣に黄色い紙切れを貼りました。五〇メートル後退りして、首を左に傾げて紙切れを見てみました。よし、これでいい。

部屋まで歩いて戻ると、紅茶の脇にハチミツ風味のオーガニックのブルーベリーヨーグルトをレーナが置いてくれていました。私の好きなヨーグルトです。普通は、セックスが上手くいったあとに二人で食べるのですが、家族一丸となって正義のために戦おうと立ち上がるときにも食べています。私の傍について下階の煙草テロリストに立ち向かうと決めてくれたレーナの気持ちに、私は大きな温かさを感じました。レーナの中にこのような変化の兆しが見受けられたのは半年前のことでした。下階の住人が吸ったタバコの燃え殻から立ち上った煙にむせたレーナは、ヘアスタイルを整えるわ、と涙目になってバルコニーから中に入ってきました。そのときから、私と一緒に戦うようになりました。

レーナは、ヨーグルトの器としてグリーンの花柄ボウルを用意してくれていました。その器は、私が品質管理主任を一〇年間務めたことへの労いとしてスタッフからもらったものです。レーナの振る舞いに配慮を感じます。

私たちは黙って食べました。先ほどの事件についてはもう何も触れず、この夜に神経を集中させました。息子のユッシは室内ホッケーの練習に出ているし、娘のカティはエアロビックに行っているので、今晩は私たち二人だけです。

テロリストのせいで嫌な気分はまだ残っていますが、スポーツニュースが終わったらすぐ、レーナと一緒に二人きりで過ごそうと計画していました。あいつはそろそろジョギングに出掛けます。そして、一階の掲示板に貼ってある私たちの意見に気づくことでしょう。気分が向上して、レーナの焼けた夏の肌を美しいと言いました。レーナは喜んで、夏に生やした顎鬚がぞくぞくすると言いました。私は立ち上がって、口元についたヨーグルトを拭うと、レーナのうなじにキスをしようと屈んだら、ドアの激しい閉めように私たちの玄関がガタガタと震動しました。下階の悪漢が後ろ手でちょうどドアを思いきり閉めたのです。そして、今、何の気兼ねもなく、ほかの住人のことも何も考えずに、大きな音を立てながら階段を下りているところです。雰囲気は台無しです。レーナは、手芸雑誌を読もうとリビングの隅へ姿を消しました。

一人の人間のために私が動揺しすぎているとレーナに言われますが、自然に反応してしまう自分にどうにもしようがありません。この階に住んでもう二〇年になりますが、この男というのは、正真正銘の初めての迷惑行為者です。このことについて、管理組合の理事会会議で話しましたが、問題の深刻さについて誰も立ち入ろうとはしませんでした。管理組合員のカッリオは喫煙法を指摘しました。つまり、それによると、バルコニーで禁止されているのは焚き火にかぎられているというのです。私が別の窓から換気をすればいい、というのが同じ組合員のペルコネンの提案です。話にもなりません。管理組合は、必要ならば禁煙を定めた特別決定をすることだってできるのです。ですが、一つでも反対意見があれば、爽快な部屋の空気のために頑張ったわれわれの努力が覆されることがあるから難しい、とカッリオに言われました。

あの男に悩まされ続けることが、ますます悩みの種になりました。アルコール依存症や夜間の騒音の白昼夢を見るようになり、どうにもしようがありませんでした。我慢の限界まできていたのです。もし、黄色い紙切れ作戦が期待していたような結果をもたらさないなら、何か別の方法を考え出さなくてはなりません。神は、タバコを吸うために人間を創ったわけではないのです。

# マッティ

僕が見たもの聞いたものすべてにマークをつけた。

嗅覚と触覚を使って経験を積んだ。選り好みせず、印象をすべてノートにメモし、わずかな羽ばたきすらも捉える網膜をもって、春に浮かれたバードウォッチャーのように行動した。

家をタイプ別に分けて、グループに分類した。

興味のある物件、欲しい物件、それから、可能な物件。

木造、レンガ造り、プレハブ建築。

木造建築は、中古と新築に分ける。

中古物件は、戦前と戦後に分ける。

新築物件は、平屋、二階建て、個性的、普通に分ける。

住人もグループに分類した。

リフォーム族、中流階級族、富裕族、成金族。

エコ派、庶民派、都会派、豪富派。

所帯組、離婚組、夫婦二人組、年金組。

アメリカ原住民の住まいの歴史について読んでみたが、彼らにとって一番大切なのは地に足がついていることだった。大地が揺れ動くさまを、人間は察知しなければならない。それぞれの家の庭から草のサンプルをむしり取って、房ごとに分けて用紙に貼り付けて、壁に留めた。その紙を通り過ぎるときはいつも、どの庭の土地が僕たち家族にとってベストなのか知るために一房ずつ水に流してみた。草はどれも同じ匂いがした。微妙な違いは、種類の異なる犬の尿くらいだ。

ああ、原住民たちよ。

グレード・デンを思わせる、ある酋長[21]が、「大地は誰のものでもない」と手紙で書いてきた。北国の住人にこんなつまらない話でもしてみるといい。あんなプレーリーで叫ぶのは簡単だ。誰もそんなところに、スーパーすら建てようとは思っていないのだから。赤い人が未踏地のヘルシンキに来れば、口数も減るだろう。

春一番の熱気に溢れた日曜日のオープンハウスに酋長を歓迎する。ジャケット男が差し出す紙切れを読めば、二行にわたって書かれた地価が分かる。一平方メートル三五〇〇マルッカだ。一五年の支払期限つきのお手ごろなＥＵＲＩＢＯＲ[22]を差し出す女性銀行員に頭がショートすることだろう。一五〇万にも満たない額で、原住民の代表者は四〇〇平方メートルの未開発土地でサルモネラチキンをバーベキューしようとのっそり歩いてくるのだ。

心拍数一四五。彼らのことを考えるべきではなかった。そもそも、悲観的に考えるべきではないのだ。すぐ心拍数に表れる。

僕は目立たないように地域を歩いた。中央公園が近いということもあって、小ぶりのリュックサックを背負って双眼鏡を持ったジョギング姿の通行人に、いちいち気を留める人など

(21) ワシントンの大統領に宛てた手紙で有名なシアトル酋長。

(22) Euro Interbank Offered Rate（欧州銀行間取引金利）のこと。

誰もいなかった。テープレコーダーはジャケットの下に隠し持っていた。

郵便受けの前で立ち止まって、第一印象を確かめる。これが一番大切なのだ。もし、対象物が追加検証を与えるようなものであれば、メモに取って、夜が更けたあとでまた場所に戻ってくる。いつもは匍匐《ほふく》前進して家に向かい、背後の安全を確認したあとで立ち上がって機器を設定する。

対象物の中には鬱蒼と茂った庭もあって、それがより密着した家族生活の調査を可能にした。ときに観賞植物に隠れて寝そべって、三メートル先で胸肉をバーベキューしたり、辛口の白ワインを飲んだり、興味をそそられる話をしている様子を見ることができた。

ある明け方、アパートまで走って帰ったあと、自分がメモ帳に書き留めたことを読み返してみた。

「厚かましい。羞恥心というものが彼らにはない。庭をのろのろ歩いてはぺちゃくちゃしゃべる。庭の無駄のない美しさというものが何も分かっていない。カラスのようにカァカァうるさいし、アザラシのようにのっそり歩く。僕は考えもなしに自然番組を見ていたわけではない。動物の種類くらい識別できる。人間の分かりきったような所有者顔に、あの動作。どっしりと構えたアザラシが、カラフルなホットパンツ姿でゆらゆら身体を揺らしている。白くて薄い体毛に蚊に食われた跡が見える。靴の爪先に刈り取られたばかりの芝生の切れ端が冠のごとく載っている。むっちりした足の指先に、スクールソックスの黒い毛玉。その毛玉を考えに耽りながら太い人差し指でいじっている。この哺乳類を知っている。僕個人としては知らないが、記憶にある。アザラシは湿った芝生にだらりと横になり、せっかく伸びた半日間分の草の生長を止めている。輸入ビールの栓を抜き、バルコニーの階段を上がり、素足で木に触る感覚を楽しんでいる。この感触に、人々は平均して一五〇〇万は支払っているのだ。これは、この界隈にある一戸建ての平均的な価格だ。ビールをあおったあとのげっぷが仲間の呼び声となるものの、誰もそれに反応しない。僕たちは夜が更けるまで二人きりだ。彼は独りぼっちだと思っている。それは僕だけが知っている。男は空気を嗅いで、指でベリーの茂みをいじる。退役軍人とその妻が五二年前に植えた茂みだ。禁断の果実を摘むんじゃない。クロフサスグリが黄ばんだ歯の間で音を立て、果肉が口の中で弾ける。食い意地の張ったやつだ。一つ目を味わう前に、もう二つ目をほお張っている。どうぞ、どうぞ。もうすぐ夜だよ」

壮大な目標のためにすべてを犠牲にした。表と裏の仕事とシニが来る日のバランスを保ちながら、三角関係を続けた。

昼間の仕事に無理をきかせた。数時間の睡眠のあと、毎朝、倉庫に向かって気だるげに仕事をこなす。仕事から解放されるとやっと生気を取り戻し、シャワーを浴びる。フルーツと水とライ麦パンで栄養補給し、腹筋トレーニングを行う。午後六時には、ハーフマラソンランナーのふくらはぎに集中する。そこに見えるのは、コリではなく札束だった。

倉庫主任シーカヴィルタが僕の疲労原因についていろいろと詮索してくるので、ストックホルムマラソンに向けて練習しているからだと言っておいた。「長距離マラソンもすばらしいが、それ以上にトラックに積むべき客の荷物のほうがすばらしい」とシーカヴィルタに言われた。僕は走る速度を緩めて、記憶力に磨きをかけると約束した。

官能マッサージ客を、外見と話し方によって三人の女性に絞った。三人が三人ともブスで口数も少なく、誰一人としてヘレナを想起させる人はいなかった。サービスのレベルを理由に料金を値上げした。というのも、この辺りでは僕はこのサービスの唯一の提供者だったからだ。セイヤ、ピルヨ、シニッカの三人は了解した。そして、シニが泊まりにくる週末には官能マッサージの予約を一切入れないようにした。一度、もう少しでばったり会いそうになったときがあった。午後五時五分にセイヤを送り出して、二分後の七分にアパートの入り口にヘレナとシニが立っていたのだ。

感覚器官は鋭くなっていた。それは、行動一つ取ってみても分かることだった。茂みを這いながら、子どものとき以来触れていなかった微生物の存在を認識し、裸足で芝生を忍び寄りながら露を感じ、子どもの足からぽろりと落ちてきた小石の欠片を感じとった。戦後の住まいの歴史を読んでいると、自分が四二万人もの引揚者や退役軍人の一人のように感じる。早く住むところを確保してあげなくてはならない彼らのように感じるのだ。

狭小住宅の写真を見ていると、戦後の人生を歩んでいる気がする。自分の決断で自分の家に初めて座って、若い花嫁を膝に抱いているようなエルッキやカウコや、そしてペンッティとかいう軍人のような気がする。ときに、どきっとするときがある。耳には炸裂する砲弾の爆音がまだ残っていて、沼地に腹這いになって目を瞑らなくてはと思うのだ。いや違う。そんな必要はもうない。膝には花嫁がいる、空には月がある、そして指にはわが家の壁の一片がある。

自然と身体の状態が良くなっていったのも、心拍数が一日に何時間も最適数値に上がったからだ。水分を十分に補給し、あっさりしたスープを作り、自分への褒美に食べていたチョコレートも止めた。それに、ジョギングを始めてから一切アルコール類は断っていた。ぐっすり眠ることができないときは、優柔不断な自分の神経を落ち着かせようと腹筋トレーニングを一セットこなした。

住まいと家の世界についてはっきりと具体化してくるほど、ますます力強く目に映る。まるで宙に浮いて旋回している丸鋸の刃のようにキレが良くなって、ヘレナや彼女の抱くドリームハウスについて耳を傾けてやらなかったことを悔やむときもあった。

その一方で、一人で体験してきたことは色褪せることはなかった。その色の鮮明さにもいろいろな見方があるだろう。かつて、インターレイル(23)に乗った僕は浮かれていた。幾千という興奮した若者たちのように、リュックサックを背負ってヨーロッパ各地の駅を旅した。そして、大きな世界の中でたった一人、フィンランドと諸外国との違いについて目を凝らして観察することができたと確信を抱いて帰国したのに、旅を終えて最終的に残ったものは、パリのガール・デュ・ノール駅のクロワッサンサンドの置いてある売店の場所だけだった。

今は、ヨーロッパを嗅ぎまわることが問題ではなく、フィンランドの住居形態の徹底した

(23) ヨーロッパから北アフリカまで走る鉄道。インターレイルパスには年齢制限なく、鉄道の走る29ヵ国で２等席が乗り放題となる。

調査が先決なのだと自分自身に言い聞かせた。

調査旅行から戻ってくると、何だか自分が外国にいたかのような、異文化に触れたかのような気分になった。心拍数を下げて平常心を取り戻すために、まず五分間シャワーを浴びてテープを回し、印象に残った点をメモに取る。

「対象物件とそれらの特徴、気づいた点、継続調査をする必要性のないもの。

白レンガ造りの平屋、木の骨組み、レンガ張り、八〇年代の建築、緩やかな黒い切り妻屋根、裏庭に屋根付バーベキューハウス、パルケット張りのリビング、ビニールマットの敷かれたキッチン、黄色いカーテンの引かれた寝室。黒ずんだ窓枠、網戸、４ＬＤＫ、思春期の子どもたちが発生させた臭気のこもった二部屋。自分自身のルーツをたどろうと家系調査に入れ込む旦那と、一人の気ままな暮らしを望む奥さん。

赤レンガ造りの平屋、平屋根、七〇年代の建築、裏庭に屋根付バーベキュー小屋、裏庭を一望できるリビングの大きなガラス窓。道路から、六〇歳代の夫婦の姿が見える。二人はお互いに何も言わずに、裏庭でコーヒーを飲みながらボストンケーキを食べる。妻の視線は婦人雑誌『グロリア』に注がれ、主人の視線にはキレがない。庭にはフォルクスワーゲンのワゴン車パサートが停まっていて、孫のソリが壁際にぽつんと立て掛けられている。どうしようもない旦那。二一時三四分に双眼鏡で書斎の窓越しに観察。旦那は、ネットで一時間半かけてセックスページを検索する。キーボードを打つ両手はいまだ衰えていない。

スウェーデン人より寄贈された板造りの家。戦後建築。これに相当するものは一〇軒を超える。緑溢れる小さな岩のある庭園。岩を滑りたいとシニにせがまれたが、僕はだめだと言った。白木のガーデニング用具を囲んだ大人四名。遊びに来ている隣近所の人たちだ。テーブルには白ワインのボトルが六本あり、四本目が空けられた。ありきたりのことについて会話を交わし、突っ込んだ話はしない。家族の世話やヘルシンキの住宅事情について話し、醜い居住区域を憐れみ、自分たちがそこに住んでいないことに乾杯する。話し手はだいたい三八歳から四五歳くらいで、一五万マルッカから二〇万マルッカが平均的な収入。道路沿いには八年ものの車が二台。話は弾み、顔が紅潮する。

戦後に建てられた木造住宅。ある女性の不動産仲介業者が、ガーデンシティの一部に位置するこの通りの対象物件について宣伝。アパート物件よりも売れ筋がいいのだ。会社を探し出し、メッセージを残しておくこと。度を越したブタめ。緑色に塗られた対象物件、コンディションの悪い家、ガーデニング敷地。敷地には昔の植木と同じくらい年を取った夫婦がいる。旦那は都心に勤務し、妻は歯科看護士。子どもはいない。アパートへの引っ越しを検討中。この情報は、土曜の夕方に近所の森で録音したテープレコーダーによるもの。販売価格は一二〇万マルッカで、一〇〇万マルッカ上乗せ。もし、同じような家がリュマッテュラ地区にあれば、一五万マルッカまで値切れる。僕は郵便受けに、『屋根をリフォームして、地下に放置されているどうしようもないヒップホッパーが交渉の対象に含まれないのであれば二〇万で買います』と匿名で書いた紙切れを入れた。

黄色いレンガ造りの家。バブル期の八九年の建築。一週間かけてカビ調査員が一階を点検。

旦那は中央階段の配管を点検し、マラソンを計画中。奥さんはオーブン料理が不得意で、白くて小さい冷凍食品ケースをぎゅっとひねり潰して庭のバーベキューの焚きつけに使う。予測1。ファック・システムズ株式会社の調査の結果、不十分な防水設備と換気設備で、合計一五万マルッカの支出。予測2。報告を受けて、旦那は不完全な状態でストックホルムマラソンへ出掛けて予選落ち。

地域のメイン通りの一本。ここから赤レンガ張りの平屋根が一面に連なる。白いレンガと老朽化した家屋がちらほら見える。対象物件は、建築されてからそれほど経っていない切妻屋根の木造住宅。二枚の張り出し窓、塔、屋根には鋼の風見鶏。庭には五〇歳代の夫婦。男性はゴルフシャツを着て、女性の足首には刺青がある。所有している車（四輪駆動車）から判断するに弁護士か広告会社のちょっとした社長で、女性は、着ている服装（ダークグレー）から判断するに陶芸家か国語教師。ワインの温度について口げんかし、結局、物別れに終わる。

地域にあるもう一つの連続住宅会社。売却物件は稀。三階建てで、五〇年代の建築。中庭から中央公園が見渡せる。夫婦自ら売却。喧嘩に発展したケース。驚くほど低価格。奥さんはアスタンガ・ヨガを始めるが、その考えが旦那は気に食わない。ポニーテール頭の男性を師事して困難な体勢をとるからだ。ヨガの理由に新陳代謝を挙げている。もっともだ。肥満気味で何の趣味もない旦那は孤独を感じ、奥さんが欲望に奮えることを恐れ、四〇平方メートルの裏庭で身動きさせずに留まっている。これが、三本のワインボトルとともに明け方まで続く。ワインの価格は、四五マルッカから六五マルッカくらい。

一般的な印象について。

強烈なバーベキュー肉の匂いが至る所に漂う。うっすらと煙が立ち上り、小型ヘリコプターのように芝刈り機が騒音を立てる。音の世界は、フランシスコ・コッポラの『黙示録』を思わせる。『今』という映画の幕開けだ。刈りたての草の匂いが、バーベキュー肉の匂いに混じる。この融合に独り者の意識が遠のく」

# ヘレナ

冷凍シロイトダラを使ってスープを作りましたが、水っぽくなって、マッティの調味方法を思い出すはめになりました。レモンソルト？　それとも塩のみ？　塩を選びましたが、うっかり多く入れすぎました。マッティの工夫を思い出してジャガイモを生《なま》のまま投げ込んでみましたが、塩分を吸いすぎてしまいました。告白するのも恥ずかしいのですが、料理に関して私が知っていることはすべて彼から教わったことばかりです。母が早くに亡くなってしまった、ということだけでは説明がつきません。料理全般に対して私は無関心だったのです。

スープ皿をシニの前に置きました。この子がおいしいと褒めながら残さず食べてくれるので、嬉しくなります。

食事が済むと、シニがお絵描きをしたいと言いました。娘は家の絵を描くと、庭に大きな山を描きました。そして、パパと一緒にこの家の庭に行った、と言うのです。

あの人は、娘と一緒に一体何をしているのでしょう？　マッサージの話のほかにもまだ何かあるでしょうか？　その家にパパの知り合いが住んでいるのか娘に聞いてみました。

「ううん、ちがうとおもう」

「じゃあ、どうしてそこに行ったの？」

「パパがいきたいっていうから」

「ああ、そう」

シニはうまく話題を変えて、パイヤンネ湖の夏の思い出を話し出しました。ほとんど首まで浸かる深さまで娘を湖の中へ引っ張っていったときの話です。シニの手をとって、湖面を見渡したときのことを思い出します。「なに見てるの？」「湖よ」そう言ってシニを桟橋に上げると、マッティがシニを大きなタオルで目と鼻だけ残してすっぽりと覆いました。わずかに見えているその鼻にマッティがキスをすると、シニは笑って、「パパのひげがくすぐったい」と言います。「ハリネズミや熊手のようなトゲをもった髭だよ」とマッティは言って、シニを肩車しました。すると、「かみの毛がちょこっと、それから、あたしのひざにあるようなかさぶただぁ」と娘は大きな声を張り上げて笑っています。

「賢い人の頭にはかさぶたがあるんだ。考える人は頭を掻くだろう、思考のついでにできるものなんだ」

あのときはおかしくて笑ったけれど、今では吐き気がします。

シニの話題は、パイヤンネ湖からヘルシンキに移りました。あの別れの晩の話です。娘は、ホラー映画を観るような感じで起こったことを話します。私はライオンみたいで、マッティはトラみたいだったたと。階段を駆け下りてシルックの車に乗り込んだ様子や、庭で転んだマッティを残して車が置き去りにした様子を、娘は目を丸くしながら話します。

「いつパパをむかえにあっちの家にいくの？」と尋ねるシニに、私はこう答えました。

「分からないわ」

# マッティ

夏至を一週間後に控えた日曜日。毎晩のように二週間を指折り数えていた。彼女たちと連絡をとろうとしたけれど、シルックは電話に出てくれなかった。

こっちからの電話には出ない考えだ。ひどいやつらだ。理解のない集団ぐるみのどうしようもないやつらだ。それから、もう一言。理解のない無関心なブタ。僕が炊事から解放してやったのに、今では電話にすら出ようとしない。

ヘレナ。どんなに住宅世界がおもしろいか、どれほど多くのことを購入に踏み切る前に知っておかなくてはならないか、そのことを君に話したかっただけなのに。君のために、今までの境界線を修復して、和平と戦争賠償に応じる心構えもできているんだよ。そして、「パパ」と言うシニの声を聞きたかったのに。

僕から離れてゆくほど、僕が近くなることをヘレナは気づいていない。

ヘレナ、こんな具合に僕たちは一つになってゆくんだよ。

建築技術、住まいの歴史、不動産仲介業者の広告、リフォーム方法、図案政策、それに、狭小住宅の暖房費のことで僕の頭の中はいっぱいだ。詰め込みすぎると何があるのか分からないので、削らなければならない。そこで、欲しくないものから消去していくことにした。

虎刈りされた芝生や、ガーデン用の小人の置物がベリーの茂みの脇に三体並んでいるような白レンガ造りの家はいやだ。

スリル感のあるディテールをもったレンガ張りの木造住宅もいやだ。建築家自身が自己実現のために建てたようなモダン住宅もいやだ。建てた本人は住もうと思っていないし、ましてや掃除したいとも思っていない。

広い家もいやだ。一五〇平方メートル以上もある家は広すぎる。メーデーのときに売られる、どぎつい色のヘリウムバルーンみたいに景観を圧迫する。僕みたいな、シンプルな家が欲しい。

頭の中の考えが一つにまとまると、ほっと落ち着いた。

ジョギングウエアを着て、胸にトランスミッターをつけて階段を駆け下りた。

上階に住んでいるレフネンの車が庭に停まっていることに気づいた。体を折るようにして車から降りて、大きな買い物袋をいくつも運び出すので、僕は立ち止まってじっとその様子をうかがった。そこで何やらやっているときに、奥さんがケータイを車の屋根に置き忘れた。僕はゴミ箱の陰に隠れていて、二人が中に入るとケータイをさっと持ち去った。

こうと決めたときの足取りは軽かった。三〇分も経たないうちに、レフトクルッパ通りまで来ていた。隣のヘイノネンの家が、リラの生い茂る木々の間からかいま見える。庭には誰もいない。植え込みを飛び越えて、リンゴの木の下まで歩いてゆく。カーテンはそよとも揺れない。

僕は白いガーデンチェアに座って、印象を感じ取っていた。自分をこの家の主人だと思って、組んだ足をぶらぶらと動かしてじっと考え込む。木々は風にざわめき、環状一号線は騒いでいた。

テラスのドアが開く。見慣れた男性が早歩きで庭にやって来る。マキネンが目の前まで来て立ち止まると、彼の庭で彼の椅子に座って僕が何をしているのか、震える声で聞いてくる。僕は『ガーデングループ』の長年の読者だと自己紹介し、彼の下したよい結論に拍手を送った。

庭から出ていくように言われたが、僕は隣に座ってもらうように頼んだ。マキネンは座らなかった。雑誌に載っていたすばらしいインタビュー記事を読んだことを話したら、マキネンは家に向かって誰かの名前を叫んだ。すると、二人の年ごろの男の子たちが庭へ走ってきた。マキネンが息子のサミとミカに状況を説明すると、二人が警察を呼ぶことを提案するので、僕は室内ホッケーを提案した。

椅子から立ち上がって、マキネンの目の前まで歩み寄る。

「あなたに呼ばれて、僕は庭に来たんです」

悲嘆に暮れたアパートの住人は知り合いの庭でも訪れて苦痛の応急手当を施すように、とインタビューに書かれてあったことをマキネンに思い出させた。そして、自分が非常に悲嘆に暮れた人生を送っていて、今まさに自分の小さな家のことで交渉を重ねている最中で、応急処置として彼の木に抱きつきにやって来たのだ、と話した。僕たちは知り合いではないから、僕はこの敷地から出ていかなければならない、とマキネンに言われた。

「まず、あなたのリンゴの木から力をもらいます」

僕は木に近づいて抱きしめた。老木のざらついた表面が汗にまみれた首を擦る。木から離れて「ありがとう」と言った。マキネンと双子の息子たちは一言も言わない。僕は、ゆっくりと敷地から離れてゆく。そして、植え込みを飛び越えて道路に出ると、ステップを踏みながら森へ駈け出していった。

家に戻ってマキネンに電話をかけ、さっきの行動について謝罪した。家族が抱いているマイホームの夢について話し、最終的な意志決定の重みについて嘆息する。マキネンは何も言わずに聞いていた。そして、庭に侵入することで物事は解決しないと言った。

「あなたの記事を読んであまりにも感銘を受けたので、伺わないではいられませんでした」

そう褒めちぎるとマキネンは和らいで、マイホームに関心をもっている人たちにアドバイスしてくれる相談所について話した。彼によると、マイホームに強い信念を抱いている人であれ、マイホーム獲得戦に踏み出した人であれ、相談所ではきちんと対応してくれるということだ。

面倒をかけてしまったことやアドバイスしてくれたことにお礼を言って、再度、自分の迷いのために迷惑をかけてしまったことを謝罪した。するとマキネンは、小さな庭にかなりの手間をかけているからそんなことが起きてもおかしくはない、と笑った。

話を終えて汗も拭わずに、僕はメモ帳の一行目に「マイホームとその住人たち。『ガーデングループ』／マキネン」と見出しをつけた。

「財産とプライベートに熱が入る。一見した思いやりは上辺だけで、内面とは裏腹だ。赤の他人が入ってくるとすぐに警察沙汰にする。その一方で、褒め言葉には貪欲で、植え込みや庭木や石畳に話が及ぶと柔和になる。自分もこんなふうになるかもしれないと思うと少々怖い。いや、自分はそうならない。ヘレナとシニのために家が欲しいだけだ。

興味深い詳細事項。

マキネンは心理学者を生業としているにもかかわらず癇癪《かんしゃく》もちで、根本的に所有欲が強い。息子たちは主人の命令を聞く狼で、侵入者を敷地から追い出す構えだ。生物の授業では羊のように席について、スーパーの精肉売場では親しみを込めて僕に挨拶してくるのに。奥さんの姿はそこになかった。おそらく、家の中でブロイラーのモモ肉に醤油ソースを刷毛で塗っているのだろう。アットホームな雰囲気に包まれた午後のひとときを僕は壊した。せっかく膨らました風船に僕が穴を開けた。

最後に。

どの家にも芝生がある。どの家も犬を飼っている。どの人も一〇万マルッカ程度の車を所有している。どの家庭にも子どもが二人いる。どの家にも芝刈り機がある。そして、どの家にも誰かがやって来て、誰かにすべてを持っていかれることを恐れている。

『ガーデングループ』は恐怖を煽る雑誌だ」

メモ帳を閉じて、一緒くたになった書類の下に押し込んだ自分に気づく。バカだ。何もかも終わってメモ帳が発見されて、それを証拠に訴えられるとでも言うのか？　一体どんな用件で？　家族を取り戻すためにやってきたことに対して？

　メモ帳を開いたまま、書類の一番上に置き直した。

　本棚から家族アルバムを取り出し、三人一緒に写っている写真を探したら、四枚見つかった。写真をアルバムから剥がして、三人だけを輪郭に沿って景色から切り取った。そして、不動産仲介業者のパンフレットから家の写真を一枚取り出し、その庭に僕たちの写真を配置する。ヘレナを古い白樺の傍へ置く。シニは風除けになりそうな二本のモミの木の下に置いて、自分は階段に貼り付けた。遠目で写真を見てみる。糊づけしたなんて分からない。まるで、三人が一枚の写真に写っているみたいだ。


　不動産仲介業者に「ホームスクエア」を選んだ。決め手は会社の規模だ。社員は四人で、全員が一戸建て物件を専門分野としている。こういったわけで、家族のいない苦しみを理解してくれるだろうと推し量ったのだ。

　清々しい日曜日だった。そろそろ理論と実践を一つにして、感じをつかんでもいい時期だろう。良い汗を掻こうと平坦な道を走りに出掛けた。空は抜けるように青く、太陽は天高く燦々と照らしていた。

　公園の庭園沿いに、マントヒヒのようなお尻を並べて家族連れが座り込んでいる。父親は土をほぐし、母親は魔法瓶からコーヒーを注いでいる。プラスチック製のガーデンチェアにつまらなそうに座っているのは、イヤホンをつけた思春期の子どもだ。

脇目もふらずに、スピードを上げて走り去った。これ以上家族連れを目にするのが怖かった。砂利道が足元で音を立てる。そして、最初の汗の一滴を額に感じた。汗、体から魂への贈り物。心拍数一二二。ホームスクエアのオープンハウスを前に心拍数が高いままだと嫌だったので、体を休ませた。

目的地には午後一時一五分前に到着し、ウインドブレーカーの裏側に貼り付けてあるマイクを双指向性(24)に合わせて音を拾う。

仲介業者が庭からのっそりと出迎えにやって来て、握るというより滑らせるようにパン生地のような手を差し出した。そもそも手仕事を売る立場なのに、最初の握手の大切さが分かっていない。夏風邪でダウンした本来の担当者ヤルモ・ケサマーの代わりの彼女は、家について十分に把握していないことを詫びた。

仲介業者の話しぶりは夏らしい軽やかさがあって、敷地の青さが強調されるようだった。オープンハウスに来ていた若い父親が、暗渠排水や地下の湿気具合などについて詰めた質問を話の途中で投げかけていた。答えづらい質問には遠回しに避けつつも、声の調子は変わらずに頬の筋肉もぴくりともしない。

胸元の名札を見る。「販売コンサルタント　リーッタ＝マイヤ・ラーキオ」

売却対象物件は、戦後にスウェーデン人より寄贈された木造建築で七〇平方メートルある、機能的で美しい小さな家だ。戦後、スウェーデンから水産加工品会社「アッバ」や開放的な社会保障制度モデルがフィンランドに入ってきたが、それらと並んで最高のものだ。実際に

(24) マイクロフォンの指向性の一つ。マイクロフォンの前後から聞こえてくる音を収音し、左右の音は排除する。

は、家を設計したのはフィンランド人の建築家ラウリ・パヤミエス[25]だということが、戦後の住まいの歴史を読んで頭に残っていた。

「広告では二倍の敷地面積が書かれていた」と若い父親が噛みついてきた。リーッタ＝マイヤがどんなふうに対処するのか、僕は傍から聞いていた。「二倍の敷地面積というのは優れた地下面積のことで、小さなお子さんのためのスペースがすばらしく確保できますよ」と心得ているといった口調で巻き上げる。こういうタイプの家の湿気問題について事実を繰り返す父親に、その点に関しては心配いらないとリーッタ＝マイヤは答えて、狭い階段を下りてついてくるように全員に促した。

ずっと座りっぱなしのせいで、伸びきった尻が僕の目の前でゆらゆらと揺れる。こんな自然現象を目の前にして興奮した日々は過去のことだ。僕には、今、任務と目的がある。リーッタ＝マイヤは階下の説明をし始めた。誰かが住宅調査を強く求めた。資料の束からファック・システムズによる住宅調査判定書を摘み出して手渡すと、同時に名刺も差し出す。僕にも差し出しながら、「いつでも電話をかけてください。携帯電話は二四時間大丈夫です」とリーッタ＝マイヤは言った。

リーッタ＝マイヤは家の反対側に回ると、僕はテープレコーダーのスイッチを切った。数百メートル走って、公園のベンチで足を止める。メモ帳に「仲介業者たち」と見出しをつけて、こう書いた。

「販売価格には手が届かない。あまりにも高くて、鳥たちもたどり着けないくらいだ。そん

(25) 1950年代に手ごろな価格の規格住宅を建てた建築家の一人。当時の規格住宅は、地域ごとの必要性と状況に応じてアレンジしやすく設計された。

なような高所には機械が飛行している。エンジニアが製作したり、パイロットが運転したりする機械だ。彼らは、どちらも立ちくらみなんて感じない。七月一一日の日曜日のオープンハウスで羊が描いた紙切れを見て、地上でくらくらしている僕とは違って。

この羊は、ちょっとしたリフォームをすれば素敵な棲み処ができますよ、と鳴いてうるさい。カササギの巣なのか、僕の巣なのか。この羊は、同じ仲間をこんなふうにからかってはいけないことを知らないのか。僕が、オープンハウスの未踏地で飢えた狼の格好をしていることを知らないのか。この物件についての虚偽の文章はどれも、僕に対する個人攻撃だ。

この晴れわたった春の日、僕はフィンランド語を真剣に受け止める。言外の意味も、言葉のアクセントも、方言のおかしさも、すばらしい言葉使いも探らない。ネズミが水を探すように、僕は真実を求めているんだ。それに溺れるわけではなく、そこから栄養を摂るためだ。君のような羊にはこのことは知る由もない。その無知さをもって、君は市場価格を提示しているんだよ。

青く茂った草原に連れていって僕たちを休ませ、ベリーの茂みの木陰に続く道へと案内する。そして、リンゴの収穫や、絞りたての新鮮なおいしいリンゴジュースの作り方について語る。

君は真実を曲げ、清々しい日に僕の頭を酸欠にした。

リーッタ＝マイヤ・ラーキオ。年齢は三七歳から四三歳くらい。金属プレートを思わせる肌、無呼吸、長年のアルコール飲酒のせいで首に血管が浮き出ている。自分の健康管理をせず、甘いものには目がない。すぐに自分に褒美を与えてしまうタイプだろう。だらしない生活。おそらく同棲。しかし、人を騙すタイプではない。ヘルシンキ市民だが出身は違う。それらしく緊張気味に話そうとするが、生粋のヘルシンキ生まれのように小話ができない。七分の録音だが聞いてとれる。プリーツスカート、だぶだぶのブラウス、首にはだらしなく巻かれたスカーフ。盾のような服装。滑らかに嘘吐くところから判断して、そこそこの収入レベルだ。ファック・システムズとはどういう関係だ？　はっきりさせよう。おもしろい。次のオープンハウスで、さらに気づいた点を挙げる。悪い時間帯に彼女に電話せよ」

第一歩を踏み出した。やっと最初の仲介業者に関する資料ができたのだ。

リンゴを三つにチョコレートバーを一本、急いで食べて、冷静に文章を読んだ。激しい勢いで書いたにもかかわらず、明解な文章に見える。上機嫌で赤い家のもとへ走ると、サンザシで囲まれた垣根を抜けて庭へ這い、縄張りを張った。

目標をもっている人には運がついてくる。Bホールを通ってフォークリフトを運転していると、ホールの隅に見たことのあるペットボトルの存在に気がついた。見つけたものを確かめようと飛び降りる。マーケットでは最高級のマッサージオイルボトルが合計で一七本。四本取り出しておいて、一本ずつ表に運び出した。これで数百マルッカの節約だ。

この発見でさらに力が湧いてきた。夜、二人のハーフマラソンランナーにマッサージを施して、明日の予約をしていたシニッカに電話をかけた。彼女は一五分でやって来て、テーブルにみだらな格好で横になる。僕は手にオイルを擦り込みながら、シニッカに目をやって凍りついた。彼女は、ヘレナと同じ深紅のマニキュアを塗っていたのだ。

心を静めて腹部から始める。陰部から股間へと手を滑らせる間もずっと、爪先を見ないように心がけた。シニッカは喘ぎ、頭を振り回し、僕の名前を繰り返す。定期的にマッサージをする一つの条件として、施術中は僕の名前を声にしないように言ったのに。

僕は手を速めて、絶頂まで連れていった。そして、彼女がテーブルから下りる間もなく手を差し出した。

「どうしたのよ?」

「金」

「何もこんな終わってすぐに急かさなくても」

「二〇〇マルッカをここに置くんだ。それから、今後、二度とその色のマニキュアを塗らないように。二度と」

シニッカが金を手渡す。

「どうしてそんなこと……?」

「出ていけ」

彼女は出ていく。そして、僕は震えた。昼間に作っておいた魚のスープを温めていたら、涙が黄色いスープにポタポタと落ちていた。スープ皿を流し台に投げ入れて、無理やり仕事に就いた。

ホームスクエアのヘルシンキ北部支店に電話をかけたら、「リーッタ＝マイヤ・ラーキオかヤルモ・ケサマーのケータイに連絡してください」と言われた。

ケサマーのケータイ番号をメモに取って、コードレス電話を手にバルコニーに出た。下の掲示板で見つけた黄色い紙切れをバルコニーのドアに貼り付ける。定期的な喫煙が不可欠であることを忘れないためだ。

ケサマーが環状一号線の騒音の中で電話に出る。僕は、地域にあるすべての家に興味をもっている者だと名乗ると、車道から折れてガソリンスタンド「Tボイル」に入りますんで、とケサマーが答える。

「さて」

エンジン音が止む。ケサマーが売却に出されている物件現状について繰り返す。物件はどれも、狭小住宅にもってこいのものだと主張した。正規価格は一〇〇万マルッカをわずかに上回り、上限はない。一三〇万台からなら自分の家が手に入るけれど、ジャガイモ畑が欲しいというのであれば、残念なことにヘルシンキから車で三〇分かかる場所へ行かなくてはならない。

「ヘルシンキからどこにも出ません」

ライターの点火音が聞こえる。

「もちろんですよね。誰が家から離れるっていうんでしょうね」

僕の連絡先を聞いてきたので、必要なときにもちろん自分から連絡をとると言った。すると、ケサマーがこう言った。

「良い一日をお過ごし下さい。では、オープンハウスに急ぎますので」

「実を言いますと、非常にいい具合に設計された家がこの角にあるんですよ。ネットに画像が載っています。それは四月に撮ったものなんで、庭の感じは実際とはちょっと違うんですけど」

　僕は電話を切って、新聞でホームスクエアの今晩の予定を見る。ジョギングウエアを着て、双眼鏡を腰に縛り、タバコに火を点ける。タバコはバルコニーのコンクリート床にそのまま消さずに置き去った。階段を駆け下りると、心拍数は一三〇まで上がった。

　ケサマーよりも五分早くオープンハウスに到着した。スポーツ用品店の店員の話は本当だったのだ。双眼鏡は役に立つ。

　ケサマーの胴体に焦点を合わせる。会社の黄色いシャツには汗がしみ出ている。汗だくになりながらネクタイを無造作に緩める。一日中、車で移動していたために、シャツはもみくしゃになって尻にだらりと垂れている。落ち着かない印象だ。

　腹這いになって近寄る。ぺちゃくちゃしゃべっているようだが、細かいことまで聞き取れない。レンガ張りの家のオープンハウスにやって来たのは、家族連れが二組に犬だ。犬は、ステーションワゴンの後部荷物室であっちへ行ったりこっちへ来たりと興奮気味に跳びながら購入の決定を待っている。

　ケサマーが家族を裏から庭へと案内する。庭園のすばらしいディテールを指差しては、庭に置いてある小人のコレクションを見て人が良さそうな笑いを飛ばす。カラフルでずんぐりした小人の置き物は全部で六体ある。そのうち四体は大きな天然石の見張り番で、残りの二体は小さな噴水のところに並べられている。

ケサマーは書類を差し出すと同時にズボンの具合を直した。片方の家族の小さな子どもがブランコに突進すると揺らし始めた。母親が止めるのも間に合わず、ブランコが子どもの手から離れてケサマーの尻に衝突する。彼の動作から察するに、たいした衝撃ではなかったようだ。

テープには話の内容は録音されていなかった。溝から彼らまで、ゆうに一〇メートルはあった。交渉は成立しなかった。ケサマーが名刺を差し出すと、片方の家族も名刺を差し出し、そして二家族は立ち去った。

僕は、一人残されたケサマーの夕べの一時を見ようとその場を離れなかった。ブランコに座った彼は、ワイヤーによりかかった塊のように見える。パンフレットのファイルを芝生に落として、うな垂れてタバコに火を点ける。僕は体勢を整え、メモ帳を取り出してこう書いた。

「ヤルモ・ケサマー。年齢は五三歳から五七歳。表情と動作から判断してキャリアは一〇年以上。ストレスに弱く、喫煙スタイル（一本につき六回の吸引）からして一日に一箱半は少なくとも吸っている。掻きむしられた肌、汚らしい髭剃り跡、肌の一部分は絹のように薄くて皺が寄っている。

体のそこかしこがくたびれた感じだ。これといったスポーツもすることなく、二キロ程度のスキーストックウォーキング(26)で運動したと自分に言い聞かせ、そのあとで近場のバーで二杯ぐらいあおっているだろう。仕事に疲弊しているものの、残業してでも狭小住宅を売ろうと必死だ。狭小住宅の売却期間は長いが、報酬はシビアだ。

自分のことを柔軟でユーモアセンスのある男のように思っているらしいが、実はそうではない。皮膜の下に癇癪玉を抱え、怒りが爆発するのも時間の問題だ。集中力は低く、家庭戦線主夫にはほど遠い。ラジオで歌謡曲を聴くタイプだ。カリ・タピオ(27)のファンだろう。だらしない結婚生活。生理時計が新たな関係を知らせるが、踏み切る勇気はないだろう。彼のような男性にとって不倫は亀裂を呼ぶ。破滅寸前だ」

覚え書きが不十分であることは分かっていたものの、この段階では意味がない。大切なポイントは、僕がケサマーをキャッチしたことだ。

(26) スキーのストックを両手に持ち、大きく前後に動かしながら歩く運動。

(27) フィンランド人の心を歌い続けて愛され続けてきたカリスマ歌手。その功績を称えて、2003年度ヒットソング・フィンランディア賞を受賞。

# 上階の二人

あいつがまた、火を点けたままバルコニーにタバコを置いていきました。

私自身、多様性には取り乱すことなく対応できると思っています。乳製品の品質管理をしているときなどは、さまざまな問題にぶつかります。ヨーグルトが発酵しすぎていたり、おいしい均質牛乳の賞味期限が間違っていて酸度が上がったり、表示された保存温度通りにチーズが言うことをきかなかったり。つまりは、フィンランドの健康な牛から出てくる原料が使えないものになるのを目にしてきたのです。私は、物事に対して見通しを持っていますから、下階に住んでいる軟な生物は人としては失敗作だと冷静に判断できるのです。

前に聞かれたときは、こんなふうに言いました。繰り返し言いたいくらいですが、それ以来、話に取り上げられていません。

管理組合理事会のメンバーはネズミです。

私と同様に、彼らも喫煙男と癌タバコには悩まされていることを知っています。ですが、言葉にする勇気がないのか、面倒なだけなのか、自分の吸いたいときに吸うことができて私たちの生活を台無しにしてしまう喫煙法を引き出してくるのです。このカビの生えたチーズが階下に越してきて以来、私たちの生活は腐ってしまいました。妻と私の程よく快活な生活は虐げられたものに変わりました。満足のいくセックスには良い雰囲気が必要ですが、私たちにはそういうムードがありませんでした。レーナの太腿の間を考えると決まって、バルコニーに続く寝室のドアはきちんと閉まっているかどうかということが頭に浮かぶのです。途中で、部屋の中に匂いが入ってきて欲しくないのです。

品質管理において気がついたことは、人間は一度に一つの強烈な臭気しか消せないということです。もし、レーナが放つ愛のフェロモンにタバコの匂いが混じろうものなら、私の気分は毒されます。

愛し合っている最中に何度か喫煙男に邪魔されてしまったことがあって、このことをカッリオに言いました。もし、途中で下のバルコニーから愛の巣へ癌タバコの煙が入ってきたら、管理組合理事会の副議長としてどのように感じるのか聞いてみたのです。カッリオから心からの共感は得られませんでした。彼の階下に住んでいる住人はタバコを吸わない耳の悪い未亡人だから、笑っていられるのです。

私には持論がありますが、その正当性についてはレーナも認めています。タバコを吸っている人間は、障害者の人たちに比べて不出来な人間です。念のために言いますが、私は決して障害者の人たちを受け入れないわけではありません。ただ、彼らが生まれる過程において何らかの間違いが起きてしまったというのが私の考えです。喫煙者にも欠陥がありますが、障害者の人たちと違う点は、喫煙者は最初の一本を吸うことによって自ら欠陥を引き起こしてしまったということです。

この辺一帯の賃貸住宅の裏手にある区域には、障害者のための施設の建設が予定されています。私は反対しません。なぜなら、障害者は私たちが自分を省みる鏡であるからです。つまり、このような躓きから私たちを救ってくれた創造者に感謝するんです。でも、私は喫煙者には家を建てません。

私は、一九八七年から集中的に彼らを調査してきました。その年の一月に、私たちは自分たちへの褒美に休暇を取って、美しいテネリファ島へ旅行しました。旅行準備は順調に運び、ヘルシンキ・ヴァンター空港までの旅路すらつつがないものであったと記憶しています。タクシー運転手はラジオをクラシック番組に合わせていて、無駄な話はしませんでした。私はレーナの手を握り、その瞬間、幸せで常識のある自分を感じました。

飛行場の待合ロビーに座ってすぐ、もう一つの世界にいる存在を知らしめさせられました。そこには喫煙者のために別に部屋が設けられていたのです。ふかふかの椅子が用意されたガラス張りの部屋。空港の職員を呼び止めて、このスペースをつくった理由と費用の出所を尋ねました。国から出ているのでしょうか。職員は答えられませんでした。レーナとガラス張りのスペースの前まで行って、彼らを見ていました。

青い煙が立ちこめる中、座っている人や立っている人が何十人といて、一本消してはまた一本点けるといった行動をしていました。神経質そうに時計にちらちらと目をやって、タバコをケースからカサカサと取り出していました。きちんとした装いの人も中にはいて、職業も地位も、おそらく家族すらももっている人たちのように見えました。一〇分間ほど集団行動を観察していたら、その中の一人がガラスにくっつかんばかりに近寄って、私たちに向かって煙を吐いたのです。まるで、動物の行動です。レーナは気分が悪くなり、私は彼女を化粧室に連れていかなければなりませんでした。幸いにも、旅立つ前には気分はよくなりました。

もう一つの驚きが、テネリファの美しい火山島に到着した私たちを待っていました。飛行機から降りて入国手続きを終えたあと、あのガラス部屋の人たちが煙草を吸っていたのです。私は、意気揚々と当地の職員に話をしに行きました。すると、飛行場内での喫煙は許可されていると言われ、私はプラスチックでできた椅子に座り込みました。

私たちは、精神的資源と経済的資源を旅行に注ぎ込みました。こういった社会の中でも、腐りきった物質が、癌を広める蛭どもが、故意に環境と自己を壊滅させる非人間たちが、行政の許可の下で私たちの旅行を初日からこっぱみじんにするなんて考えられませんでした。そのとき、私は決意しました。人生において仕事と家族のほかに力を注ぐものがあるとするなら、それはまさしく、どんな形であれ喫煙に反対することでした。

八分。

タバコを一本燃やすたびに寿命が縮む時間です。もし、一日に二〇本吸えば一日に一六〇分間を失うことになり、一月で計算すると四八〇〇分、つまり八〇時間失うことになります。さらに計算してみました。ナイフで傷口を広げるようなものです。一年で九六〇時間、合計で四〇日間。ジャッカルの人生が毎年四〇日間短くなるのです。

あなたは、実際には一年も生きていないのです。

あなたから、イースター祝日とクリスマスを取り上げ、真夏の最高のひとときを取り上げます。

あなたに一二月はありません。

あなたから、毎年四〇日間を取り上げます。取り上げられる日の決定権は、あなたにありません。

生命組織によって決定され、あなたはその決定に満足して私は喜ぶのです。

この考えをまとめて、下の掲示板に貼っておこうと思いました。

# 不動産仲介業者

服も臭いし、車も臭いし、仕事も臭い。頭もひどく痛ぇ。痛みがひどくなりそうだったら、一晩かけて西部フィンランドの南部ポホヤンマーにあるウリスタロまで運転して、畑の真ん中に立って深呼吸をしよう。

バルコニーのドアが軋むみたいに、メルヤがぶつぶつ文句を言っている。あなた、日曜日くらいはゆっくりできないの、とか、週末はいつもオープンハウスでのらくら過ごすから一緒の時間が持てないじゃない、とか。

のらくら過ごす。メルヤに言われる筋合いはない。

今日の客は、はっきりしないやつらばかりだった。網に引っかかる魚は一匹もいないだろう。ただし、最後のオープンハウスを見に来た夫婦は脈があるかもしれない。奥さんのほうが庭の小人の置き物や噴水に和んでいる様子だったし、旦那のほうは確かな足取りで屋根裏の物置を歩いていた。実年齢は五〇前とは言いきれない。新しめのステーションワゴンのパサートに乗ってその場を後にする。いい服を着ていた。旦那のパンツはギャントだ。手取り収入は三五〇〇はあるだろうから、それだったら物件が買える。

動きがあるかもしれないし、そうでないかもしれない。一日も終わりに近づくと理性が働かない。エアコンの付いていない車中が燦々と照らされると疲れて乳酸が出てくる。次のオープンハウスまで車を移動させて、そして、さらに次へと走らせる。最後のオープンハウスでは、何を話したのかあとになっても思い出せない。

客の中には、運転中に電話をかけてくるやつもいる。この客もそうだ。名乗りもしないし、連絡先も言わない。こういうやつらは情報を汲み出すだけで絶対に買わない。このことについては、リーッタ＝マイヤと話が済んでいる。あの区域には決まった客グループがいて、オープンハウスのマットを汚して使えなくするし、靴にビニールカバーすらつけてくれない。それどころか、価格をぼやいては家を嗅ぎ回る。一種の派閥か何かのようで、入り口ですぐにピンとくる。そういうやつらはこっちの目を見ようとしないで、パンフレットを取ってそそくさと部屋へ消えてゆく。ときどき、やつらがそこで何かを盗んでいるんじゃないかと脳裏に浮かぶ。

シャワーを浴びて、体重計に乗った。八九・五キロ。『美と健康』誌の表によれば一七キロのオーバーだ。

スホネンは一年で二二キロ落とした。飲み物は水だけ、ライ麦で作られた乾パンにカッテージチーズ、キャベツにツナ缶を食べたそうだ。ただし、その当時は、立地条件のよい２ＤＫの小ぎれいなアパートとか、きちんとした物件ばかりをスホネンは担当していた。文句もなけりゃ、痩せるのも簡単だ。部屋が手から離れれば、飲み物は水だっていいのだ。紙面では、ダイエットの精神面については軽視されて、カロリー計算をおもしろおかしく扱っては夜食に走る人たちを責める。

体重計から飛び降りる。悲しいかな、その動きで腰まわりについた肉がぶよぶよと揺れる。両側の肉をつかんで、ぶるるんと振り回した。

「一〇時のニュース」のポニーテール頭の気象予報士が指し棒を弄びながら、明日は今日よりも寒くなる、と予想する。僕は一度もこの男を信じたことがない。四チャンネルに至っては、さらに行き過ぎた感がある。このチャンネルはわざと気象予報を弄んで、不動産仲介業者や農業者にとって天気が重要であることを認識していない。家を売りに出しているときは、とくに重要だ。もし、雨が降ろうものなら客はＦ１を観る。こっちがよく晴れて、Ｆ１がスタート前のウォームアップだと、公開五分前に確実に通りが車でいっぱいになる。

天気は契約の半分を担うことすらある。古家の壁が穏やかに黄昏に染まり、夕焼けが尾根を越えて庭のブランコの骨組みにちょうど降りてくると、客は引き込まれてゆく。来年の夏は大切な人と一緒に、冷えたドリンクを手にして座っている自分を思うのだ。それなのに、テレビ局の責任者はそんなことまで気が回らずに、ポニーテールに好き勝手にさせているのだ。

タオルを腰に巻きつけて、テラスのドアを開けた。トゥースラ通りのざわめきが部屋に流れ込んでくる。テーブルの上から明日の〝書簡〟を取って、攻め方を探り始める。幸いにも、今週のオープンハウスには良さそうなアパート物件が二件と、契約までもっていかなければならない家が一件。とてつもなくひどい家で、今のところは屋根のレンガは頭に落ちてきてないからいいものの、これから先が不安だ。みんな頭がおかしい。物件がヘルシンキ市内にあって、庭に植え込みが二つくらいあれば、すぐに一〇〇万単位に跳ね上げなくちゃならんのだ。

アパート物件の価格と顧客リストを比較して、ぱっと目に留まったものがあった。もう一〇時近かったけれど、あえて電話をかけた。

この区域で、まさにこんな価格の住居を探していたロンッパネン一家には手ごたえを感じた。会う日を決める。本来のオープンハウス日に先立って部屋を見せるつもりだが、カッリオ一家にも電話をかけることは伏せておいた。

「こんな夜遅くにテラスで大声でケータイをかける必要があるの」とメルヤが言いにやって来る。自分としては叫んだつもりはなかったが、「垣根を挟んだ向かいのサイライネン家にでもよく聞いてみればいいわ」とメルヤが言うので、「聞くことなんて、芝刈り機のガソリン代についてくらいだ」と言い返した。

もうしばらくテラスに腰かけて、普段のヤルモになろうと努めた。今週末もまた、「こんにちは。ホームスクエアのケサマーです」とずっと言いっぱなしだったな。客に接するときは名字に変わって、自分を消す。流れ落ちる汗でやっと、自分が土曜日の夕刻ラッシュの最中に環状線の騒音に包まれて存在にしていることを知るのだ。

毎晩、ケサマーからヤルモを探す時間を持たなくてはならない。そうでなければ自分自身を失ってしまう。ただし、まだ喪失していなければの話だが。

このことについて、この前のクルージングのときにリーッタ＝マイヤと話し合った。ときどき、すべてが輪郭線を失ってしまうような気がして、物件の庭でしゃべっているのは誰なのか分からないと彼女に話した。一〇〇キロ近いスピーチマシーン、それとも洗礼式でヤルモと命名されたオレか。

　リーッタ＝マイヤは、別の言葉で同じことを言っていた。客に感情移入することで奇妙な状況が生まれると言う。そして、自分の考えに自信がもてなくなるのだ。この家は自分のなのか、サウッコマーのなのか、ヴァルティアのなのか、それとも、ただでさえ薄暗いリビングに出窓が新たな新鮮味を与えてくれると言っていたあの未亡人のなのか？

　しきりに頷いて、同感して、客の意見に迎合するためにパニック状態になる。シニカルコメディーやラブコメディーをいくつか見たくらいでは、なかなか抜け出せないくらいひどい。パンフレットの束を宙に放り出してしまいたくなるようなときもある。「みなさん、こんなボロボロの連続住宅なんかにお金をつぎ込まないでくださいよ。一〇年後には線路の脇で忘れ去られたような牛小屋に見えかねないんですから」と言いたくなる。

　幸いにも、こういう気持ちはオープンハウスへ向かう途中で押しやってしまえても、「ホームスクエアのケサマーです」という堆肥《たいひ》な言葉に埋もれているにすぎない。

# 家族

選択肢は三つあったのよ。家か、サマーコテージか、ワゴン車。

初めて庭に足を踏み入れたそのとき、「これだわ」とレパに言いました。赤くて小さな家。庭もちょうどいい大きさでムードもありました。仲介業者を庭から追い出したい気持ちに駆られたほど、一瞬で自分の庭のように感じたくらいでした。

あのリラックスチェアに腰かけた感じが思い浮かびます。白樺の葉は首にくすぐったく、娘のヴェーラは庭で無邪気に遊び、レパは仲介業者とサウナのベンチについて交渉していました。興味がないね、とレパが言っているんじゃないかと不安になって聞く勇気がなかったけれど、付け値という言葉を聞いておもらしをしそうになりました。

最初の家がずっと頭に引っかかっていました。そのあと、もう二軒を回ってみたけれど、頭の隅でこの家のことを考えていてよく眠れませんでした。ベッドの中でごろごろと寝返りを打っては、夜中の二時にコーヒーを沸かしに起き上がりました。子どもが生まれて慌しかったころ、二時間ほど昼寝をとっていたことを思い出します。

それから二週間はずっと、庭のブランコ、芝生、二階の寝室の羽目板、地下のサウナ、ベランダでくつろぐ様子や、子どもが寝入ってレパに背中を撫でられる様子ばかり考えていました。すると、「アパートの部屋でだって撫でてやるさ」とレパは言って、気分をぶち壊そうとします。

でも、レパの言葉に気持ちは揺らぐことなく、家のことが頭にこびりついて離れなくなりました。レパに、「おまえは感情で生きている」と言われたので、「じゃあ、あなたはどうなの」と聞いてみましたが、あの人は答えられませんでした。

銀行に行ったときのこともあまり覚えていません。覚えているのは、レパの手を握っていたこと。そして、娘のヴェーラがプラスチックのおもちゃの馬で遊んでいたこと。店員が書類をどっさりと並べる一方で、私が目にしていたのは家とベランダの光景だけでした。「おい、書類にサインするのかしないのか」とレパに小突かれて、はっと我に返ってサインすると、店員がにっこり微笑んで祝福してくれました。

交渉が上手くいったお祝いに、Tボイルに寄ってドーナツとコーヒーを食べました。「ついてるな、セットで一三マルッカだって」とレパが言います。喫煙席の窓際につくと涙がこぼれてきました。「マイホームのことでそんなに思い詰めていたのか」とレパが聞くので、「そうよ」と答えておきました。私が泣いたのは、あの家のせいではなくて自分の人生を思って泣いたのです。レパに抽象的なことを言ってもいらいらを募らせてしまうだけなので、対象を特定して泣いていると言っておくほうがベストなんです。

二〇年でローンが完済する生活を考えています。いたってシンプル。生活費は大幅に切り詰められるわ。部屋の温度は二〇度以下に保ち、シャワーの水も出しっぱなしにしておかない。夜に洗濯して、いわゆるサウナに入る泊り客は呼ばない。レパは巻きタバコに切り替えて、私はすべてを止める。ヴェーラの服はフリーマーケットで揃えます。先週もレパが図書館で犬の本を借りてきて、キッチンの食卓にラップランド犬のページを開きっぱなしにしているけれど、犬は飼いません。

予定にないことが起こると耐え切れなくて、せっぱ詰まって頭痛を起こすときがあります。庭に誰かが入ってきて、勝手なことをしていくんです。

ヴェーラが気づいて、急いで私たちに話しに来ました。

「あたしのバケツとスコップのところに来てね、同じ穴から出ていって、大きな公園のほうに向かって走っていったの」と、ヴェーラは興奮していました。

見に行ってみました。尿の匂いくらいは分かります。好き勝手にやる人もいるんです。

「どんなひと」と、ヴェーラが聞いてきます。

「世の中で自分のしたいようにする知らないおじさんよ」と、説明しました。

レパがタバコで燃やされた芝生に立つと、押し詰めた声でヴェーラを中へ連れて入るように叫びました。娘をやっと寝かしつけると、レパが地下から自家製ワインを持ってきました。普通なら、土曜日の夜にしか飲みませんが、変質者のせいで私たちは決まりを破ってしまいました。

レパは二口でグラスを空けて、「この辺は他人が人の庭で小便するような土地柄ではないはずだ、最近は安心できない」と、辛辣に文句を吐いています。

「メリタ銀行だかノルデア銀行だか、今回は合併してどんな名前になったんだか分からんが、毎月何千マルッカと銀行に支払ってるんだぞ。必死になって節約に努めてるっていうのに、誰かが芝生にマーキングする始末だ」

私は個々のケースについて話を挟もうとしましたが、レパは二杯目をぐいっとあおって、つらつらと文句を言い続けています。一瞬、私のことを変質者の味方だと思って敵視しているようにも感じました。

レパが最近の事件を繰り返しているうちに、奇妙な符号点を見つけ出しました。

仕事の同僚のステーションワゴンから後部ドアが盗まれた。ランキオの庭の物置小屋の壁が落書きされたが、それは大手スーパーマーケット「マックス」のお菓子売り場で、ランキオが誰かのジーンズを焦がしてしまったことに対する仕返しらしい。ガソリンの値段がまた上がった。国産キュウリの値段が異常に高い。ＥＵは、怠けた農業者を支援する。農地はもっと拡大させるべきで、そうやって援助金を搾り取るやつらから解放されよう。中華料理店やトルコ人経営のピザ店には最高の場所を与えよう。スウェーデン系フィンランド人回帰者を支援しよう。スキーヤーには敷地を与えよう。数秒、宙に舞って降りた湖畔の敷地をスキージャンプの選手に。

私は怖くなりました。まるで、あの変質者がレパのコルク栓を抜いてしまったかのように、レパは奇妙な事柄をどんどん一つに結びつけていきます。そして、すべてが私の頭に降りかかるんです。

「もう中に入りたい」と私が言うと、レパは、ワインボトルをテーブルにドスンと置いて、約束の意義を強調しました。

「何の約束?」

「この家のローン契約書にサインした日に、家に関わるあらゆる責任を一緒に背負うと約束したことだ」と、レパは叫びました。

　変質者とその行為のせいでもたらされた不愉快さが、どんなふうに一つになったのかよく分かりませんでしたが、もう一杯、付き合うことにしました。レパは酔っ払って、他人を見るように私を見ていました。

## マッティ

自分の夢を原動力に昼の仕事をこなした。倉庫業という日課は、自分には関係ないように思えた。リムジンを運転するようにトラックを動かし、ホールの荷物の海原を何も感じることなく眺めた。別にどこかに旅立つわけではないけれど、自分が目にしたものすべてに心の中で別れを告げた。

仕事の同僚から近況を聞かれても、それとなくぶつぶつ言葉を漏らしておく。仲間の多くが離婚に苦しんでマイホームに夢を抱いていることは分かっていても、苦しみと喜びを自分一人で背負いたかった。ただ、わずかな稼ぎを見込んでマッサージを始めたということだけ教えた。パワーリフティングをやっている数人の仲間から予約の申し出があったけれど、すぐに言い訳を考えた。空っぽの部屋を見られたくなかったからだ。

シニと会う日を土曜日の朝に決めた。金曜日の夜にセイヤとピルヨのマッサージが入っていて、幸いにもシニッカはキャンセルしていた。女性へのマッサージはスムーズに運び、僕は一秒たりとも興奮しなかった。すべてに対して世帯主の目で見ているような、冷静な遂行者となっていた。太腿の間にベランダを、黒い藪にベリーの茂みを、尻の柔らかな丸みに八月の黄昏時に降りるリンゴの木陰を見ていたのだ。

昨夜のマッサージで指と肩が凝っていたけれど、土曜日は一日中、シニの相手をしていた。

いつもの遊びをすべてやった。童話を読んで童謡を歌った。シニが昼寝をしている間に週末の売り出しを確かめて、気になる物件を一つ見つけた。それはベスト住宅にランクされていなかったけれど、オープンハウスを見にいくことに決めた。お昼にアイスクリームを一本追加することで、シニを連れて出掛けることができた。

物件は戦後に建てられた木造住宅で、サウナと洗濯場のために六〇年代に増築されている。地下にもともとあったサウナは、訳の分からないガラクタ置き場と化している。

価格は一二〇万マルッカで、敷地は借地だ。増築されたサウナから異臭が放たれる。洗濯場のビニールマットが隅っこで睥睨し、タイルの亀裂から古くて茶色い水が流れている。仲介業者は四五歳くらいの男性で、第一印象を聞いてきた。彼の考えでは掘り出し物らしい。キッチンに入ると陶製レンジの前で足を止めた。

「一番の目玉ですよ」

「これだとお粥がこびりつく。吹きこぼれるやつは全部そうだな」

「注意しないといけませんね」

「ここの賃貸は来年上がるでしょ。そのことについてパンフレットに書いていませんね」

「そうなんですか？　うちの女の子たちが書き忘れたかな」

「男の子たちもじゃないですか」

リビングに向かう。一番安いと思われるフローリングは古家に合っていないし、ラスはぶら下がり、窓枠にはラテックスを上塗りしている。

「陶製レンジは価値がないね。サウナは臭いし」

「住宅調査がじきに上がってきます。こちらの物件には問題点はないはずです」

「僕は鼻が利くんだ」

「庭にはもう足を運ばれました？」

「この歳になるまで、嫌というほどベリーの茂みを見たよ」

「ここはお子さんにとってすばらしい生育環境ですよ。学校は近くにありますし、近所には友達もたくさんいますから。ご検討してみても良いかと」

　窓越しに、ブランコをこいでいるシニを見つめる。風に髪の毛が舞い、目は瞑っている。

「これが名刺です」

　レオ・ヴィルタサルミの写真つき名刺をポケットにしまって、ブランコのほうへ歩いていく。娘を抱き上げて髪を嗅いだ。サウナの匂いはついていない。

　帰り道、アイスクリームを自分とシニのために買って、オープンハウスのせいで塞いだ雰囲気を忘れようとした。シニを送ってすぐに、ひどいオープンハウスの余韻が頭を襲ってきた。三人家族の芝生に残したマーキングが乾くまで数日間待つつもりだったけれど、気分を和らげようと予定よりも早くに電話をかけた。

　奥さんが電話に出た。声の調子から、だいたい同い年くらいだろう。自分のことを不動産仲介業者だと自己紹介して、家は売り出し中かどうか尋ねてみる。

　そんなようなことをどこから聞いたのか、と奥さんは驚いた。こんなに狭い地域を扱っているといろんなことを耳にするんですよ、と言いながら雰囲気を和らげた。家は売りに出してもいないし、この先も売りに出すことはない、と驚きながら否定してきた。僕は謝罪して、奥さんとその家族に挨拶を言って電話を切った。

メモ帳にこう書いた。

「二人はまるで靴下の宣伝に出てくるテリア犬だ。誰かが靴下をつかもうとする前に、必死に自分たちのものにしがみつく」

再び電話をかける。

「五分前に不動産仲介業者と名乗ったマーキング男です」

沈黙が流れる。僕は日時を特定して詳しく話した。奥さんは何も言わない。

「沈黙するのもよく分かります。規模は小さいですけど、自分の所有物も危険な目に遭ったことがあるんですよ。でも、奥さんやその家族の生活を脅かそうという気持ちは毛頭ありません。まさに、奥さんたちの家が新しい自分の人生のスタートを切ったことへの、もっと象徴的な行為なんです」と、僕は強調して、こう続けた。

「荒っぽい行動ではありますが、あなた方に感謝を表して思い出を残したかったんです」

受話器を置くと奥さんに言われたが、もう少し待ってくれと頼んだ。彼女は主人に代わると言った。こういう状況を、旦那に対処してもらおうと思ったのだろう。

ざわめきと足音が聞こえる。電話に旦那が出て、レパと名乗った。詳細事項を述べつつ、一般的な状況についてもう一度繰り返した。すぐに旦那は脅迫し出して、声を荒立て始めた。

「ふざけるなよ。いいかげんにしろ。このままじゃすまんぞ」

電話の向こうで幼い女の子の泣き声が聞こえる。叫び声と泣き声を一緒に聞くのは嫌だ。これを聞くと袋小路に陥ってしまう。大声を出して、旦那を止める以外になかった。

旦那について調べた結果、職場と地位と食事時間の過ごし方と忘年会での行動は把握できていた。でも僕は、「すべて知っているんだぞ」と嘘を吐いた。

沈黙が流れる。僕は条件を提示した。

僕が奥さんに言えること、あるいは話すことというのは、奥さんは心の広い旦那さんをおもちですね、ということだ。旦那の性的な優柔不断さについてはさっぱり分からなかったので、魚は針に食いついてきた。

状況について繰り返したあとで、僕の可能性はあるかどうか聞いてみた。旦那は謙遜しながら、数千マルッカの現金では一五〇万マルッカの家を買うには十分ではないと適切に答えた。彼はオーランド銀行をすすめてきた。そこのローン提供は、大手銀行と比較しても十分な競合力をもっているという。僕は情報提供に感謝したが、家の購入にはお金よりも重要な価値がかかわってくることを明確にした。すると、旦那はその通りだと同意し、家族の帰還を信じていると言った。

同感してくれた旦那に感謝したが、どんな道徳基準をもって古い退役軍人家屋に住んでいられると思うのか、そして、どんな権限をもって下手な増築を施したと思うのか聞かずにはいられなかった。戦後に少なくとも三人の子どもを抱えた移民者や退役軍人とは違って、子どもを一人抱えた家族の長として、どこにもっとスペースをつくればいいのか。けれど、旦那は質問が理解できないと言って話を止めた。

　受話器の騒音に脳が酸欠状態になる。気がつくと、僕は受話器を握り締めていた。憎悪は化学だ。

　これからのことを考えると、これ以上おどけるのは止めることにした。さっきの質問に関連した研究を語ることで雰囲気を和らげる。戦後の住まいの歴史の本で知った研究だ。旦那にとってこの時代はよく知っている時代かどうかを尋ねてみる。どうやら、知らないようだ。

「バーベキューする暇があれば、この時代に親しむといい。当時に比べれば、今の住宅問題は子どものお遊びだよ」

　再び、受話器の騒音。

「もしもし、あなたは退役軍人ですか、それとも、電話相談員ですか」

旦那は、ぼそりと声を出して聞いていることをアピールする。よし。マーキングについてはやり過ぎたと謝った。心拍数が長い時間一七〇にまで上がっていたせいだ。そんな心拍数にもなれば、世界は自分のものだと思うものだ。旦那は、再び黙り込んだ。

「ジョギングは、あなたにとって身近な趣味ですか？」

違うようだ。女性や世界や経済システムと競合する必要のない、このスポーツもすすめた。

「考えてみます、もし、バーベキューする暇があれば」と、旦那が言った。

僕はユーモアのある返しに理解を示し、こういうことに関しては、われわれ男性というのは意見が一致しないものだ、と残念な気持ちを表した。

「もし意見が一致していれば、マーキングするほど追い詰められない。今の僕たちのような男性の多くは感情で生きている。男性の理性はまやかしだ。ロックはあなたにとって身近な趣味ですか？」

「そこまでは」

「そうですか。音楽は理性を抑えて感情を強調します。歌詞のないリフレインが、あなた方の庭まで僕を運んだんですよ。いつもの青い公共バスじゃありませんよ。いらいらしてそうですね」

「ええ」

「それではこう言って励ましてあげますよ。僕のほうが、もっといらいらしています。それからいらいらする、という言葉を使うことにいらいらしています。この言葉では、僕の心の状態を表せないからです。あなたの芝生につけたマーキングは数時間で蒸発しますよ。クリスマスになれば、この話はすっかり忘れてしまっていることでしょう。バランス感覚は、あなたにとって聞きなれた用語ですか？」

「もう、何も答えない」

　旦那は電話を切った。ケータイを充電して、メモ帳にこう書いた。

「テリアは、数時間でゴールデンレトリバーに変わった。だから、もともと犬は好きじゃない。投票行為が移ろいやすいのも当然だ。ここは社民と保守と緑の区域だ。テリアは環境保全を重視する緑にお手をするが、次回の選挙では、緑の党に小便をかけて社会民主党にお手をする。あれから半年。テリアは保守党を嗅いでいる。犬の公園に新しくベンチを設置すると約束したからだ。このことは、さっき肥料を与えた芝生の所有者に電話をかけて明らかになった。根本的な問題は、自分がこんなような隣人を望んでいるかどうか、ということだ。アパート住まいでは隣人が誰であろうと気にすることはないが、一戸建てとなると、日曜日の朝にサンザシの垣根越しに庭を覗かれようものなら大惨事になる。このアパートなら、僕の生活様式を上階の詮索好きが気にしていようとも、基本的に僕は気にする必要はない。いらいらは募るが、僕が彼らをいらつかせるのに比べるとそうでもない。平静は保てる。こんなレパたちと平静を保つにはどうやったらいいのだ。戦争から帰還した男性たちは、社会義務をどんなふうに果たしたのだろう。隣人と上手くやっていくために、無意味な意見交換をサンザシ越しに無理やり交わしたのだろうか。そういった恐ろしい体験をしたあとは、日常のおしゃべりが平穏に感じるものなのだろうか。おそらく。引っ越す前にこういったことについてヘレナと話したほうがいい。頭をどこに突っ込むかで、明暗が分かれるのだ」

## 上階の二人

喫煙者の家族は、おそらく出ていってしまったんでしょう。奥さんや娘さんの姿をここ二ヵ月くらい見ていませんから。ですが、当然のことです。あいつは身内にとっては重苦しい人間です。家を訪ねてくる仲間はいるようですが、残念ながらうるさいわけではありません。騒音が起これば文句だって言えるんですが。

ある日、一時間おきに三人の女性があの部屋から出ていくのを目にしました。廊下に、商売の匂いをぷんぷんさせて。

いかつい顔をした若い男性たちも数人来ているようで、そのうち何人かはショッピングセンターの隅で見たことがありました。ドラッグとは関係がないことを祈ります。もし、動かぬ証拠を手に入れることができれば、すぐにでも喫煙者を外へ追い出すことができます。部屋の中で吸っている可能性もあります。

こういう家族の家出は、さまざまな理由が絡んでいます。奥さんや子どもに関してはあれこれ考えてみましたが、まったく思いつきません。とても穏やかな女性で子どもも愛らしく、廊下で会うといつも挨拶してくれました。うるさくもありませんでした。

奥さんはいたって健全な人だと感じました。ただ、ヘビースモーカーの奥さんが健康かどうかは分かりません。間接喫煙で、どれくらいの人たちが苦しんでいるのかレーナと話してみました。それから、喫煙者の衣服に染みついたヤニ臭さが間接的に部屋に入ってくることについても。口臭は言うまでもありません。チューイングガムやのど飴なんかでは消えない代物です。

その幼い子どものことがレーナは気になっているようです。つまり、父親の病気のせいでどんなに苦しめられているのだろう、何か打つ手はないのだろうか、と。レーナは厚生保健省に電話をかけましたが、法的措置を取るような事態にならないかぎり何もできないと言われたようです。私たちの国の法律は、悪い事態が起こってから機能するのです。

中央公園で奥さんを見た、とレーナが言いました。子どもとベンチに座って、下を向いていたようです。レーナがラークソ家までストックウォーキングをして折り返してきたときも、奥さんは同じ場所に座っていました。何かあるなとレーナは直感したようですが、もちろんいろいろと詮索することはしませんでした。プライベートなことにはかかわらない、それがアパート住人の基本権です。

ですが、レーナは我慢できずに、下で一体何が起こっているのか私に調べるように言いつけてきました。私たちに関係のないことには責任を感じることはないんだ、と言ってレーナを落ち着かせようとしました。ところが、病人の病気をケアすることが外部の人間である私たちの役目と思えるくらい煙草事件に深入りしてしまったから、と言われました。

私にしてみれば、レーナの持論はずれていると思いました。このことでつまらない喧嘩をしました。私たちの意志に関係なく、喫煙者が私たちの仲に毒を盛ったような気がしました。

私が夜遅くまで自分の否定的な意見をいちいち根拠づけたので、レーナが翌日の晩までリビングのソファで眠ることになりました。加えて、彼女は忌々しくもケータイを紛失してしまったことに苛立ちを覚えていたのです。ショッピングセンターの窓口カウンターにはいまだ届出がありません。

翌朝、レーナがキッチンでカチャカチャと音を立てていました。私がその音に不快感を抱いていることを知っていながら。

週末はずっと私と口をききませんでしたが、とうとう月曜日の朝に、喫煙者の奥さんと子どものことで私を責め始めました。状況は手に負えなくなりました。世の中のあらゆる人間の中でもこの私が、いきなり喫煙者の奥さんと子どもの責任を背負うことになったのです。

事態を徹底的に明らかにしたくて、レーナを散歩に誘いました。

自然とは奇跡です。中央公園を小一時間ばかり散歩し終えると、喫煙者のせいでばらばらにされた家族の問題は最重要課題ではないという合意に達しました。私たちは、自分たちの家族や外部の人間のせいで衰えつつある夫婦生活のケアをしなければならず、次の管理組合理事会では、喫煙者によってもたらされた最新苦情や玄関前で鳴らす靴音を取り上げて解決していかなければなりません。私たちには、現場を押さえた二枚の写真という動かぬ証拠があるのです。

# マッティ

出かける前に、シルックの留守番電話にヘレナへのメッセージを残しておいた。

「もしもし、僕です。そこにいるってことは分かっている。そこにいなくても僕には分かるよ。これはひどいよ、でも戦後はもっとひどかった。ただ、そのときは希望や新たなチャンスがあったけどね。今、僕に希望はない。君が与えてくれないから。今からイベントに行ってくる。僕がそんなところに行くなんて、君はまったく想像もつかないだろうね。こんなふうに僕たちは歩み寄ろう。すべてに意味がある。引っ越しする日を待ちわびているマッティより」

テープレコーダーとメモ帳と双眼鏡を詰めて、バスに乗り込む。

バスに乗っている間、メモを取っていたことくらいしか覚えていない。

「国土の敷地不足について話すやつは、感覚器官を開いてヘルシンキからバスに乗るべきだ。二〇分後には、あるいは、路線によってはもっと早くに人の往来も建物も生活も目にしなくなって、茂みや森や畑や殺風景な大地だけが見えてくる。地方自治体の決定者たちよ、バスに乗って、敷地不足だと叫ばれている虚しく広がるわれわれの国土を知りたまえ」

住宅フェアの会場に午前一〇時二三分に入る。一五時六分、僕は普通の人なんだと認識した。

僕はこれっぽっちも異常でないし、ユニークでも個性的でもない。世界を、こっぱみじんに打ち砕くロックのリフレインのように思っていたけれど違う。世界中でも一番ユニークだと若いころに思い描いていたけれど違う。夢見ていた人でもない。僕は、今、目覚めたばかりの人間なのだ。

建築家と一緒に入れたての紅茶を飲みながら、夕日が思ったとおりの角度からテラスのテーブルを照らすかどうかなんて考えたくない。

西棟の塔のてっぺんに軋む鉄製の風見鶏なんか置きたくない。

エントランスホールも出窓も欲しくない。

大理石の彫刻がある玄関も欲しくない。

欲しいのは家族だ。

この点を、「ヨハンナホーム」の代表者であるミカに努めて強調した。ミカは、プラスチック製の椅子と使い捨てのコーヒーカップを差し出して興味深い見解だと嘘を吐きながら、アイコンタクトを避けて広告傘のスクエアテーブルに腰かけている家族に向かって次の宣伝歌詞をハミングする。目が合おうものなら、和やかなコーヒータイムも終了だ。お客さまのようなご家族にこそ、私ども「ヨハンナホーム」がすばらしい解決策をご提供いたします、と三〇分間は長々と話すことだろう。

ミカに話すだけ話させて、僕は鈍い眼差しで前を見つめていた。

ミカがパソコンでエントランスホールのディテールを画面に出すと、僕の目にシニのゴム長靴とオーバーオールが映った。寝室の出窓にクリックすると、ヘレナがガウンを脱ぐ姿が目に浮かんだ。三次元のグラフィック映像でサウナ室が映し出されると、汗に濡れて煌めくヘレナの肢体がシャワー室に現れた。

この日、僕は何も口にしていなかったため、血糖値がマイナスに傾いた。ミカのせいではない。彼はたまたま、僕の身体のバランスが崩れたときに居合わせただけだ。モデルハウスには一般的な住宅は一つもないんですか、とミカに問い詰めると、手をピンと挙げて、説明が終わってから質問に答えます、と言われた。この態度には傷ついた。

説明がやっと終了して観衆が三々五々に散ると、僕はミカのほうへ歩いていって、相手の鼻毛が見えそうなほど顔を近づけた。

「さあ、一般的な住宅を見せてもらおうか。部屋が四つにキッチンとサウナがついた木造住宅を。特別な素材は使わず、平均的な建築技術の住宅だ。便器もブロンズ製でなくて結構。レバーもアルミでなくて結構。家族と家が三五年間を一緒に過ごせればそれでいい」

「そのようなタイプのものは、私どもにはないように思います」

「どこにあるんです？」

「フェア会場の一番隅でそういった住宅をご紹介しています」

「じゃあ、フェア会場の地図に印を付けて」

ミカは看板の脇に置いてあったペンをさっと取ると、対象コーナーをぐるりと囲んだ。

「さっきの質問は当てつけじゃない。僕は家族を取り戻したいんですよ。一五年後には、僕の言っていることが理解できますよ」

　僕はミカの肩をポンと叩くと、そこから立ち去った。

　気持ちを鎮めるためにベンチに腰かける必要があった。自分の置かれた状況と不十分な食事を考慮に入れれば理解できなくもないが、自分の取った行動に納得がいかない。忍耐の域に傾倒していた当時を思い出した。シニをお守りして眠れないときに、分館に収蔵してある平静と心の平和について書かれた東洋の手引書を数ヵ月かけてすべて読んだことがある。けれど、人間の行動に対する一方的な見解が引っかかっていた。グルによれば、あらゆる否定的な気持ちの表れは悪に起因していて、それが完全性と最終的な平和の発見を困難にしているというのだ。

　東洋の指導者たちは住宅フェアに訪れたことは一度もない。

　東洋の指導者たちはフィンランドに住んだことも一度もない。

　ベンチに腰かけて、すべてが終わったら東洋文化の代表者にゴールデン・ルール(28)の手引書を書こうと心に決めた。

　住宅を探しに腰を上げた。その名前は「フィンランド住宅」だった。

　退役軍人家屋の狭小バージョンが、慎ましくフェア会場の一番隅に立っている。飾り立てられて押しつけがましい住宅を見たあとでは、この家はぱっとせず、ほとんど存在感のない木造住宅に見える。媚びるわけでもなく洒落てもいない。だいたい一〇〇平方メートルくらいの家が僕たちには十分な広さだ。建築家オッリ・レフトヴオリ(29)は、本質的な要素だけを描

(28)　他人にしてもらいたいことを自分もする、という新約聖書に由来。

(29)　シンプルで機能的な規格狭小住宅を得意とする。著書に『フィンランドの建築住宅物語』（1999）がある。

いていた。

パンフレットを読もうと階段に腰を下ろす。余計な言葉は一言もない。個性に関する言及も一切ない。大理石のクオリティや噴水や風見鶏について飾り言葉は何もなく、エントランスホールの奇をてらった照明の説明もない。基本的なことだけが書いてある。

狭い敷地に建てられそうな小ぢんまりとした二階建ての木造住宅。そういった家が四〇軒ほど軒を連ねていれば、もっと見た目もいいだろう。まさに、戦後に建てられた家だ。移民者や退役軍人たちに敷地を与え、そこに同じような家を建てる機会を全員に与えた。こういった家は「規格住宅」と呼ばれた。

僕は規格だ。

規格モデルだ。

典型的だ。

ヘルシンキのどこかにある、シルックの部屋にいるヘレナとシニを思った。どうして、僕と一緒にこの場にいることができないんだ。一緒に中に入って、二階のシニの部屋を見ることだってできるのに。一階でコーヒーを飲みながら、カーテンや小さな庭の植木を考えることだってできるのに。シニにリビングのフロアでダンスをさせてもいい。手で覆った僕の青い瞳を見ようと、シニが指の隙間から覗き込む遊びをまたやってもいい。

年配の男性が背後からやって来た。家に入りたいので通してくれないか、と言われてはっと我に返った。パンフレットを折り畳んでポケットに入れ、ぼんやりしながらフェア会場を後にして、フリーコーナーでハガキをさっと取る。夕日の輝きが目に染みる。くらくらする。家族の絶え間ないおしゃべりが耳に残る。僕はベンチに腰かけて手紙を書いた。

僕です。どこから書いていると思う？　ラッペーンランタの住宅フェアからだよ。僕たちの家を見てきたけれど、一軒しか見つからなかった。でも、良い家だ。シンプルでね、ちょっと僕に似てるかな。君はずっと家を欲しがっていただろう。今は、僕も家が欲しい。そして君たちも。そこにいるってことを、どうして言ってくれないんだ。それとも、どこかほかの場所にいるのか。たった一回手を上げただけだ。そのために、すべてを清算する必要なんてない。ラッペーンランタは良い町だと思う。

マッティより

---

ポストにハガキを投函して、感情表現をゼロに戻した。帳が降りてくる。思考は冴えてゆく。僕がどこに向かっているのか自分で分かっているけれど、どんなペースで行くのか分からない。

**“I don't know what I want but I know how to get it.”**

そうジョニー・ロットンは歌っていた。腐ったやつ。もし、彼の電話番号を知っていたら電話をかけていただろう。いくつかの和音で飾られた無知でもって、君は成長過程の若者の金を巻き上げ、彼らの中枢神経をいかれさせたんだ、と話してやりたい。そして、今、大人へと成長した一人の若者が君に言いたいことがあるのだ、と。

"I am Matti Virtanen from Finland and I want my baby back."

英語で言ったけれど、つまりは、脚韻もリフレインも気にせず、率直な言い回しに僕は移行したということだ。

バスに乗って、窓ガラスに頭をもたげて、この縦長のフィンランドを見る。果てしなく続いていているように思える林が、時折、森の姿を覗かせる。そして、林は閉鎖した工場区域やあちらこちらに点在している一戸建てを通過してゆく塊のように、再び野生化する。フィンランドは、林と木とコンクリートの同盟国のようだ。

一時間乗っていると、辺りは暗くなり窓ガラスに僕の顔が映った。ぎりぎりのところで戦争から逃れられたこの男の顔がよく分からない。公的には、一度も戦争に出ていないのだ。性別間の戦争や女性の解放戦争とかいったような戦争は、ほかの戦争と同じくらい無用なものだった。この戦争は、あともうちょっとで統計可能だ。対ロシア戦の冬戦争と継続戦争では八万五〇〇〇人ほどの命が奪われ、三四〇〇人が行方不明となり、一八万九〇〇〇人が国土復建のために負傷を背負った。

僕の戦争では死んだ人は大勢いるけれど、非公式の戦争のために正確な数値は出ていない。そのため、日常の戦死者について話したほうがいい。彼らは道端に倒れ、アパートの内玄関に倒れ、バーのフロアに倒れ、家族相談センターの一階ホールに倒れ、スロットマシーンの前に倒れ、スイミングホールの休憩所に倒れた。そして、しどろもどろに話しながらばたりと倒れ、精神安定剤の売り上げに貢献したのだ。この戦争に特徴的なのは、戦死者のほぼ半分が女性だということだ。

負傷者の数については誰にも分からない。その多くは負傷の事実を否定しているか、一所に落ち着かないストレス過多な仕事生活や、一九九〇年代の大不況の時代に受けたものだと言っている。統計を困難にしているのは、この戦争の被害がほとんど例外なく精神的なものからきているということだ。これを認識したり告白したりすることにおいて、フィンランド人が長けているとは言い難い。

いずれにしろ、この戦争において負傷した男性と女性たちは、本来の退役軍人たちと同じくらい存在している。

行方不明者の数についても知る人はいない。というのも、すべての事実を否定しながら、全国の薄暗い飲み屋で群がっているからだ。戦争賠償金、つまり生活費のシェアは大きく、社会学者に向けられたプレッシャーが膨らむほどだ。しばらくは、性行動やケータイ行動に関する取るに足りない調査を忘れるべきで、僕が生きている今について基礎調査をするために上陸するべきなのだ。

僕は、調査のためにメモ帳に書いた見出しをノミネートした。

「家が祖国の知らない宗教になる」

「離婚支持時代、大衆娯楽となった今」

「家庭戦線主夫、政治反対運動か？」

バスのひんやりとした窓ガラスにもたげてうとうとしていた。ラハティ市の高速道路が環状三号線に差しかかったところで、居眠りから目覚めた。醜い住宅が見える。僕から逃げてヘレナとシニがあの辺りのどこかの林に隠れているのだ。二人は、今、何をしているのだろう？

ヘレナはシニの肩を抱いているのだろうか？　シニはモーモーの童話をねだっているのだろうか？　シニはきちんと牛と発音できるようになったのだろうか？　シニは眠っているのだろうか？　どんな夢を見ているのだろう？

ヘレナとシルックはバルコニーに出て、ヘルシンキを眺めながら僕の悪口を言っている。二人は僕のことを白黒で判断する。僕にだって赤や黄色や緑があるのに。シニは僕のことを大きいと思うだけで、色眼鏡で見たりしない。

「パパにはかたがあるから、そこにのぼればとおくまでみえるよ」

そうだよ、屋根の向こうを見てごらん、シニ。鳥や雲の向こうにある黄緑色のバスだよ。ヘルシンキに向かって起伏のない道を滑ってゆくバス。そのバスに、僕は頬をしっかりと窓ガラスにくっつけて乗っている。片目は瞑って、でも片目は開いて。果てしなく続く林から覗くおまえの目を見るために。シニ、こっちを見て。ラッペーンランタに家を見にいってね、一軒見つけたよ。土地さえあれば、そんな家を建てたい。でも、土地なんてもっていないし、手に入れる時間もない。あんなような完成された家を見つけなくてはいけない。待てるかい？　待てるね。でも、おまえのママが待てるかどうかパパには分からない。

# 家族

もし、ストーカーが電話を持っていても番号は非通知だろう。公衆電話からかけてきた可能性もあるし、盗んだケータイからかけてきたのかもしれない。普通のサラリーマンには追跡調査なんて不可能で、被害者には何の権利もない。ストーカー被害者全員に、警察官が持っているものと同じような逆探知機を提供するべきだ。このことについて、『ガーデングループ』に記事を書かなくては。

あいつの正体をはっきりさせないと。うやむやにはしない。私たちの庭にマーキングするなんて許せない。どんなに面倒なことになっても。自分の姿を鏡に映してみるといい。一番近くの姿見は、ディスカウントスーパーの内玄関にあるぞ。こういったタイプはみんな同じで、言い訳の上塗りばかりをする。自ら人生をだめにするだけなのだ。

あのバカのために夜が台無しになった。バーベキューをしてペタンク(30)をちょっとしようと思っていたのに、あんなことがあってからは何もしたくなくなった。事件は起こってしまったのだ。麻薬中毒者とか誤薬使用者にかかわることになると、その日はもう台無しになる。こういった人たちの気が知れない。酔っ払いや貧乏人はまだましで、こっちが強く出れば何とかなる。家の壁という壁には、通行車両や人に反応するセンサーランプが取りつけられている。普通のやつならすぐに足を止めるけど、幻覚者は目を細めて先を進む。

(30) フランスの球技。2チームに分かれて競い合いながら小さな目標球に近づけるスポーツ。

マーキングされた翌日、まだ幼いヴェーラの気持ちについて、一日かけて妻のケルットゥと話し込んでいた。

娘は、庭にマーキングしたおじさんだと思っている。セラピーに通わせることになるかもしれない。社会保険庁はどんな対応に出るだろう。一緒に考えてくれるだろうか？　いや、絶対ない。ソマリア人が自分から吹っかけた喧嘩で小指を折ったり、非課税者が自ら割ったボトルで怪我をしたりすれば社会保険庁は補償するだろう。

この件について考えれば考えるほど、自分たちの手で捕まえなくてはならないという思いが強くなってくる。隣人と話し合いの場をもとうとケルットゥと決めた。今度また、この界隈をうろついたときはビデオに撮っておくことにした。キッチンの窓にカメラを設置する。そこからは眺めがいいのだ。

『ガーデングループ』の最新号に掲載されたマキネンの話をケルットゥが思い出した。マイホームの長所をべらべらしゃべることは控えたほうがいい、というものだった。賃貸住宅で重度のノイローゼになっている人が、こういった話しぶりで頭にくる場合があるからだ。マキネンの言うことはもっともで、いいヒントになった。

暖炉の上から『ガーデングループ』を取ってきて、もう一度読み返した。賃貸住宅では時限爆弾が時を刻んでいる、とマキネンの優れた文が綴られる。私たちの家が建つ区域はまさにこういった住宅の界隈にあり、アパートのバルコニーから森が見渡せて、すっきりと晴れた日などは数十軒という家々や青々とした芝生が見えないとは言いきれない。

いくら私たちのライフスタイルが正当で頑張って手に入れた家であっても、人の人生とは、いつどんな事態になるのか予測がつかないものだ、とマキネンは書いている。思いつくままに行動しかねない人も世の中にはいるのだ。

「マーキング男はそういうやつよ」と、ケルットゥが息巻く。でも、私は確信していた。あいつは幻覚者なんかじゃなく。賃貸住宅に住んでいる男であるはずだ。

そういったやつらが怒ると、おかしな男たちよりもたちが悪い。同僚に賃貸住宅に住んでいる人が何人かいるけれど、独特の雰囲気がある。何かしら、後味の悪い苦味が残るのだ。不況時代に持ち家を手に入れることができなかった人たちは、賃貸住まいの理由をだらだらと休憩時間に捻り出す。

その当時は私も一緒になっていろいろと言い訳をしていたけれど、気づけば今ではそんな人たちを憐れに思う。

# 第二章　骨組み

# マッティ

ラッペーンランタから戻ると、ケサマーに専念した。じきに彼が「これだ」と思う家の庭に僕を導いて、適正価格で提供してくれると確信していた。オープンハウスを四軒回り、行きつけのTボイルとクルージングからの交通手段で使っているウェストターミナルに寄って彼の行動を観察した。

ケサマーは、トゥースラ通りに面した四人家族用の連続住宅に佇んでいる。騒音は激しいものの、立地場所としては評価が高い。住宅の手前まで立ち寄ったけれど、高い垣根があって近づけなかった。僕は垣根に上って、小さな庭の写真を何枚か撮った。

ケサマーのオープンハウスでは集団に隠れて動き回り、姿を見せないように気をつけた。終わりに近づくとパンフレットを配布し始めるが、そのときにはもう僕は姿を消していた。

Tボイルでは、昔のスポーツ新聞を読みながら隣のテーブルに座った。横目でちらりと見ながら観察し、鳴り止まないケータイに向かって話している内容を聞き取ろうとした。片手にはコーヒーとドーナツを持ち、受話器に向かってもごもごと頷いては合間に笑いを飛ばして電話を切る。コーヒーをぐいっとあおり、オープンハウスを見据えた視線を放つ。電話をかけてきたのは誰なのか。嬉しそうな返事。肩にケータイを挟んで、胸ポケットから書き留める道具を出す。数分間のうちに、Tボイルの窓際席をオフィスに仕立て上げた。

自宅に戻ってから、この前と同じレバーグラタンを温める。これで三度目だ。腹筋トレーニングをやって、気づいた点をメモ帳に書き出した。

「まったくだらしがない。一〇〇万、二〇〇万マルッカ単位のものを売っているとは信じがたい。使えると思えばすぐに意見を変える。まったくそうですね、という言葉を一日に六〇回くらい繰り返す。客が間違っていようとも、再三再四、客に迎合して質問に答えずに回答する。奥さんからの電話には決まって怒り、Tボイルのスロットマシーンにもたれかかっているのに、接客中で都合が悪いと不平を漏らす。反面、ハヤブサだ。客にわずかな隙ができると、すぐに飛びつく。地域の価格レベルについての基礎情報に優れ、住宅の多くは見ないで推測することができる。普通の暮らし。小さな庭は手入れが行き届いておらず、ブタ小屋に近い。家庭戦線主夫とはほど遠く、その正反対だ」

メモ帳を置き、ヘレナとシニの写真を見る。二人ともロングの天然パーマで、茶色い瞳をしている。この写真は、彼女の両親のサマーコテージの桟橋で撮ったものだ。そこから、パイヤンネ湖がパノラマを見せる。波が立ち、水は冷え、秋一番の黄葉が桟橋にくっついている。

はっと我に返って時刻を確認した。二二時五四分。バーベキューの時間だ。電話番号を押した。ケサマーの鼻声が聞こえる。僕はヨウコ・カーリオだと名乗ると、五月下旬から売りに出している連続住宅の一軒について興味があると言った。ケサマーはすぐに始動せず、今、テラスに出ていて関係資料が一枚も手元にないけれども、もちろんそのめったに売りに出されない物件については覚えていると言った。

最初の嘘。

リフォームの余地について尋ねてみる。とくには何もありませんよ、まったくいい状態ですから。

二番目の嘘。僕は、リーッタ＝マイヤのオープンハウスの案内に行ったのだ。二年経たないうちに、暗渠排水と屋根のリフォームをすることになる。

家族にもうすぐ三人目の子どもが生まれることになっていて、スペースも狭くなるので、できるだけ早いプライベート見学をケサマーに頼む。お祝いの言葉をかけながら、ケサマーは手帳をめくる。

「明日の晩にでもすぐに、ただ、夜の八時になってしまうんですが、その時分だとムードのあるガーデンランプがまさに本領を発揮しますので」と、プライベート見学を約束した。

ケサマーがお金のことについて知りたがったので、もう切り上げようとした。

「そっちのほうは問題ありません。今、住んでいる家は売れましたし、貯蓄も二〇万マルッカくらいありますから」

「そういうことでしたら、帽子を握り締めて協同組合銀行の窓口にあるプラスチック製の椅子に座る必要もありませんねえ」と、ケサマーが笑いを飛ばす。

「失礼します」と、僕は電話を切るとケサマーのページに追記した。

「プロ並みの扱い。四秒も経たないうちに、声だけで嫌悪感を抱かせる。声色にはわずかに気落ちが感じられる。深淵に耳を傾けず、自分が今、水深何メートルのところを歩いているのか評価できない。精神面の健康を重視せず、絶えない疲労は多忙な仕事のせいにするタイプだろう。この分野の大きな手当のためなら、どんなものでも売ってしまいかねない。一言で言えば、場当たり性格。もし、足を滑らせても再び起き上がる。依然として破滅寸前だ」

このプロジェクトで、初めて疲れを感じた。二人の写真を見て、パワーを吸収する。シニの頬を見る。写真撮影の前に顔についていたパイヤンネ湖の水滴を拭ってあげたのだ。波が舷に当たり、飛沫がシニの頭に降りかかる。

「湖はおこってるの？」と、娘が聞いてくる。

「いいや、怒っていないよ。風のせいだよ。風が湖を押しやるんだ」

「どうしてそんなことするの？　湖がなにしたの？　湖はおさかなのお家でしょ」

「そうだね。でも、風はそれ以外に何もできないんだ。風を吹かせることが、風の仕事だからね」

「風はいつがおやすみなの？」

「さあ、それは分からないな」

その日の午後は、ずっと桟橋に立ち尽くしていた。コートが風を孕んでふわりと膨らむ。僕は両手を横に広げた。風という風を背に受けて一斉に吹いてくれたら湖面の真ん中まで飛んでゆけるのに、そう思った。

疲れた体を押して仕事に就いた。板チョコの二列分を割って、血糖値を上げる。糖分が通って、重要なことがふと浮かんだ。ウエストターミナルでの、ケサマーとあの女性のことを思い出したのだ。ノートを開いて、すぐに書き留めた。

「ウエストターミナルに一〇時くらい。女性に軽くキスをする。女性のシャツには「ホームスクエア」の名札。二人はカフェに向かい、窓際の席に着いて夢見心地に海を眺める。僕はコーヒーを持ってきて、テープレコーダーにスイッチを入れて隣の席に座る。言葉が途切れ途切れに聞こえてくる。点を線にすれば武器が手に入る」

僕は点を線にして、武器を手に入れた。いいかい、ケサマー、適正な物件を売りに出せば、僕はそれに適正価格を付けるんだ。

相手の女性を電話帳で確かめたら、すぐに見つかった。サンナ・ターヴィッツァイネン、販売コンサルタント。僕は番号を控えて電話をかけた。「サンナです」「オレだよ」「あなたなの」「そうだよ」そう言って、僕は電話を切った。


ケサマーを双眼鏡越しに見る。車を停め、ズボンを上げ、資料の束をパラパラとめくり、タバコに火を点ける。慌しくみせるのも彼の重要な仕事の一つだ。

ケサマーが時計に目をやる。八時五分。一息に煙草を吸うと、のど飴をぽいっと含んで玄関を開けたまま中に入ってゆく。楽天家。

八時一五分に家を出て、気を揉んだ様子で車の周りをぐるぐる歩いている。僕は、マッチを歯に挟んで電話をかけた。ケサマーが、ベルトに付けたケースから携帯電話を引ったくるように取り出した。僕はセッポ・サーリマキと名乗って、この界隈にある狭小住宅に興味をもっていることを話した。

「今はちょっとお話しできない状況なので、ぜひ、お客さまのご連絡先をおうかがいしたいのですが」

「ドイツのケルン方面の高速道路にいるもので、電話しづらいんですよ」

そして、来週、フィンランドに帰ってくるから、この辺りで売りに出されているすべての住宅についてまとめたものを週明けにもらいたい、と話した。

「秋には、家族でフィンランドに帰国するんです。ですので、クリスマスはわが家で過ごせたらいいだろうなあと思いまして」

数年にわたる海外生活の辛さを零《こぼ》しつつも、経済的に余裕が出てきた良い面も付け加えた。

「帰国を心から歓迎します」とケサマーは言うと、週明けには資料を揃えることを約束した。これから先、質問があるときにはこの電話番号にかけてもいいかと聞いてみると、「もちろんですよ」という答えが返ってきた。

ケサマーの様子を双眼鏡で覗いてみる。しばらく待っていたようだが、痺れを切らしてエンジンを鳴らしながら不機嫌そうに去っていった。五分後に、運転中のケサマーに電話をかけた。一番下の子どもが嘔吐を繰り返して、妻は妻で水中エアロビクスをどうしてもキャンセルできないと言うので来ることができなかったと詫びた。

ケサマーは怒りを押し殺して、「子どもをもった家族の日常は意外だらけですからねえ」

としゃべる。そこで、一週間後の通常の見学日に来ることで約束した。「対象物件はインターネットに出ていて、写りもいいできなんですよぉ」とケサマーは褒めそやすと、非通知にしていた僕の電話番号を知りたがった。「会話が断続的に聞こえるので、平日に会社に電話をかけ直します、それではよい週末を」と言い残して僕は電話を切った。

家まで走ると、一階の掲示板からその日の注意書きを引きちぎり、二人の玄関前で靴についた泥を音を立てて叩き落す。五分間シャワーを浴びて、インターネットを開いてみた。「ホームスクエアは、マイホームを建てたい皆さまに最高の住宅ページを提供します」と書いてあり、トップページには、庭で家族が骨付き肉をバーベキューしている黄色いレンガ造りの住宅を載せていた。

「検索」をクリックして、「一戸建て」をチェックする。二〇件が表示されたが、そのうち八件が対象地域のものだった。心拍数計をオンにして写真に見入る。各物件には拡大された外観写真が一枚と、それよりも小さめの部屋の写真が六枚掲載されている。家から家へカーソルを動かしては外観写真に戻る。一枚の例外なく、写真は春か夏に撮影されたもので、フロントには白樺か花をつけたリンゴの木が植わっていた。

紹介文には景観の美しさや緑の自然が謳われ、中央公園がすぐ近くにあることや親しみやすい地域であることが強調されていた。住宅の建築技術的な情報に関しては少なく、もの足りなさを感じるくらいだ。住むにあたってかかる費用については最小限に抑え、施されたリフォームについては当たり障りなく報告されている。

住宅の写真をプリントアウトして、コーナーを糊づけしてくっつけて壁に貼り付けると、土産物のペナントコレクションみたいに見えた。写真をじっと見つめて、メモ帳に書き出す。翌朝、昨日の服を着たまま目が覚めて、自分が何を書いたのかざっと目を通してみたけれど、「誰が紹介文を書いたかはっきりさせよ」とだけ書いてあった。昨日の夜は、心拍数が一二三から一五五へ上昇したためそれ以上は書く気力がなく、熱いシャワーを六分間浴びたのだ。

ホームスクエアに電話をかけると、リーッタ＝マイヤ・ラーキオが電話に出た。そこで、広告代理店「スカイ」のテッポ・ケラネンだと名乗り、ホームスクエアの洗練されたホームページとほかに類を見ないくらい情報が充実していることを褒めた。ラーキオはお礼を返すと、ホームページに並々ならぬ力を注いでいることを話した。「購入の可能性のありそうなお客さんというのは、オープンハウスに足を運ぶ暇がないんですよ」と言うので、僕は、自分こそがまさにそのタイプの人間なのだと告げた。そして、「時間はいくらあっても足りないんですよ」と言うと、ラーキオは「対象物件で気になるものはありましたか」と探り始めた。「自分は生まれも育ちもヘルシンキの北部地区トゥーロなんで、小さな家にジャガイモ畑を望みつつも住まいは国会議事堂のすぐ裏手にないとだめなんですよねえ」と言うと、ラーキオはケタケタと笑い声を立てた。

僕は、彼女の頭上に雷を落としてやろうと決めた。

「あなたには、旦那さんやお子さんはいらっしゃいますか？」

ラーキオはふつりと黙りこんだ。僕がもう一度尋ねると、「住宅の件とどう関係があるんですか」と聞き返してきた。

「白樺と樹皮のように関係は密接していますよ。もし、今、聞く気がないのなら、夜にでも聞かせてあげます」

ホームスクエアのホームページは癪に障るもので、家族をばかにしたものだと話した。対象の八件の家の紹介文は誰が書いたのか、僕は問い詰めた。ラーキオの返事はなく、呼吸音だけが聞こえた。

ホームスクエアがネットや新聞の広告欄で広めている汚染には憤懣やるかたなく、きれいごともまるっきりでたらめであることを証明できるし、消費者に対するホームスクエアの詐欺まがいの行為に対して訴えることもできるのだと言った。

「持ち家に住んでいますか？」

彼女は答えない。

「オープンハウスのあとで食べたデニッシュパンのせいで言葉も出ない？　それとも、単なる能なし？　あなたは持ち家に住んでいますか？」

「ええ」

「それじゃあ、僕の気持ちが分かるでしょう。あなたは貸し主の立場にいる。そして、僕たちの考えに相違はない。けれど、ここに載せている物件について嘘の文章を書こうものなら、意見は食い違う。お子さんはいますか？」

「いいえ」

「お子さんをもちなさい。そうすれば、あらゆることが一つの線となり、相互関係にあるってことに気がつきますよ。今は、自分が宇宙の星雲のようだと思っているでしょう。月面の唯一無二の塵のようだと思っているのはあなたが一人者だからです。あなたにとって失うものは、体重以外に何もないからですよ」

受話器越しに重々しい吐息が聞こえてくる。まるで、何か巨大な動物がラーキオの受話器を奪ったかのようだ。

「誰かそばにいるんですか？」

「んん……」

「僕はね、あなたとケサマーが一緒に住んでいる場所を知っているんです。これは脅迫ではありません。僕が家庭というものについてどれくらい熟知しているか、ということを示しているだけです」

受話器を置いてバスルームに向かう。冷たいシャワーを四分浴びる。もし、四分間で平静を取り戻せなかったら、それはシャワーのせいだ。体は拭かないで、水滴を滴らせながら部屋の中を素っ裸で歩き回った。見捨てられた者の特権だ。

シルックの家に電話をかけたけれど、誰も出ない。

ケサマーに復讐してやろう。僕は、家の電話番号に電話をかけた。すると奥さんが電話に出たので、「旦那さんはご在宅ですか」と聞いた。「いませんが、どんなご用件でしょうか」

と聞き返してきた。

「こちらは、ティックリラのホテル『キュムルス』の支配人です。恐れ入りますが、そちらの旦那さまのネクタイをお預かりしておりまして、といいますのも、ナイトクラブのボックス席で見つかったんです。ただ、大変高価なネクタイのようにお見受けいたしましたので、そうでなければお電話しないのですが」

「ええ、それで……」

「ネクタイをお届けしたく、ご住所をおうかがいしたいと思っている次第なんですが」

奥さんは口ごもりつつも住所を言うとお礼を述べ、迷惑をかけたことを詫びた。

その晩は、自分の遠隔監督ぶりを満喫した。奥さんは、へとへとに疲れきったケサマーにがみがみと襲いかかってくるだろう。よくもまあ、ティックリラのキュルムスで夜遊びなんかできるわね、と。まさか、するわけないだろう、そうケサマーは反論する。一体、誰がこいつにでたらめを言ったんだ、だいたい今まで生きてきた中で、ホテルになんか行ったこともないのに、と疲弊したケサマーの脳が必死に考え出そうとする。サンナには昨日、電話はかけなかった。絶対にかけなかった。このままだと、すべてが身に降りかかってくる。

そうだよ、ケサマー。でも、いつ？　どこで？　どうして？　それは内緒だ。

# ヘレナ

マッティは、今、腰の辺りにいます。シルックにマッサージしてもらってほぐしてもらおうとしたけれど、痛みの原因は郵便区分所の椅子が悪いせいだとシルックにきっぱり言われました。

部屋は、見るに耐え切れないくらいすさんでいます。でも、壁からはタコはニョキニョキと生えてこないし、ロックについて長広舌を振るう人はもういません。

シニは、ここに来てすぐに三時間の昼寝をしました。今までに、こんなに長い昼寝なんかしたことなかったのに。呼吸しているかどうか、傍まで行って寝息を確かめました。ストレスのせいだとシルックは言うけれど、私はそうは思いません。でも、きちんとした研究調査があるようです。両親の喧嘩を耳にしていなくても、上手くいっていないことを子どもは感じ取るというのです。

暗闇から出てきた拳があの子には見え、そして、今ではその拳はあの子の心の中で巨大化しているんです。拳なんて大人の目からはぐいっと引っ張れば済むことですが、小さな女の子の心の中まではどうやっても取り除くことはできません。

マッティは、殴ることなんてできない人です。だからこそ、深い傷が残りました。首を殴られて、ふらりと倒れた拍子にキッチンの食器棚に頭をぶつけました。呼吸が止まって、しばらくの間は息ができませんでした。私から酸素を奪ったあなた。二度目はそうはいきません。

中央公園で、ジョギングしているマッティをシルックが見かけました。世の中の出来事について何も知らないような顔をして走っていたといいます。心ここにあらず、といった感じで。考えられます。それが狙いなんですから。聞きたくもなかったけれど、そんなようなことを無理やり聞かされました。すべての輪郭が消滅すれば森は酸素のテントに変身する、マッティは唾を飛ばしながらそう言っていました。

ジョギングは、あの人にとって唯一のアウトドアです。いつだって走っていました。「大地を伝う精神になることが目標なんだ」と言っていました。「大げさね」と言い返すと、喧嘩になりました。余計なことばかり言うとあの人に言われます。それはもっともですが、マッティは私のことなんて聞く耳すらもたないのに、よくそんなことが言えるものです。「汗は汗以外の何物でもないんだ、それ以上は何も言うことはない」と。

二時間くらい経って、シルックの友人がまた、素敵な一軒家界隈であの人を見かけました。胸ポケットに双眼鏡を入れていたということですが、信じられません。あの人にバードウォッチングの趣味があるわけでもないし。でも、友人がシルックに語った詳細な様子から、あの人だと信じずにはいられませんでした。

理解に苦しみます。見にいくだけでもいいから、買う予定を立てる必要なんてないんだから、といくら誘ってもあの人は来てくれなかったのに。家という話全体に興味を示していませんでした。それなのに、あの人は今そこにいる。

これは、私が理解できないものの一つです。ここ二ヵ月間で、あの人はもっと恐ろしいものへと豹変してしまいました。声色だって変わりました。歩き方だって。朝、目覚めたあと、踵をガンガンと床に衝突させながら歩くようになりましたし、タバコを吸いに行くときも、寝室のドアをわざとらしく音を立てて開けるんです。そう、上階に住んでいる人たちみたいに。午後のティータイムでは、私のほうを向いているのに、視線は私を通り越してどこかを見ている感じだし。シニには、以前と変わりなく接しています。でも、あの子としゃべらなくなりました。何だか恐ろしいくらいに落ち着いているんです。

レコードについても、話しぶりがおかしくなりました。興奮して唇の両端に唾を溜めることはなくなりましたが、アーティストたちを責めるようになりました。別に社会的な意見を試すわけでもなく、ただ私に対して激情していただけでした。あの人に学があれば、どこかきちんとした職場で同僚をいたぶって小言を吐いて悩ませていたことでしょう。

もちろん、人は苦しくてたまらないときには話をします。少なくとも、私の友人はそうです。月に一度、ただ談義するために寄り集まります。でも、マッティはそういうことはしませんでした。代わりに、長距離ジョギングをしたり、部屋に閉じこもったり、妻や娘と接することでエネルギーを摂っていたんです。摂るだけじゃなく、吸収していました。

「何に苦しんでいるの」と私が聞いても、「別に」と答えるだけでした。嘘です。

どこかの道に立って、双眼鏡を覗いていることを考えるだけでも気分が悪くなります。もう、私の夫ではないけれど。もう、あの人の人生なんて私には関係ないけれど。

今、私は嘘を吐きました。シニがいるかぎり、あの人はいつも私の人生の中にいます。

鳥に興味のない男が、双眼鏡を持って一体何をしているんでしょう。そのことについて、私はどう思っているんでしょう。

シニにバランスの取れた食事を考えてあげないと。マカロニグラタンには卵と牛乳をどれくらい入れたらいいのかしら。ブロッコリーは何分間茹でるべきなのかしら。ゼラチンって何？　牛乳でのばすってどういう意味？　キャベツグラタンにはキャベツは何故必要なの？

これらのことについて、はっきりさせないといけません。それから、難しい疑問についても答えなくてはいけません。

「パパはどこ？」と、シニは毎晩のように尋ねてきます。昼間は忘れているのに、夜になるといつも思い出すんです。

「パパがいなくなったよ。こっちの世界からとおくの別の世界でそうがんきょうを首からぶらさげていなくなったよ。どうして」

「それはね、煙草を吸いにバルコニーに出たあの晩、吸い終わって戻ってきたら、パパの拳がママの頭に命中して、ママは目の前が真っ暗になって床に倒れたの。その暗闇から抜け出して、シルックの家に今いるのよ。もうすぐ、町に住んでるおじさんとおばさんのところに行くからね」

こう言おうと私は頭の中で想像しますが、口には出していません。この件について、シニに多くは語りません。パパはいなくなって、もう戻ってこない、ということ以外は。

最終的な事実は語るべきじゃないとか、柔らかく言うべきだとか、シルックに言われます。シニが悲嘆に暮れた子どもになってしまうんじゃないかと心配です。悲しみだらけの大人になってしまうんじゃないかって。

光と音が消えてしまう夜になると、いつも怖くなります。私たち二人ともがひねくれ者になってしまうんじゃないか。私はユーモアセンスのない眉間に皺を寄せたずぼらになって、シニは手持ち無沙汰な無感情の子どもになってしまうんじゃないか。

「そんな心配はいらないわよ」と、シルックは言います。

心配なんじゃない。本当に怖いんです。それに、子どもがいないいんだから、何とでも言えます。

私は幻視痛を患っているような感じです。足を切断されたのに痛みを感じている人たちを取材したテレビ番組があったんです。マッティを消し去っても、私たちの人生にふらふらと浮遊し続けるんじゃないかと心配です。誰も座っていない椅子に向かって、今日は中央公園に散歩に行こうか、それともTボイルに行こうかって毎朝聞くことなるかもしれない。シニは私のこんな問いかけを聞いて、一生、立ち直れなくなるのよ。この子は幻視痛に悩まされている母親と一緒に、幼少時代も青春もすさんだ部屋で送るのよ。神経質で臆病な女性へと成長し、通り過ぎる男性はみんな暴力者だと思ってしまうのよ。

# 上階の二人

呼び鈴が鳴りました。「話があるんですが」とカッリオに言われたときには、この上ない喜びを感じました。他人の不幸をかなり喜んでいたことは否めません。ついさっき、このことについてレーナと気持ちを確認し、二人でせせら笑ったのですから。

カッリオは興奮していました。さっきまで、飼い犬のゴールデンレトリバーのティプスを中央公園で散歩させていたようです。いつもの散歩コースを歩くつもりでしたが、気が変わって、一軒家の立ち並ぶ地域まで足を伸ばそうと決めました。すると、道端すれすれのサンザシが咲く垣根の隅に、この下階の住人が双眼鏡を手に座り込んでいたのです。研究者か何かみたいにしゃがみ込んで、カッリオやティプスにも気がつかないくらい自分の世界に没頭していたというのです。

あいつの行為よりも、むしろ習癖にカッリオの背筋は凍りつきました。あいつは無理なく体勢を整えると、ジョギングウエアのポケットからメモ帳を取り出して書き始めました。何だ、とカッリオは訝しげに思いました。

あいつの行動に集中できるように、カッリオはティプスに溝をくんくんと嗅がせたのです。普段ならこんなことさせません。時間として一五分。時間は相対的だとカッリオは言います。つまり、庭掃除に一五分なら時間はあっという間に過ぎてしまいます。しかしながら、難民に同情的な討論をテレビで見ていたら、一五分でも永遠に感じるものです。地域とは関係のないあいつが、他人の不動産を双眼鏡で一五分間覗いているケースにおいては、カッリオにとって、とてつもなく長い時間に思えたのです。単なる気まぐれというだけでは、もはやこの行為の説明にはなりません。

これで終わりではないのです。カッリオが自宅に戻って黄昏の輝きに見惚れていたら、上階のあいつが若者の頭めがけてタバコを投げつけ、そのあとに中指を突き立てた場面を目撃することになったのです。私たち三人は激昂してしまい、レーナはコーヒーを沸かすことにしました。

良い気分でした。何だか一丸となった気がしました。私たちの地道な作業は水の泡にはならなかったのです。いまや、アパートに戦友ができました。もう誰も、私たちの話に根拠がないと言うことはできません。

ただ、カッリオが言うには、双眼鏡とテープレコーダーを持って歩くことを法律は禁止していない、という点が事を複雑にしているようです。それでも、住居にどれくらい近づくことができるのか調査することに決めました。何かしらの制限があるはずです。

それから、改正された喫煙法の詳細についてもカッリオに念を押しておきました。喫煙者は、一般の建物から最低七メートルの距離を置いてタバコを吸わなければならない、と定めているのです。喫煙法でもこんなに詳細な事項があるということは、平穏な生活の迷惑行為に関する規定にも、不動産に近づける距離の制限についてや、一般的に住宅の部屋を双眼鏡で覗き見てもよいのかといった疑問に対する回答が見つかるかもしれません。

大変な仕事だと思いました。こんなような事は、働きながら簡単にできることではありません。ですが、カッリオを味方につけた今、安堵の胸をわずかながら撫で下ろしました。

カッリオは地域に目を見張り、私とレーナは不動産において生じる違法行為に集中することを約束しました。

## 退役軍人

息子が不動産仲介業者に電話をかけた。この家を売りに出して、わしを施設に入れたがっとる。ちょっとしたことでビクついて、二、三度、ポストの辺りで転んだり咳なんかしたりしようものなら、すぐに他人の世話に預けようとする。妻のマルッタが逝ってしまった今、わしは一人でやっていけんと思っておる。足の骨が折れたのは市のせいじゃ。砂撒きをきちんとしとらんかったからじゃ。

もし、この家を売りに出そうというんなら、わしはマルッタのストールを肩にかけて、地下室のジャガイモ貯蔵箱に座るからな。自分の家の地下に座って何が悪い。誰も邪魔することはできん。わしは自分の家からどこへも出ていかんぞ。戦時中はロシア兵から逃げ出したが、この家からは出ていかん。

マルッタを埋葬したときには、一人でこの家に残りたくないと思ったものだ。だが、息子から電話がかかってきて売却の話を持ちかけられたとき、わしはここからどこへ行くのか考えた。物の置き場所も決まっておる。わしらが四八歳のときに、あのしなやかな触り心地の椅子は窓際に置くのがよいと二人で決めたんじゃ。そこに座れば、窓ガラス越しに表の様子がうかがえる。テーブルは変わっておらん。四度、塗り直した。それに、各部屋にはそれぞれの匂いが染みついておる。

息子と嫁は、この家に来ると病気が蔓延しとるみたいにいつも地下室を嗅ぎ回る。あいつらはカビに敏感な世代じゃから、地下室には湿気がつきものと言っても一切受けつけんのだ。「計測器で測ったほうがいいね」などと息子が言うから、「わしの地下室はおまえには計らせん。唯一の計測器はわしの鼻じゃ」と言ってやった。「もうすぐ世話する人もいなくなるし、今がいい時期だよ」と息子にいくら言われても、この家を売りに出す気はない。

電話をかけた会社から男がやって来た。当初は女のはずじゃったが、幸いにもそうじゃなかった。もう女は見るに耐えん。もうそういう力もないし、考えちゃいかんがいろいろなことが頭に浮かんでくるからな。

今日はポストとバーに寄った。レイノと一〇マルッカ分のスロットマシーンをする。マルッタが生きとる間は、五マルッカしか賭けんかったが、こいつが不機嫌になってのう。ただし、一〇〇マルッカ稼いだときは、嫌な顔はせんかったがな。コーヒーを二袋と、バターを五〇〇グラム、それにスライスハムを買って帰ったら、マルッタがあれこれ聞いてくるんでおかしかったのう。そのゲームは一体どういうシステムなのかとか、マシーンは入ってすぐの場所にあるのかとか。

その男は日が暮れてすぐにやって来た。家のことで悪く言うのなら、わしは自分でこの家を売る。あるとき、テレビ番組で老朽化した家について男が話していたけれど、そういう家のことを「爆弾」と名づけおった。そういうやつらは、わしが戦い抜いてきてやった土の中で暮らせばいいんじゃ。家のことで悪く言われたら、そいつは庭に埋めてやる。できないことはない。

　住宅調査を要求してくるかもしれないし、そうじゃないと売りに出せんと息子が言っておった。そんな調査はさせん。この家がどんな状態にあるのか、わしが知っておる。家を建てた時代を思うと癪に障る。みんなで造り上げたんじゃ。レイノも加勢してくれた。乾いた土台に骨組みを立てることから始め、下床に充填材を入れて床を仕上げ、削りかすを壁に埋めて窓をはめた。やっと、それで完成したという気分になったんじゃ。傾いた家に住んどると言われても、気には障らんかった。

　外壁はすぐにできるもんじゃない。当初はどんなものかと怪しんだが煙突もよく持ち堪えた。というのも、焼いたレンガをオーブン用に使ってしまって足りんかったからな。鋳型でセメントレンガをつくって、乾くまで見張ったもんだ。板も釘もすべて自分の手で打ちつけたし、天井板も自ら鋲で留めた。計測器で地下室をからかうために入っては来させん。

　もし、やっかいな事態になれば、自分一人で売ることだってできる。レイノの息子に売ったっていい。家を探しておるということらしいからな。ある晩、息を切らしながらやって来たジョギング男に売ってもいい。ゼエゼエと息を切らしながら、家を褒めておった。売りに出しているのか聞かれたが、最近のやつらは他人の庭に入ってきてはでかい態度で売れと言いに来る。もはや、謙虚に家に入ってくるものはおらん。

　不動産業者が来る前に掃除をしたほうがいいと嫁が言う。別に掃除せんでも変わりはせん。マルッタの残り香を消すことはせん。ショールもまだ椅子に置いてあるし、外出コートは玄関のコート掛けにかかっておる。野菜畑に行く途中じゃった。玄関で転倒してそれっきり。心臓を確かめて、クッションを頭の下に置いて救急車を呼んだが、手の打ちようがなかった。

出ていかん場合だって考えられる。わしは、一人でだってやっていける。マルッタは、まるで自分が逝ってしまうことを悟っていたかのように、わしに基本的なことを教えてくれた。ジャガイモも茹でることができる、魚料理もできる。こんなような男に、ほかに何が必要というんじゃ。草は食べん。甘い物は店で買う。息子と嫁は、わしが飢え死にしてしまうんじゃないかと心配しとる。それで、いつもグラタン料理やらスープやらを持ってくるが、すべての料理におかしな味つけをするし、塩気が足りんと思うとる。

洗濯機だって扱えるぞ。それだって、マルッタがやって見せてくれた。何度に設定するのか、六〇度か九〇度か。わしはめったに洗濯せんから、どっちだって同じじゃ。だが、マルッタはそうじゃなかった。息子が嫁と一緒に、マルッタのために絹のパジャマを買ってきたことがあったが、わしがそれを九〇度の湯で洗ってしまった。タグが小さくて見えんかったんじゃ。それで、ひどい騒ぎになってのう。その騒ぎを聞いていられずに、用事をつくって裏庭に出ていくはめになったくらいじゃ。そのパジャマは孫娘が着ておる。

こんなこと一切考えるべきじゃない。目から涙が出てくる。マルッタがここにいて、正しい温度について注意してくれたなら。それにスロットマシーン遊びについても。ここにいてくれたなら。

マルッタはおらん。どこかにおる。でも、天国にはおらん。牧師はそう言ったけどな。

その言葉に対して反論はせんかった。ましてや、ああいう場で。でも、心の内では天国なんてないと思っておる。それに神も。もし、いたなら、砲兵部隊を助けてくれたはずじゃ。「神よ」一度だけそう叫んだことがあるが、返答は何もないまま、仲間の足はぐわんと弧を描いてわしの頭上に飛んできた。そのとき、上界には誰もいやしないのだと分かったのだ。「神は仲間のヴァーナネンの足をもらい、それでヴァーナネンのもとへやって来た」と従軍牧師は言っておったけどな。

マルッタはここ最近、その神について穏やかに語っておった。どこかで自分を待ってくれている、そして、昔から知っていたかのように受け入れてくれると。マルッタが語るその話には耳を傾けたが、他人の口から出る話には聞く耳をもたんかった。

わしは想像話が好きじゃない。作り話で話はせん。最悪なのは戦争作家だ。ならず者みたいに話を脚色する。まるで塗り絵じゃ。前線で起こったことのみを書こうとするなら、薄っぺらい本にしかならん。戦争作家というものは、神学者よりも性質の悪いおしゃべり野郎だ。

一体どうしてこんな話になったんじゃ。止めに入ってくれるマルッタがいない今、考えは止めどもなく飛んでいっちまう。誰かと一緒に生涯を一つ屋根の下で過ごしたら、どこにも行って欲しくないと思ってしまう。数日くらいは大丈夫だが、あまり上手くはいかん。フィンランド中南部のハメ地方に住んでいる妹のところへマルッタが出掛けたときのことだ。三日間、マルッタは家を留守にして、もう二度と戻ってこないように感じた。一人でいることができない。若いときなんかは、ちょっとしたことで別れると感じてしまう。すぐにベッドマットを担いで、移動させる事態になる。息子には、「喧嘩して、ちくしょうと叫んで、仲良くやるんだぞ」と助言した。もし、自分の家で叫んじゃいけないならどこでならいいのだ。四〇年経っても同じことだ。あの戦争を体験したあとでなら、どんな伐採場でだってやっていける。途中で投げ出したりはせん。マルッタだって、嫌なことがあるときなんかは数週間は台所で寝起きしたんじゃ。わしだって、あそこの庭の物置小屋で寝泊りした。そりゃ辛い。だが、仲直りすることを考えれば、そうする価値はある。

一体、わしは何をぼやいておるんじゃ。もうすぐ不動産の男が来るっていうのに。

# 不動産仲介業者

ウリスタロの空は、果てが見えないくらい広くて青い。ガキのころは、空ってのはラップランドから始まって、フィンランドの最南端にあるハンコで終わるもんだとばかり思ってたな。それに、ちょうどオレらの納屋の辺りで空は一番高くなるんだってね。

リーッタ＝マイヤは動揺しちまった。オレも少しはビビッたけど。一五年の歳月をかけて築き上げた世界が端っこからピシピシと割けちまったように感じたよ。もう一つの世界はウリスタロにあって、端から端までびっしりと大地に固められてびくともしない。

誰かがいたずら電話をかけてきたみたいで、会社のホームページにクレームをつけたそうだ。ホテルの支配人だと偽って電話をかけてきたやつのことについては黙っておいた。リーッタ＝マイヤにあんまり心配かけたくねえしな。

まずは腰を下ろした。それで、ショッピングセンターのパン屋でデニッシュパンでも買ってくるよ、と言ったけど、彼女はしゃくり上げて泣いちまって、肉づきのいい体をぶるるんと揺らすんだ。それを見たら、もうこの歳になるとウマいもんすら食べることもできねえなぁ、なんて言い知れない絶望を感じてさ。すぐ体型に現れるもんな。

電話の内容をもっと詳しく話すように頼んでも、訳の分かんねぇことをまくし立てられて、でも、そいつがオレらの住んでいる場所を知ってるって言うんだ。それで、着信番号は出たか尋ねたけど、リーッタ＝マイヤは首をブンブンと振った。頭のおかしいやつだから、気にしないほうがいいって慰めたよ。

本当はめちゃくちゃ気になるし、今までかかってきた電話はどれも共通の人物の仕業だと確信していた。誰か客の中で競争入札に負けたやつがいたか？　ローン組みが思ったようにいかなかったとか？　それとも、これといって目立った理由もなく、法律のシステムに衝撃を与えたい人物の仕業か？

リーッタ＝マイヤには午後はゆっくり身体を休めるように話すと、スホネンの家に向かった。これまでの経緯を話して、不快な電話を受けたリーッタ＝マイヤが再びやりがいを見いだせるような適当な物件を与えてもらうように頼んだ。スホネンは了承し、不動産物件の紹介文の詩的な言葉をいくぶんか削除したほうがいいかもしれない、という批判的な意見をつけた。アパート物件担当のスホネンの批判に対して、いちいちコメントする気はなかった。

同僚の助けのおかげで、嫌なことも忘れてしまうくらい元気が出て、社長室に入る勇気すら湧いてきた。例のクルージングセミナーで発表する話の件だ。オレのアイデアなら、短期間で金も二倍になって戻ってくると社長に自信を持って説明した。社長は分かったと了解してくれたものの、まだこの時点で、同僚への公言は差し控えるように、との条件をつけた。

その足でショッピングセンターに向かって、バケツやスコップや縄跳びやプラスチック製の動物のおもちゃ、それに、ガーデニング用具をたくさん買った。

アイデアは単純明快だ。売却中の不動産あるいは連続住宅に子どもがいなければ、こういった小道具で子どものいる家族のための対象物件に仕立て上げる。客に対しては子どもについて何も触れない。だから、嘘は言っていないわけだ。視覚ってのは人間の弱点だ。子どものものだと思える玩具を庭に置いたり鍬や熊手を畑に置いたりすれば家族に焦点が定るし、オレにとっても好都合に働くってわけだ。客どもは自分の子どもたちのことを考え、まさにこの庭で、今年の夏にでも叶えられそうな遊び場を思い描く。

逆も同じことだ。もし、庭が殺風景なら、人生の意義から解放されて気持ちもすぐに沈んでしまう。ここには人生がないからダメだと思われかねない。

休む暇なく物件まで車を走らせる。おもちゃと用具はごくごく自然に配置しよう。あたかも、三〇分前に置き忘れられたかのような印象を出したい。子どものいない自営業家族のレンガ造りの家は、いまや、二人の子どもを抱えたサラリーマン家族の生活感が滲みでた庭の雰囲気を醸し出した。

タバコを吸おうと車に乗り込んで、夜のオープンハウスまで空いている時間に何をしようか考えた。小道具に夢中になってうっかり忘れていたやっかいな件を思い出した。

古家の販売契約の交渉があったんだった。当初はセイヤの担当だったんだが、クルージングに出かけたときに、チェルノブイリについては自分がしばらく代わって引き受けると約束したんだった。社内で老朽化の進んだ家のことをこう呼んでいて、先住民の代表者たちが住んでいるような家のことだ。

相続人の代表者がチェルノブイリのことで会社に電話をかけてくるのが一般的で、親はもちろんそこから出ていく気はないということをまず口に出すものの、でも売る必要がある、という流れだ。こういった物件ってのは、まずもって扱いづらい出だしなんだ。今回もそうだ。

年老いた父親に息子夫婦が何とか家の売却について骨折ったらしいが、オレも確証をもたせないといけない。売るための弁論というか、もっともな突っ込みを見つけないといけねえな。

立地は？　都心からそんなに遠くはない。だが、口に出して言うべきじゃない。

庭は？　芝生は庭じゃない。手入れのなってないリンゴの木一本と傾いた物置小屋以外にも何かないと。

状態は？　何も手入れしてない、おんぼろ中のおんぼろだ。

牧歌的？　変に細かいことにこだわる夫婦なんかは当時のままの状態を誤って評価するかもしれん。そうしたら、それはそれで牧歌的なわけだ。

開発業者は？　興味を示さない。敷地は連続住宅建設には十分な広さじゃないからね。ボロ家の解体作業にかかる費用は五万マルッカは軽くいく。

こういうわけで、わずかなネタをもって年老いた主人に話をつけにいかなくちゃならない。気が進まない。渋々だよ。まさにこういったケースについて、一昨年のクルージングセミナーで発表した。もし、苛立った気持ちで物件に向かえば、悪い部分しか頭に浮かばないから致命的な誤りを犯してしまう。客は、その場の悪い空気を感じ取る。家庭と悪い空気を結びつけてはいけない。オレたちは何を売っているのか、心に留めておかなくちゃならん。詰まるところ、売り物は住居ではなく、ムードや未来や見込みなのだ。

オレたちは庭のムードを売るのだ。

オレたちは未来にかける信頼を売るのだ。

オレたちはより良いものへの見込みを売るのだ。

スリーM。三つの主張をオレはこう名づける。住宅取引のABCだ。クルージングセミナーの発表に際してデータを収集したが、念のためバックアップを三枚とっている。実践で湧き出してくる自分の閃きをオレは高く評価する。

チェックしようとデータを開く。チェルノブイリのカテゴリーに分類すべき当該物件を売るために役立つものが見つかるか。待たずともすぐにヒットした。「ノスタルジア」ファイルだ。多くが一縷の希望もない物件を念頭に置いてまとめたものだったな。

話に目を通す。昔のマイホーム物件では、夢に別名がある。ノスタルジアだ。家を売るわけではない、懐古を売るのだ。こう言っても分からないなら、実際に成功した取引を例にとって具体的に話そう。

中年夫婦が、古家のオープンハウスにやって来た。物件を紹介していたら、二人の視線が遠くを見つめている。これまでに施したリフォーム作業のことを話しても、二人はオレの話はよそに二階に続く階段に耳を澄ましていた。ギシギシと軋むその音がノスタルジアなんだ。

階段の軋みに二人は過去へと遡る。一九五〇年代後半から一九六〇年代初めへ。その当時はまだ、二人とも現在の危機については何も知らない金髪の幼い子どもだった。

先へ進もう。オレたちは表へ出た。すると、夫婦はガラス張りのポーチで足を止める。「ここに、お客さん用の素敵なコートラックなんかいいわね」という奥さんの言葉に旦那は頷いて、「夏にはここでコーヒーを飲んだら素敵だね」と語る。年に三回、夫婦はここでコーヒーを飲むだろう。軟化した窓枠と痛んだ床がノスタルジアを誘う。これも、購入決定の鍵となる一つだ。

庭へ足を進める。そこには物置小屋が立っている。以前はサウナ小屋として使われていたが、今ではガーデニング用具や薪の保存所となっている。白樺の薪が壁際にうずたかく整然と積まれ、樹皮は籠にまとめられている。

二週間後には、銀行の曇ガラス戸越しに夫婦の会話を聞くことになる。購入決定に至った印象的な詳細について繰り返し話しあっている。旦那は薪小屋とその整然とした美しさを挙げ、妻は何とも言えぬポーチの存在を語り、そして二人はギシギシと軋む階段について話した。

階段、ポーチ、白樺の薪という三つの詳細点がノスタルジアを形成したというわけだ。価格について。軋む階段、息づくポーチ、そして、何の変哲もない白樺の薪のために、ほぼ当時のままの状態の家を一五〇万マルッカで購入したのだ。そういうわけで、古家の販売が理性と結びつくなんてことは間違ってもオレに言わないでくれ。

この話から確信したことは、一番大切なのは的確であることなのだ。何か起きれば、ノスタルジアでもってこの低価値の不動産を売るつもりだ。

ウリスタロの突き抜けるような空の一部が、一瞬、北部ヘルシンキまで弧を描いてきたように感じた。

# マッティ

倉庫主任シーカヴィルタに賭け事をしなくなった理由を聞かれて、しばらくは手を引こうと思っていると嘘を吐いた。でも、本心は自分の人生はもう運には左右されないと決めていた。自分は今まで、運に頼って排水管の格子蓋から手を伸ばしては金持ちの靴をつかみ、そこから輝かしい光へと飛び出したいと願いながら、雨に混じったゴミのようにふらふらと漂ってきた。こんな行き当たりばったりはもう十分だ。賭け事を卒業した今、僕には地平線が見える。そこに僕の目標がある。雨に混じったゴミとしてではなく、雨を降らす者として自分の道を切り開いてゆくのだ。

ちらりと見えたスカートの裾ではっと感づいた。ディスカウントスーパーでグリンピースの缶詰スープの補充をしていたら、レジに並んでいるシルックを見かけた。誰が黄色いスカートを履くように命令した？　レジ袋から安いランプシェードがちらりと覗いているが、それは誰が頼んだものだ？

缶詰を置くと、店を出て後をつけた。五〇メートルは余裕をもって距離を置いてついていく。停留所での彼女の動作から、どのバスに乗るつもりなのかだいたい分かった。混んでいたおかげで、僕は先に乗ることができ、一番後ろの座席に腰を下ろした。

運が良かった。同じ停留所で六人が降りた。棟と部屋番号が分かったので、僕は自宅に戻った。

刻んだナッツとレーズンをヨーグルトに入れてパワーをつける。水を一・五リットル飲んで、新しくレイアウトした二人の写真を見つめた。目検討でビリッと引き裂いた家の代わりに、別のパンフレットから見つけた退役軍人家屋を配置したのだ。残念なことに、その家はもう売却されていた。

このレイアウトを折り畳んでリュックにしまうと、釘と斧を持って外に出た。目的地に着いて、階段で呼吸法を行う。そして、自分の感情に神経を集中させ、鋭く尖った部分を切り取って丸く研磨した。

退役軍人家屋が、見る側に引き起こすような抗い難い感情を自分の中に取り込む。白樺、松、モミを取り込んで、観葉植物、ガーデン用の小人の置物、屋根付バーベキューハウスを切り捨てた。

呼び鈴を鳴らす。近づいてくる足音。ドアが開いた。ゆっくりと。安全鎖でドアは二〇センチしか開かない。シルックが隙間から覗いている。

「どちら様?」

「僕です」

「お断り」

「悪いことはしない。用があるんだ」

「ここには、あなたに何の用もないわ」

「ヘレナと話をさせてくれ。シニの姿を見させてくれ」

「だめよ」

「君が決めることじゃない」

「私が決めます」

シルックがヘレナに向かって叫ぶ。立ち退かないから電話して。すると、彼女の足音は聞こえたけれど、シニの足音はしなかった。

「警察が来るわよ。これは生活妨害よ」

「よしてくれよ。僕には用があるんだ」

シルックに足を蹴られて、がくっと緩んだすきにドアを閉められてしまった。

呼吸法を行う。感情を和らげて釘と斧とレイアウトをリュックから取り出し、家族の写真とともに退役軍人家屋をドアに打ちつけた。

足を引きずりながら下に降りて、階段でストレッチをした。我慢の限界まで五〇〇メートルを猛ダッシュする。森の外れでふうっと呼吸をすると、青い光が赤いレンガに当たって明滅している様子が見えた。新聞だけでしか読んだことのないような状況に、生まれて始めて立たされていることに気がついた。一九九〇年度改訂版「フィンランド政府官庁大辞典」の実例になるような僕じゃない。

接近禁止令
保護

面会権
監護
シェルター
こんな用語については、昔の退役軍人たちは一切知る由もなく、読んでいたのはまったく別の辞典だ。
先陣
砲兵部隊
第一線
講和条約
復興
こういった言葉には馴染み深い。だが、彼らはそもそも家庭の人間ではないのだから、新しい用語に関してはまったく知識がない。男たちは祖国の救済のために力を注ぎ、取っ組み合いを終えて家を建てた。その家の解体に見向きもするわけがない。
当時の退役軍人は、真っ黒い空に青や赤やオレンジの光を嫌というほど見てきた。そして、今度は僕の番だ。
退役軍人もそうだったように、僕も自ら任務を選んだわけではない。任務に選ばれたのだ。退役軍人は古い国境を保守し、僕は自分の家族を守る。熱心な上官たちは対ロシア戦で失ったカレリア地方返還を望み、僕は自分の家族の返還を望む。無理な願いだとは思わない。

僕は、石の上に腰かけた。うずたかく柱状に積まれた干草を尻に突っ込まれた感じで、それを喉から口の中へとぎゅっぎゅっと押し込まれたみたいだ。内臓器官はずたずたに切りさいなまれ、両目は乾き、血が赤錆色の鉛丹に溶け込んでゆく。手は奮え、青い光が黒く霞んでゆく。

理屈に合わない。なぜ、僕を中に入れてくれなかったのか。悪いことをするわけじゃなく、用があってきたのに。世間の暴力者のせいで僕のチャンスは台無しだ。やつらの不条理な行動のせいで、僕まで治る見込みのない暴力者のように行政に思われてしまった。ただ、喉から人生を搾り出しながら拳に頼っただけなのに。行政は社会を白黒写真で見る。彼らにしてみれば二つに一つしかないのだ。暴力者か非暴力ヒューマニスト。片方はいつも暴力を振るい、もう片方はまったく手を上げない。僕は、二人の間を行き来しながら光へ出たのに闇に落ちてしまった。ただし、一度だけだ。

僕はヒューマニストだと公に口にしたことはないけれど、行政からすれば、たった一度、手を上げたために僕は暴力者扱いにされてしまった。この国では、ヒューマニストに入るためには誰にも手を上げてはいけないのだ。行政は、うっすらと残るヘレナの痣を見て白黒をつけた。僕はつまり黒で、ヘレナは白なのだ。

書面で判断するような事柄でないことは、ヘレナははっきりと分かっている。ヘレナは暴力夫と暮らしたことはない。拳とレンジの中間夫と暮らしていたのだ。花盛りの青春時代の絶頂期を、彼女はリフレインと寝室の狭間で、家庭戦線主夫のいたわりを受けながら過ごしたのだ。

社会は話に制限をかけ、拳を否定する。社会が話を神聖化し、拳を非難する。どんな話であろうと社会は耳を傾けるが、知識層の最高審判にかけ、拳から経緯《いきさつ》を全否定する。

青い光が赤いレンガに当たって明滅する様子を見る。警察は怖くない。怖いのは取り返しのつかない離縁だ。

# 行政

もっと確かな証拠が必要だ。かなりの確率で同じ人物だというだけでは不十分だし、ムカつくからという理由だけでは物足りない。この辺ではいろんな人間がぶらぶらしているから、ということでは話にならない。ちくしょう。

ショッピングセンターをうろつく不審者に嫌悪感を抱くという理由で行動を開始するとしたら、どうなってしまう？　世の中にはムカついたりイラつかせたりするようなやつらは五万といるし、全員が同じことを考えているわけでもない。

マイホーム住人から連絡が入る。すぐに現場を押さえようと、同僚のルオマに声をかける。もっと確実に事情聴取を取ったほうがよいのでは、とルオマに言われたけれど、私としてはより有力な証拠を取ることにした。双眼鏡によるのぞきが数回、放尿、いたずら電話。そのために、サンザシ垣根の脇に見張りを立てるわけにはいかない。

あの生活妨害ケースも同類だ。アパートまで車を走らせて眠たくなる話を聞きに行かないといけない。ドアに打ちつけられたレイアウト、あれは強烈だった。気が狂ったやつは、そんなことはしない。やったのは、意志が結構固いやつだと言えそうだ。これで終わらない、そう感じた。

このケースを聞いたあとでは、不審なジョギング男の噂は模型飛行機のように軽く感じるけれど、聞き取り調査して書き留めておかないと。

いい年した男や女は署にどっと駆け込んできて、私たちの時間を奪っていくだけじゃない。例のマキネンやヴァリスには、「また何かの理由でやつがやって来たら殴り飛ばしてください」と言った。それで、「やつに侵害されたと喚かれたら、マルミ警察署のカッリオラハティの許可は取ってあると言って大丈夫です」とも言った。ただし、そんな許可は出していない。

マイホーム住人の基本権についてエネルギッシュに語り始めるマキネンをよそに、肩越しに流れてくる槍投げの決勝戦を見ていた。アキ・パルヴィアイネン選手(31)の勝利の一本がスロー再生されて、やっとマキネンは私が話を聞いていなかったことに気づいたようだ。

通報者の最初の一言を聞いただけで、切れの悪い面倒くさい話だと直感することがある。妙な話で、ヘイノネンのケースもすぐに直感した。通報者の顔を見ればだいたい見覚えがあるくらいだから、きっと前世で会ったことがあるのだろう。

推理作業はルオマに任せて、私は休憩室へ向かった。ルオマは適任だ。若いし、連続住宅を購入したばかりなんだから、私よりもピンと来る接点を多くもっている。だからどうというわけでもないけれど、先が見えてこない以上、ルオマの意見も聞いてあげないと。

ただ、ルオマには聞き分ける力がない。それこそ、こういった仕事には必要不可欠なのに。このことについて注意した。通報者全員の話を平等に聞こうとすれば、ハードディスクはあっという間にいっぱいになってしまって、現場ではちっとも役に立たない。

(31) フィンランドの槍投げ選手。世界選手権のメダリスト。

でも、言っているように、ピンと来るのは確かな証拠が出てきたときで、それが出るまでは、失禁させられるほど悩ましいジョギング男は重みのない空気でしかない。こういう私の態度を横柄だとルオマは言うけれど、そんなことはない。

長い勤務を終えて、パロヘイナ地区の丘まで走ることがある。そこで自分の態度に立ち返る。シビア。それはそうだ。いまや、バルコニーでバーベキューされたり、庭のブランコに吐かれたりすると、すぐに泣きついて電話をかけてくるようになった時代だ。だから、私は自分のシビアな態度を盾にする。

決して、自分が硬い人間だとは思わない。つまらないいざこざの中からでも本当の緊急事態を見分けることができるし、仕事が長引くと感覚器官の最深部である中枢神経にはもっとも重要でもっとも痛い情報を記憶することもできる。それこそが、ドアに打ちつけられたレイアウトだ。

する必要はなかったけれど、一応、女性たちから事情徴収をとった。話がくどすぎたので、その話を聞きながら、自分が思い描いているレイアウト犯人像を自然と比較していた。

それで、ピンと来るものがあった。犯人像は、普通の見捨てられた人ではなく、レイアウトから分かるようにロマンチストだ。このことを奥さんに言わないでおいたのは、自分の意見は出さないようにしているためだ。頭にずっと引っかかって、帰宅してもなお、ばらばらのパズルピースから該当男を組み立てようとするけれど、男性像はピントがぼけて合致しないし、露出過度で感情のまま撮られた写真みたいだ。

警察の仕事は反復作業だ。常に同じ人間が、同じ手口で、同じ町で、同じことをしでかす。だから、麻痺して世の中が単調なもののように見えてくる。レイアウト犯人は型破りだ。普通の迷惑行為者なら、配偶者の人生に地獄を見させようとあらゆる手段を尽くしてくるのに、こいつは、天国だと勝手に思っている生活を取り戻すために必死だ。そういうやつは型を乱す。

# マッティ

運がよかった。あてもなくジョギングしている最中に、たまたま深い川に落ちた感じだ。僕は、悲しみの澱を汗で流したくて、長距離ランニングに出ていた。中央公園の小道を、どこへ行こうという気持ちもなく縫うように一時間走り、マウヌンネヴァ地区に出た所で立ち止まった。僕の調査区域じゃない所だ。

ぶるるっと頭を振って汗を振り払い、シャツで顔を拭った。見上げるような白樺の枝に隠れている番地名から自分の居場所を確認しようとした。その表面は腐食していて見る気もしなかったけれど、長い名前だということは分かった。

一〇〇メートルほど歩いたら、そこにあった。まるで僕を待っていたかのように。築何年も経った黄色い退役軍人家屋。スタンダードな木造建築の真骨頂で、加除すべきものは一切ない。

僕は即決した。

毎夏に開催されるライロックフェスティバルで、ヘレナに初めて出会ったときと同じ気持ちだ。ヘレナは金髪を振り乱し、虹色に染めた肌着に身を包んで、逆光に照らされながらまっすぐ僕の目の前までやって来ると、僕の心の中に移り住んだ。

僕はヘレナを見るように家を見つめた。妻よりも一五歳ほど年上の家。外壁の黄色い塗料はいくぶん芝生にぽろりと剥がれ落ち、そこかしこから庇がやぶ睨みし、レンガ造りの屋根は苔生《む》している。

迷いはなかった。この家に僕の家族を住まわせたい。

近くに寄ってみると、郵便受けの傍に老人を認めたので僕は立ち止まった。杖に寄りかかりながら立っているその姿は、小さくとも折れないネズの木(32)のようだった。

彼の前まで来て、僕は自己紹介をした。

「何の用じゃ？」

「家を探し回っているんです」

「肩越しに見えておるのが家じゃ。だが、あの家は売りもんじゃない。まだな。息子や嫁がいくら望んでいてもな」

老人は、杖を持ち上げた。

「これが持ち上がるかぎり、家はわしのものだ」

そう言う老人の手は痙攣し、頭はふらふらしていた。皺だらけの皮膚が張りのないカバーのようだ。悪いことを考えてここに来たわけじゃないことを老人に話した。

「それじゃ、何だ？」

「あんな家が欲しいんです」

「強欲なハゲワシめ」

「人違いじゃないですか」

(32) 不屈の精神（シス）をもって、様々な局面に撓みながら乗り越えてゆくフィンランド国民のことを、文豪ユハニ・アホ（1861〜1921）は『我が杜松の国民』（1899〜1900）で撓っても折れないネズの木にたとえた。

「ここ四ヵ月、マルッタの死をひそかに狙っておったじゃろう。待ってました、というようにな。一人目なんか、葬式が済んで四日も経たんうちに家に来たわい。マルッタが逝ってしまった今、あんた方は家が欲しいんじゃ」

老人は背を向けた。僕は、老人の家族のことも、奥さんの死のことも知らなかったことを話した。老人は僕に構わず話を続けた。

「わしは、男たちをずいぶんと殺してきた。そいつらの顔は浮かばんが、あんたの顔は見える。だが、殺しはせん。あんたを殺したところで、不動産仲介業者の黄色い車は次から次へと庭に入ってきて、同じようなやつらが車から降りてくることには変わりはない。あんたたちに終わりはないが、わしらにはある」

こう言うと、老人は杖をたよりによろめきながら家のベランダに向かった。僕は後についていった。

「僕は、不動産仲介業者じゃありません」

「じゃあ、何者じゃ？」

「購入者です。家族のために家が欲しいんです」

「これは売りもんじゃない。売りに出すときは、そういった業者にわたす。くだらん質問はやめて、とっとと行っちまえ！」

「あなたから奪い取ろうというわけじゃないんです。ただ、僕は是が非でも家を手に入れなくてはならないんです」

老人は杖を宙に持ち上げて、片手で胸を指した。

「杖は持ち上がるし、心臓も動いとる」

そう言うと、老人は玄関から中へ入り、後ろ手にドアを勢いよく閉めた。ベランダの窓がガタガタと震える。

郵便受けから名前を見て、家路を急いだ。足裏の砂利道が柔らかく感じる。まるで、スプリングの入ったマットレスの上を走っているようだ。森は酸素で満ちていて、それが口や鼻を伝って脳へ流れ込んでくる。僕は、気力だけで走っている自分に気がついた。足は、偉大な力によって動かされている不可欠な突出物にすぎなかった。

ヘレナとシニが今この場にいたら、二人を背負って、あの家の前まで走って戻り、芝生に二人を下ろしてこう言うのに。

「さあ、ここがそうだよ。汗と涙の賜物、調査の最終結果なんだ」

その日はずっと、あの老人のことを考えていた。老人は夢にも現れて眠れないまま朝が来た。タイスト・オクサネン。

なぜだ?

なぜなら、彼にはたった一つのことしか頭にないからだ。

それに、僕の話を聞いていなかった。

僕にだって、たった一つのことしか頭にない。

それに、僕だって誰の話も耳に入らない。

けれど、僕たちの違いはなんだ?

第二次世界大戦の結果、フィンランドはソビエト連邦にカレリアとペッツァモ地域を譲渡することとなった。譲渡地域は国土全体の一二パーセントだ。地域には四二万人以上もの難民がいる。一九四五年に、フィンランド史の中でもめざましく優れた法律が規定された。国土獲得法だ。その法律に則って、四万五〇〇〇の農地が新たに造られ、五万六〇〇〇の居住地が造られた。こんな具合に、移民者と退役軍人が住むようになったのだ。タイスト・オクサネンも含めて。

戦後、彼には、敷地と規格住宅の完成図面という新しいチャンスが与えられた。

僕には、国家から教育費が支払われ、小さな村から都市のアパートへ導かれた。

彼の戦争については知っていなければならないのに、僕の戦争については誰も話そうとしない。

彼には薪の暖炉があり、僕には集中暖房装置がある。

彼には老婆がいて、僕には女がいる。

彼には生涯学校があり、僕には高等学校がある。

彼には杖があり、僕には人参がある。

彼は性交をし、僕は前戯をする。

彼は、戦争のために疎開してきた移民者かもしれない。

僕は、村から引き離されて都会やスウェーデンを見せられた。

比較検討していると、心拍数が一六〇を超えてしまった。シャワーを浴びるのも待ちきれず、頭からピッチャーの水をぶっかけた。

建物は一階半。暖炉は中央。その脇にキッチン、寝室、リビングがある。上階には、子どもたちのための小さな寝室が二部屋。戦後、こういった家はフィンランドに七万五〇〇〇軒建てられた。高等教育を受けた建築家たちに、市民のための狭小住宅の図面を描かせたのだ。フィンランド史上、後にも先にもこのときだけである。原形を留めている家はほとんどなく、増築したり、新しい住人に入れ替わったりしている。

ただ、少なくとも一つはある。そして、それは僕のものだ。心拍数は、すぐに一三〇に上がった。メモ帳に新しいページ「家」を作る。その下に、今まで集めてきた対象物件や所有者についての情報を書き込んだ。

老人についてまだ何も知らないものの、比較検討を続けた。バスのうす汚れた窓ガラス越しに見えるものに基づいて発表する、都心の研究者や行動学者をまねて。

彼には亡妻がいて、僕には遠距離妻がいる。

彼には妻との間に息子がいて、僕には花柄のワンピースに身を包んだ娘がいる。

彼に残された時間は少なく、僕のはわずかに上回る。

彼の足はおぼつかなく、僕は頭がおぼつかない。

彼は誤解を抱き、僕は自尊心を抱く。

彼は筋が通っているし、僕もそうだ。

彼には腐った根性があり、僕のは腐っていない。

彼は家を手につかみ、僕は心に抱いている。

いいかげん止めよう。

神経を落ち着かせようとソファに横になったけれど、落ちつかせる神経などなかった。飛び起きて、残像を端へと押し鎮めようとしたら、ヘレナが身を寄せているシルックの家の玄関先で起きたことを思い出す。ヘレナに向かって唾を吐きたかった。シニを抱きしめたかった。

一服しようとバルコニーに出た。裏庭で若者がケタケタと笑い、そのうちの一人が僕に向かって中指を突き立てる。僕も同じように突き立て返し、仲間に向かって吸殻を投げつけた。

「明日、ぶんなぐってやるからな」とそいつが叫ぶ。

あいつらの人生には何もない。杖もなければ心臓もないのだ。

# ヘレナ

私の小さな理論家が実際家へとなりました。なぜ、あんな手段をとってまで、あの人はここまで襲撃する必要があったのでしょうか。もしかしたら、あの人に以前、住所を教えてしまっていたかもしれません。「家とみんなのしゃしんをこわさないで」とシニに叫ばれましたが、私はマッティのレイアウトをゴミ箱に押し込みました。シルックはムーミンのビデオをシニに観せてなだめ、私はバルコニーに出て、シルックの煙草ケースから一本取り出しました。普段は吸いません。すうっと吸い込むと、足元からバルコニーが崩れてゆくような気がしました。手すりにもみ消して、よろめきながら中に入りました。

泣き顔のシニが「ムーミン」ではなくて「おっとっとおじさん」を観たいと言ってきましたが、「だめよ」と私は言いました。ああいうおじさんには、見るに耐えられないものがあります。ユーモアでも何でもありません。シニが「おじさん、おじさん」と喚くので抱っこして、シルックに理論ずくめのマッティのレシピでクレープを作ってもらうようにお願いしました。

クレープを何枚も食べてシニが落ち着いたので、マッティと一緒に週末は何をしているのか、遠回しに探り出しました。「しらないひとのお家のにわにいって、ブランコにのるときは、いつもアイスをかってくれるの」と言うのです。「じゃあ、パパはそこで何してるの」

と聞くと、「おじさんとかおばさんといっしょにいて、そのひとたちから紙をもらうとパパはお家のなかにはいって、そこから出てきたらお家にかえって、それから、あのおおきいおじさんがねていたテーブルの上にあたしをすわらせるの」とシニが説明してくれました。それ以上は何も聞きませんでした。聞いていられませんでした。

シニが昼寝をしている間、シルックが私に理屈を話そうとしたり、気持ちを鎮めるものを差し出そうとしてくれたりしましたが、私はどちらも望んではいませんでした。草原に仰向けになって寝転びたい、それか、小さい子どもも大人も男性もいないような深い森の切り株に座っていたい、朝になればまた、他人の手紙を選り分ける区分所なんかには行きたくない。みっともないアパートの地下室に行きたい。暗闇の中の段ボール箱の上に置かれた鳥かごの中に入りたい。

シルックに肩を前後に揺さぶられて、ウオッカを差し出されました。ぐいっと一気にグラスを空けて、くらっと目眩を感じました。ソファに横になると、天井の皺の寄ったペンキがゆらゆらと波打ち、部屋がぐるぐる旋回していました。

シニに汗にまみれた額を触られて、目が覚めました。

「どうして、わたしたちのあたらしいお家のにわにはブランコがないの？　パパのにわにいたコンチュウもいないよ」と、シニが聞きます。

できることなら何でもしてあげたい。ここ最近は、こういった状況が続いています。みんなの名前も覚えていないし、エレベーターに乗っても違う階を押しているのです。それに、自分が自分でないような気がします。仕事をしていても、気分次第で人の手紙はどこに行くか分かりません。

ブランコも昆虫もいないって？　じゃあ、気持ちもそこになかったら？

シルックにシニを一週間預かってもらえたら、その間、私はこの世から逃げ出します。

シニがスーパーボールで遊んでいると、マッティが昆虫を腕にしばらく這わせて地面に下ろし、「昆虫には昆虫の人生があるから」と言ったそうです。でも、「コンチュウにはじんせいはないよ」とシニが言うので、私たちにもないのよ、と言いたくなりました。シニにとっては、昆虫には何もルールがなくて好き勝手に這うことができるから不公平だと思っているのです。昆虫にだってあるのよ、シニ。私たちはそれを知らないだけなの。

# 不動産仲介業者

あんな不恰好な物体を見ようもんなら、お母ちゃんも頭が痛えだろうな。お母ちゃんが住んでるウリスタロじゃ気の毒な目で見られるね。あらゆる余計な調味料の効いたチェルノブイリだ。余計ってのは、つまりタイスト・オクサネンのことだ。

売却に持っていくまでが大変だったぜ、ちくしょう。あやうく神経が切れそうになったよ。ここが職業の選択問題ってやつさ。最近は、学業を終えた若いやつらがうじゃうじゃいる。自尊心だけは大きくて肝っ玉の小さいやつらは、初めてのやっかいな客に挫折して故郷の言葉を話し出すんだ。

それこそ、もう元通りにはできない過ちだ。

やつらは仕事を軽く考えてる。就職したと同時に、老いぼれた家を二、三軒くらい売らせれば分かるはずだ。ヘルシンキ郊外トゥーロ地区の五〇平方メートルなら、どんな人でも上のクラスの中流階級に売ることができる。ただし、辛抱強さが試されるのはこれからだ。

このじいさんにはかなりの辛抱が試される。

まず、売り主は、オープンハウスのときは席を外すということから説明しなくちゃいけなかった。「自分の家なのに」とぶつぶつ言われた。客の中には、手に負えないやつもいる。展示場で交渉をしている最中に、安楽椅子に座って、ボックスシートから成り行きをじっくりと見守りたいってね。運よく約束を取りつけたからよかったよ。それで、車に乗ってすぐ、物件のことで脈がありそうな家族に電話をかけた。でも、どちらとも留守だった。

もやもやした気持ちと疲れをさっと拭い去って、家にまさにぴったりの売り文句を考え出さないといけない。最初のオープンハウスは二週間後がいいだろう。

ボールペンを口に入れてぐるぐると回しては、その先を噛む。先端が潰れていたことには気がつかずに青インクが口の中に入ってきて、慌てて白い夏ズボンで拭ってしまった。風呂場に駆け込んで、濡れ雑巾で拭き取ろうとする。見るからにズボンは使い物にならない。けれど、口の周りはきれいにしておかないといけない。掃除機の入った押し入れで最初に目に入ったボトルを手に取ると、それをトイレットペーパーに浸してゴシゴシと拭いた。きつい匂いが鼻を突く。ボトルをよく見てみれば、「住宅・家具用洗剤」と書いてある。ちくしょう。

鏡でチェックする。口からだいたい一センチくらい左に、黒ずんだ線がすうっと引かれている。客に気づかれなきゃいいけど。

ズボンのほうはやっかいだった。絶対に買うことのないような緑のズボンを買うはめになった。急いでいたから、自分の色じゃないものというか、あまりにもトレンドのものを買ってしまった。

緑のズボンを黄色のジャケットと合わせる。威圧的な印象を与えてしまうけれど、選択肢がほとんどない。ジーンズを履くと、表情がカジュアルすぎて軽くなる。アイロンがけされたズボンをわざわざ履いてくるくらいの仲介業者じゃないと、売りに出す部屋すらもそれほどの価値がないものと思われてしまう。

　オレは妥協策をとった。ジーンズに青いシャツとネクタイを合わせることで、服のコーディネートを考えてきたという印象が生まれる。黄色いジャケットは腕にかけて、「いやあ、暖かい日になりましたねえ。一枚、脱いでしまいましたよ」と話の中でちらと触れれば済むことだ。これでいい。

　コーディネートのことでパワーを奪われたため、シンデレラ号で開催される仲介業者の秋期セミナーで発表するつもりの売り文句や論題の一部分については、書かずに言うことに決めた。

　マウヌンネヴァ地区の、退役軍人家屋ケースについてはこうだ。家は原形を留め、最大の対象購入者はノスタルジアを求む人。顧客のデータリストから、戦後生まれの人たちを見てみよう。彼らの子どもたちは独立し、虚しい情緒生活を送っている。その虚無を埋めるのが、家、小さな庭、土、植物、自家栽培の人参に玉葱にバジルだ。

　客が地下室を探っていたら、Ａ４サイズのファック・システムズ社の住宅調査判定書を突きつけろ。

　価格を思案している人がいれば、脇へ連れていって付け値を促せ。相続人には、二〇〇〇くらいの値下げ覚悟はある。

　たいがいの客には子どもが二人いるが、そういう家族には上階の二部屋を熱心にすすめるべし。わずかな費用でリフォームが可能だ。

細かいことまで突いてきても、いちいち表に出すことはない。立ち入ったまねはしないで、これだけは言っておこう。幼少時代に過ごした環境が子どもの成長に関わってくる、と。

客がスポーツマンなら、中央公園の計り知れない可能性を言及するべし。

弱火で静かに、驚かせない程度に客の気持ちを熱くしろ。昂ぶってゆく気持ちを悟って、そこを突け。

そこまでにして言うのを止めた。もうくたくただ。テラスにはトゥースラ通りのざわめきが聞こえる。天は青くて白いのに、それほどすっきりしない。その空の最後の欠片がヘルシンキをとらえ、抜けるような中心部分がウリスタロにかかっている。冬のヘルシンキには空は一片もない。仄かな光が星たちを隠し、スノータイヤがアスファルトを引っかくのだ。

メルヤが納屋の扉につっかえ棒を差し込んでいる。オレのことよりも、ホテルの支配人を名乗ったブタ野郎のことを信じてやがる。ニセ支配人は、リーッタ＝マイヤに電話をかけてきたバカと同一人物だろうか？

オレはいつも答える側だから、聞くのには慣れていない。何も関係ないようなことに注意しなけりゃならないのは、腹が立つ。何があるのか承知していれば、世の中はうまくいく。承知していなければ、あらゆる普通のことが最終的には普通でなくなってしまうことが恐ろしくなる。

元の鞘に収めなくては。奇妙ないたずら電話や、クルージングでもつれた関係が起こる以前の生活に戻さないと。

メルヤに高級ソーセージ「ガバノッシ」を焼こうと提案したが、何の返答もない。だだっぴろい場所だと無言は何も感じないのに、小さなキッチンだともの凄い主張だ。

メリル・ストリープ主演のビデオを借りようと言った。返事はない。オレは諦めてテラスに向かった。垣根越しの二メートル先で隣人のサイラネンが芝刈り機をかけている。けたたましい機械音が体の中に入ってきて、まだ壊れていない部分を壊していくような気がした。家に入ってドリンクを作り、資料作りを続けた。

ディテールと全体に気を配れ。全体とは家庭、ディテールとは家族だ。客を分割し、一つ一つ組み立てて取引をまとめろ。ゆっくり前進、突拍子もなく飛ぶな。理性と感情を結びつけろ。いや、違う。感情と理性を結びつけろ。感情が最優先だ。それはバラだ。バラは何でできている？　花弁だ。イマジネーションこそ花弁だ。

ディテールを集めて頭に入れろ。客の妻はどんな人か、子どもは何人いるか、犬は飼っているか。冬であれば、車上にスキーボックスがくくられているか。夏であれば、玄関にスケートボードが置かれているか、あるいは車に大きなボードが乗っているか。覚えておけ、侮るな。客は人間だ。人間は弱いのだ。

よし。

さあ、ディテールはできた。客の中から一人を選べ。それは、やがては松明となるマッチ棒だ。ヴァイオリンの音色。覚えているだろう、娘の名前も。イェンニ。

よし。

さあ、客に電話だ。

「もしもし、ホームスクエア不動産のヤルモ・ケサマーです。こんにちは。先日のラッパリ通りの物件のことでお電話させていただきました。先週お会いしましたよね、すてきな中庭がある家のことです。ええ、そうです。そのとおりです。しばらくお考えいただけたかと思いますが、いかがでございましょうか。ええ、そうですね。**ところで、イェンニちゃんのヴァイオリンのほうはいかがですか。**心地よい音色ですよね。まだ小さいのに、すばらしい集中力なんですね。**私の甥っ子は途中で止めてしまいまして、長続きしなかったんですね。**ええ、どうですか？　クリスマスは家に。そうでしょうねえ、ええ。ですが、ご予算のお話などはご相談できます。ご存知のように、銀行が会社についておりますから」

こんなふうに。ディテールを太字にしておく。二番目の太字に注意すること。そこで、客と同じ舟に乗りこみ、外海へとオールを持たずに漕ぎ出すのだ。そこで家族はもう一つの家族と嵐を分かち合うのだ。

別の例。最初のオープンハウスで知り合った夫婦がいる。子どもはいない。奥さんの職業が看護婦だということを覚えておくこと。次にかけるときは、このマッチ棒を擦るべし。

「もしもし、ホームスクエア不動産のヤルモ・ケサマーです。どぉも。先週の日曜日、オープンハウスでお会いしたんですが、ケッロ通りの連続住宅の件でお電話させていただきました。ええ、そうです、先週の日曜日です。**奥様が夜間の勤務でお急ぎの日じゃありませんで**

したか。お客様たちがこぞって物件を見にいらして、いくつか付け値のほうもいただいたんですが、ここだけのお話ですけど、なかなか上手くいきませんで。ええ、そうなんです。もし、お買い求めになろうというご意志がございましたら、今がそのときだと、はっきり申し上げます。ええ、まさにそうです。ええ。閑静な連続住宅。交代制のお勤めをしていらっしゃる方ならお分かりになるかと存じます。妹の旦那も、ヴァンター川沿いに一画を購入いたしまして、自分たちのサウナを温めたりするのも楽しいって。ユッカっていうんですけどね、旦那の名前は。ユッカも印刷会社で交代制のシフトなんです。ええ、そうなんですよ。ぜひ、プライベート見学へお越しいただければ、場所をもう一度見て、お値段のほうにも踏み込んで。何もしなければ何も始まりませんからねえ、ええ。ありがとうございます。はい、ええ。ケータイは二四時間大丈夫ですので。どうぞ、お気軽にお電話をおかけください。失礼しまぁす」

これで力を補給して、もう一度、勇気を出してメルヤに近づいた。今度は、メルヤが好きなブルーエンジェル・カクテルを手に。それをメルヤは手にとって、テラスに出た。最終的な和解を得たわけではないけれど、このわずかなメルヤの接近に勝利を感じた。メルヤは視線を避けてはいたけれど、エンジェルを味見すると、「いい配分ね」と言った。

# 退役軍人

ヤツの手は柔らかかった。猫や犬の足かと思ったくらいじゃ。それが、機敏な物言いで、これから秋になって冷え込んでくる前に家を売る見込みを立ててきた。ただ、敷地を分割して裏の敷地にもう一軒建てる案は、どうも好かん。野菜畑に建てるなんて信じられん。マルッタがおらんでよかったわい。もし、生きておったら、ヤツの手からコーヒーを取り上げておっただろう。

あまりにも早口で話す上に不明瞭なところがあった。理解できん言葉を使うから、紙に書き出してもらった。

ノスタルジア

総パレット

団塊世代の感情空洞

黄昏に映えるリンゴの木

こんなものが、わしの建てた家とどう関係があるというんじゃ？

営業用語として考えられた言葉だから、わしが気にすることはないと言う。斧とか金槌とかと似たような感じだそうだ。合理的な道具をこんな奇妙な言葉と一緒に考えるなんて、わしには理解できん。

ここからわしが去ってゆくのに、どんな言葉を用いようと同じことじゃと思った。もし、去るとすればの話だ。この先もうあと二度の夏を、リフォームしないまま過ごすなら天井が落ちてくるよ、と息子と嫁にきっぱり言われていたが、いまだにどうも腑に落ちん。

このケサマーは風車のようにくるくる歩き回って、その場にじっとしておらんから難儀したわい。わしの左耳は戦争で負傷して聞こえん。だが、そんなことをよその男に言う気になれん。そいつはそっち側ばかり回ってくるから、何も聞こえん。左耳には、予備のタバコを差す以外に何の役にも立たんのだ。

それでも、数字をぱらぱらと言い出してからは気に入り始めた。

一三〇万マルッカ。わしとマルッタの家に期待される値段だ。これだったらマルッタも聞いていればよかったのに。

カリカリとペンをずっと噛んでおったが、いったいどういう癖だ。せっかくのよいペンがばらばらになる。

頼りない家の値段にしては結構な数字だ。この辺にはこんな家しかない。当時建てられたほかの家も似たり寄ったりだ。

「よくもってますよ」

ヤツは口が悪い。自分は、妻と一緒に築二〇年のアパートに住んでいて、目下、改築中らしい。

このケサマーはひどいヘビースモーカーだ。タバコがひしゃげるくらいに吸って吸いまくり、芝生にもみ消す。何も言う気になれんかったのも、この話し合い自体に苛立ちを覚えておったからじゃ。とくに、庭で書類を読むときなんかは鼻先まで突き出してくる。

眼鏡は胸ポケットに入っておったが、部屋に置いてきたと言った。わしは、庭で書類を読むようなことはせん、隣人にベランダ越しに見られかねんからな。その紙をじっくり見る。タバコを吹かそうとするヤツを片目で探りながら。わしはぎろりと睨み据えた。すると、はっとしたようにタバコをしまった。わしがこの家に住んでいるうちは、部屋では吸わせん。

そいつは二階へ上がると、わしが読んでいる間、上へ行って〝使徒書簡〟を書いているからと声をかけてきた。そう、ご立派な男は使徒書簡と言いおった。しかも、「壁を引っくり返せばもっとスペースができますよ」と上から叫んでくる。

最初の一行を読んでいる間に、あいつはもう二階を改築しおった。わしは、目を凝らして文書を読もうとした。

「ホームスクエアはそれを」とか「ホームスクエアはこれを」とか。文字が小さすぎて目が痛い。書類をテーブルに置いて、コーヒーを沸かす。二階からヤツが下りてくると、「もう、ちょっとは読みましたか」と聞いてきた。急かされたわしは、この話自体に不信感をもち始めた。「ここで落ち着いてコーヒーでも飲んで、そのあとで男同士で書類を一緒に見よう」とわしが言うと、「仕事道具としての体はもう一杯のコーヒーも受けつけないんですよ。今朝、連続住宅の交渉成立を祝って、ラズベリーケーキと一緒に三杯も飲んじゃったんです」とヤツは言った。

仕事道具。そう言いおった。それから、てきぱきと書類の内容について説明し始めた。一度にたくさんのことを言われて頭の中がぐちゃぐちゃになった。マルッタとは、午前中に二言、午後にちょろっと会話を交わすだけで夜のニュース時間までもつというような習慣がついていたからなおさらじゃ。ところが、この若い男は三日分の話をぺらぺらしゃべり、しかもその半分は左耳に向かって話すという始末じゃ。

目が回ってきた。

安楽椅子に腰を下ろして、表を眺めた。陽光が葉に燦々と降り注いでいる。こんなせっかちな男の書類に署名なんかするもんか。もし署名しようものなら、明日にでも売り飛ばされて、小さな文字で書かれたとおり、わしは月曜日に出ていくはめになってしまいかねん。

「まあ、検討してみよう」とわしが言うと、ヤツは溜息を吐いてタバコを吸いに行った。窓ガラス越しにヤツを見る。タバコを吸っては石を蹴っている。タバコを吸うちょっとの時間も、じっとその場に留まっていられないような男から信頼できる印象は生まれてこない。

靴底の砂利も叩き落とさないまま部屋に戻ってきた。

「それで?」

「それでとは何じゃ」

「書類の中で何か聞きたいことはありますか?」

ほらこんな具合だ、ちっとも落ち着かせん。ヤツはボロを出した。

「そこにタイストって書くだけです。そうすれば小屋は良い値で売れて、施設に入れますよ。そこで一人でトランプ占いをやったり、水圧マッサージに栄養価の高い食事を出してもらったり、マズい飯もウマいステーキも満喫できるんですよ。隙間風の入る家で縮こまって暮らすのももう終わりです」

こんなことを言いやがった。悪人め。わしに向かって。施設じゃと。つまり、わしの世話を他人に看させるというのか。

「よく聞け、悪人。あんたがじっとしていれば、紙から一〇センチ目を離してペンを持つことだってできる。ここからどこかへ引っ越すとするなら、わしは息子の家の隣にワンルームを借りて住む。震えながら訳の分からんことばかり言っている集団の中にわしが行くというのか。戦線で鍛えられた男が、車椅子に乗せられ、花見に誰かに中庭まで押されるというのか。そんな地獄をあんたは提供するというのか」

ヤツはびくっとして、「興奮すると言葉の選択がおぼつかなくなるんです」と言って謝罪した。それで、「わしを除いてこの家におぼつく所はない」と言ってやった。

心臓が痛み始めた。頭の中では数字の羅列が鳴っている。一〇万、一〇〇万、一〇マルッカ、一マルッカ、一ペンニ。マルッタにはいつもお金には細かく、と言われていた。「見て、広告に安売りが載ってるわ、節約して昨日の残りのスープを温めましょう、残ったお粥は捨てないでよ、パン生地に使うから」と。

施設の話のせいじゃ。頭の中がぐちゃぐちゃだ。書類をぎゅっと握りつぶすと、しんと静まり返った家に、大きく響いた。

「別の人にここまで来てもらうかもしれん。健康な人をすぐさま他人に預けんような人をな」とわしが言うと、ヤツは目が覚めたように用件を話し始めた。じっとして、タバコもいじることはしなかった。

事実には、わしは聞く耳をもつ。そして、ヤツにも聞く耳をもたせた。

四八歳の夏、どんなふうに家が建てられたかを話した。岩の傍に黄色く塗装した家を建て、マルッタとともに寺院を造るみたいに家が建てられたかを話した。こんな幸せがわしらにやって来るのか。家の真ん中にオーブンを、各部屋に窓ガラスを。枝のざわめきに耳を澄ませ、鳥たちの羽ばたきに目を向ける。以前、住んでいたところで見た鳥ではないけれど、いずれにしろ鳥は鳥だ。少しばかり信仰バカのマルッタは、ロシア正教チャソウナの礼拝堂を庭に建てたがったが、わしは乗り気じゃなかった。礼拝堂を造らなくとも神はわしらを聞いておる、とマルッタには言っておいた。

そこでわしは黙った。そいつは、テーブルの上のペンを見ている。わしは取らない。悪人を、もう少しじらせた。若いもんは、ゼエゼエと息切れすることなく、すぐにでも手に入れたがる。壁に体当たりするべきじゃが、切り傷はもってのほかだ。わしがペンを取ろうとすると、ヤツは微笑んで、うちの会社が辛い引っ越しの手伝いに回ります、と言う。自分の苦悩は自分で背負う。そんなことに手を借りるために、会社に電話なぞしたことはない。もちろんそうです、ヤツは慌ててそう言うと、タバコをくるくる回した。

かわいそうに思ったが、そういう憐憫の情はわしは好かん。だからこそ、わしはテーブルに置いてあったペンを手に取り、カリカリと署名した。手が震えた。読めんことはなかろう。つまり、タイスト・オクサネンは家をホームスクエアに数ヵ月間売却させることを認める、ということだ。

悪人は、紙をひったくるとにっこり微笑んだ。

「展示だからといって家は出ていかん」

「そういう決まりなんです」と、ヤツは説明するが、わしはそのことについては一切話す気もなく、自分の内に収めておいた。ヤツが前足を差し出す。

「お客さまとご相談のお話ができて光栄でした」

パン生地を自分の手でこねたのはいつの日だったろう。今までに一度もなかった。

玄関へ行く間も話は続く。交渉が成立するのも早いと言われた。

「そういう人たちは夏に現れますからねぇ。ここにはベリーの茂みやリンゴの木がありますから、何の心配もないですよぉ。みんな一束まとめて、旦那さんたちも含めて庭に連れてくることが大切なんですよねぇ。陽射しがいい具合に当たれば人形みたいな奥さんたちは盛り上がって、その間に、旦那さんたちには比較的手ごろな場所だって書いてある書類を見せるんです。サインをするのもそうかかりませんよお。タイストさん」

一束。人形。こんな言葉がよく大人の口から出るもんだ。

やっと出ていきやがった。門のところで手を振って中に入ると、目眩を感じた。

青い錠剤を飲んで横になったが、悪い夢を見た。家をもたない自分が現れたのだ。マルッタの昼寝用の毛布をかけて、もう一度眠りにつく。すると、マルッタと家を手にした夢を見た。

## 不動産仲介業者

親父の考えでは、世の中には目新しいものは何もないらしい。店にピーマンが売り出されたとき、親父はそのつやのある表面の汚れをさっと拭き取ると、「こんなような珍しいもんは前にも見たことがある」と言い切った。「どこで」とオレが聞くと、ボスニア湾沿いのフィンランド西部の町、ヴァーサの市場らしい。「そこを入ってすぐ左手の店でだ」と親父は答えたけれど、何だか適当にしか思えない。それに、あとになって、親父はヴァーサの市場には一度も行ったことがないと聞いたしな。

親父の気持ちになって、ここ最近の住宅販売史についてコンピューターで検索してみた。マウヌンネヴァ地区のボロ屋は、昨夏のプキンマキ地区のケースによく似ている。リフォームを施していない退役軍人家屋。販売価格一五〇万マルッカ超。データから予測できる情報を調べてみる。会社のホームページに載せている写真は、八ヵ月の粘り強い交渉の末に小屋というかムードを売った、という感じしか与えない。こんな写真では家族が逃げてしまう。

オクサネンのケースでは、同じ過ちを繰り返してはならない。プキンマキ物件の写真は家の真正面から撮ったもので、あまりにも現実的すぎる。真正面から撮るべきでもないし、近すぎてもだめだ。塗料の表面もトタン屋根の凹凸も見せてはならないし、屋根葺き材のひび割れは言うまでもない。

　理想の写真は道路から撮ったものだ。茂みや植木やブランコが納まるように斜めに撮る。天気は重要だ。プキンマキの写真撮影時の天候は、半曇でどんよりとしていて良くなかった。朝日か夕日が写っていなくてはならない。

　カメラマンに電話をかけて指示を出した。ばっちりの天候になるまで二日ぐらいは待つように命じたのだ。インターネットには、誤った写真を掲載してはいけない。細かすぎるとカメラマンに言われても、悪い気はしなかった。

　ここ最近のケースで性格がきつくなった。短気で強い男になった気がする。短気な性格は、客と会うまでは見せないように削り落とす。これは営業の基礎だ。困難なときに短気を隠し通すことは、Tシャツの下に椅子を隠そうとするようなもので大変な苦労がいる。

　物件に適当な三家族をすぐに抜き出して、最初のオープンハウスに間に合うように電話することに決めた。今回は、生粋のフィンランド人の正直さを前面に出して試してみよう。たまに、ちょっとの正直さを出すと、驚くほど効果を発揮するときがあるのだ。

　核家族のマンネルマー家に電話をかける。マウヌンネヴァの家の状態は良いとは言えませんし、基本的なリフォームもしてませんし、暗渠排水も引いていないんですが、と次々と正直に暴露したあとで、サウナ小屋の状態も造られた当時のままなんですけど、とさらに押しかぶせる。

　四度の逆接。その羅列は信憑性と好印象を与える。

ですが、この界隈では、正真正銘の退役軍人家屋なんてめったに売られることはないんですよ。

ですが、大きなチャンスが目の前に。ご自身ですべてを一新できるんですよ。

ですが、庭をご覧になってください。年を重ねた老夫婦の人生、フィンランド人の生活形態の歴史で溢れていますよ。

ですが、何という場所でしょう。中央公園の真ん中ですよ。家の半分はほとんど公園ですね。

マンネルマーの奥さんは乗ってきたが、旦那のほうはまだ煮え切らない。オレは手段を変えて、攻撃に出た。記憶を辿って、実存しない似たようなケースを取り出す。

「私どもが扱っている物件がヴェラヤマキ地区にあるんですけどね、それはひどい状態でして、でも庭は抜群にすばらしいんですよ。ご家族の予算は十分に足りるんですが、リフォーム代のことを懸念しておりましてね。結論を出せずにぐずぐずしていたら、別の家族にわたっちゃったんですよ。あとで分かったことなんですが、リフォーム代はそれほど高くつかなかったらしいんです。それで、そのためらっていた家族が今でも同じ地域から似たような家を探しているんです。会社の同僚に偶然聞いたんですが、住宅の購入には何を置いても立地条件が第一らしいんです」

マンネルマー家は、最終判断に迫られたように押し黙る。二人に、今度はゆっくり、慌しい日曜日以外に家を見に来るように促した。それで、火曜日の夜の約束を取りつけた。受話器を置いて、また持ち上げる。そして、残りの二家族に電話をかけて、同じようにプライベート見学に誘った。

まあ、すぐに交渉が成立するとは思わないけれど、自分の行動に満足していた。最初の接触から、三家族を再び罠に引き寄せたのだ。客との触れ合いはビジネスの核果《かっか》であって金じゃない。金は最後に入ってくるものだ。それは、雑草を根気よくむしり取った者に捧げる花束なのだ。

両目を擦って目を開ける。会社に置いてある観葉植物の青年の木が二重に見える。トイレに行って、水で顔を濡らして鏡を見た。眼窩《がんか》から目がにょきっと出て、その下から涙袋が膨らんでいる。一二時間ぶっ続けで仕事をしてはいけませんよ、と医者に言われたことを思い出した。オレはそんなにしていない。ただ、客の生活リズムに付き合っているだけだ。一日にして住宅は売れず、なのだ。

コカコーラを一本ごくりと飲むと、デニッシュパンをほお張り、医者からわたされた名刺を握りつぶしてゴミ箱に捨てた。

オレたちは家族に売っているんだ。独身に興味はない。市街、カッリオ地区、トゥーロ地区、プナブオリ地区、カンッピ地区。これらは無駄足マーケットだ。手の届かない高級住宅が並び、地下には騒々しいカラオケバーを備え、路面電車のギイィーという軋み音や、雅趣で生き生きとしたピクチャーレスク風の建物や、落伍者を評価する都会暮らしを夢見る者たちの狭苦しい2DKだ。こういう地域は、一平方メートル当たり二万マルッカを若者と争う気力のある小さな会社に任せる。

オレたちの領域は、市街から一〇キロないし一五キロ以内の畑や枕地や鉄道脇の地域だ。

オレたちの領域は、ショッピングセンター近くの見放された昔の土地や現在の緑の憩いの地域だ。

オレたちの領域は、新たな施設が隣接している狭小住宅地域で都心へは二五分以内で着ける場所だ。

オレたちの領域は、平均的な収入があり、二人未満の子持ち家族であり、小さな庭を評価し、幼稚園が近くにあることを望んでいる人たちだ。

オレたちの領域は、つまりレベルも収入も中間層で、せいぜい子どもが二人いる家庭で、安全なセックスを平均して二週間に三度行う会社員たちだ（ただし、シンデレラ号に出発する前に、最後の安全なセックスについての項目は削除すること）。

仮に、年に一七万マルッカの収入がある場合、部屋が三つにキッチンがついた普通の家を手ごろな地域に構えることができる。連続住宅は無理だが、それも夢見ているだろう。これは覚えておかなくてはならない。もし、この当家族が3DKを欲しがっているとすれば、家族は餓えてしまう。オレたちの任務は希望を与えることだ。あらゆる情報を書き漏らすな。家族ケースを作ること。マイホームにのしかかる煩わしさを伴わず、プライベート空間を望んでいる家族に連続住宅を売るのだ。家族を信じて、自然の安らぎに価値を置いている家族に古家を売るのだ。

父親が一緒に来ていたら暗渠排水を忘れるな。父親に隙ができたらすぐに、母親にはリンゴの木を差し出せ。最高の状況は父親を家に置いてきたときだ。日曜日のオープンハウスは、昼の二時から夕方の六時までが状況的に感触がいい。Ｆ１やホッケーナイトが男たちを家に縛りつけるからだ。

夜中の二時に電話が鳴って目が覚めた。メルヤだ。左頬にデニッシュパンを含んで、髪はコカコーラで濡れ、ディクタフォンは空を回っている。オレは眠らないように窓を開けたまま、家まで車を走らせた。

## ヘレナ

思い出が、日の当たる海辺からどっと押し寄せてきます。私が、今、仕事場で仕分けしているユーモアカード(33)の山のように。思い出には順番とか気持ちとか一切なく、夢のように考えが定まらない頭の運動です。

一緒に過ごした時間の中でも、一九七九年のライロックフェスティバルのざらついた映像がいつだって真っ先に浮かび上がってくるのは地獄もいいところです。地獄と言ったのは、ほかの思い出ならどんなものでも思い出したいくらいだからです。人間はたくさんのことを覚えきれないと何かで読んだことがあります。過ごしてきた年月は、挽かれたコーヒー豆のようにさらさらになるけれど、二粒ほどのコーヒー豆の欠片が脳裏に切り傷を刻む感じです。ライロックはあまりにも大きな欠片でした。

そこで、私はマッティと出会ったのです。会場には、シルックとヒッチハイクで一緒に向かいました。どんなバンドが最初に演奏していたかなんて覚えていません。トゥー・トゥー・オクサラだったでしょうか。クラッシュ(34)とグラハム・パーカー(35)を見たくて行ったのですから。今、ビデオでフェスティバルの様子を見ても、肩を組んでゆらゆらと体を揺らしている若者たちがバンド見たさにここに集まっているなんて誰も信じないでしょう。

うろ覚えですが、ロックミュージシャンのロード（イソキュナ）・リンドホルムの禿げか

(33) ユーモアの言葉を添えたメッセージカード。

(34) 1976年にロンドンで結成されたパンクバンド。

(35) 1970年代を代表するロックアーティスト。

かったほうの兄弟が、パーカーを舞台に呼んだように思います。マッティの一押しです。私はテントからひょっこりと身を乗り出して、ワインでぼうっとしていました。そのテントの前で、「ねえ、ロード、パーカーの"Don't ask me questions"を頼むよ！」とマッティが叫んでいました。

そのときは、この人が同じ年の一〇月に、私のバスルームでこの曲を声を張り上げて歌っていようとは想像すらしていませんでした。

キャンプ地の泥に消えた華奢なこの男が、ラッペーンランタの住宅フェア会場からハガキを送って来るなんて信じがたいものがあります。あの人に木造家屋について一切話すべきではありませんでした。というか、そもそも家について。温かい家であれば、人間はどこに住んでいようが関係ありません。もはや、どう関係があるというんです？

こんなふうに考えるべきではないとシルックは言うけれど、それ以外に何も考えられません。

住宅フェアのハガキは最終打撃でした。

「世の中の男はみんなこいつと同じよ。斧が握れない人には接着剤でくっつけて握らせるように、今までに何かを所有したいと思ったことのない人でも、借家の一軒も見つからなければ必要に迫られて2DKだって買うってことよ」と、シルックの笑いは止まることはありませんでした。

この人は、今、家をもちたがっている。そして、私たちのことも。でも、どうやって家を買うというのよ、でこぼこ顔の２ＤＫ所有者。主人のことはよく知っています。いったん欲しいと思ったら、凍上した大地からだって草をむしり取ります。

　あの人がここを訪ねてきてからというもの、眠れません。ベッドの中で寝返りをうっては、起きてシニが呼吸しているかどうか確かめるんです。窓際へ飛んでいっては、マッティが下に来ていないかどうか確かめるんです。でも、何の姿もありません。夜明けに何か音が聞こえたような気がしました。ばかね。アパートなんだから何かしらの物音はします。

　幸いにも、初めのうちはシルックが私たちと一緒にいてくれました。シルックとは、年ごろからの付き合いです。母の死後にシルックと出会ってから、姉妹のような付き合いをしています。何でも話し合えるし、お互いに他言はしません。

　シルックはキッチンの床で眠っています。朝、シルックが仕事に出たあとはシニと二人きりになって怖くなります。

　マッティは絶対に来る。あの人のことですもの。少なくとも、自分ではあの人のことを分かっていると思っています。

マッティのレイアウトをゴミ箱に投げ捨てました。美しい家、でも、醜い行為。こんなような家について、あの人に話して写真も見せました。そうでなければ、あの人は選ぶことができません。シニはレイアウトで遊びたがりましたが、私は見るに耐え切れませんでした。

　シニを昼寝させている間、自分の時間が一時間できました。でも、すぐに溝にはまってひどいものでした。この人生を思いあぐねても良いことなんて思い浮かびません。私が犯した過ちや、私たちが台無しにしてきたことと反対のことをやっていたら。

シニは何も知らずに眠っています。私もそう願います。光は天からやって来て、食事は缶詰からやって来て、笑顔は口元からやって来る、それだけしかこの子は知りません。父親がドアに写真を打ちつけても、森へ逃走しても、家を探していても頭を悩ませることまで娘はできません。シニが大人になったら、すべてを話そうと思っています。

時計を見ました。一五分が経ちました。シニが目覚めれば、自分の時間も終了します。このことについても、私たちには喧嘩が絶えませんでした。マッティによると、私がここ一〇年の間に口にしていたのは自分の時間のことだけだと言うのです。何がいけないんです？　人は誰しも自分の時間やスペースを確保しなければなりません。マッティは私の意見を軽く受け流していました。そして、もし頭さえ動いていれば人には何の刺激も必要はないと主張したのです。ええ、もしね。

今までの年月は、家にいつも旦那がいるのは私ぐらい、そんな思いで過ごしてきました。そして、シルックは、このことについて思い切って話すことのできた唯一の人です。アルコール中毒者や蒸発する人でひしめいている国で、こんなことはちゃんとした問題のようには感じませんが、一日二四時間ずっと、主夫として正しく仕える人と生活することがどんなに重苦しいことなのか誰も想像できないでしょう。

警察は泥酔した頭のおかしい人を捜していると思っているようですが、それは間違いです。頭は働いています。でも、神経がいかれているんです。あの人だってこのことを認めているのに、神経と聴覚の一部が私との会話の中でいかれてしまったと言っていました。嘘ばっかり。

ペンと紙を取りました。夫について私が知っていることすべてを書き出し、この人を捕まえたがっている警察官宛てに送りました。あの人を捕まえるために一から十まで書く必要はないことは分かっていましたが、自分にとってのセラピーだと思ってしたためました。

# マッティ

家の用事を片付けるために、週末にかけて数日間の休みを取った。残業がたまった話をもち出して、倉庫主任のシーカヴィルタを丸め込んだ。何のために休暇を取るのか詮索してきたので、ラップランドにエネルギーを充電しに行くと言った。というのも、同じことをシーカヴィルタが年に三回しているのを知っていたからだ。シーカヴィルタは国立公園の散策地図を貸してくれ、険しすぎる道は選ばないようにとアドバイスを受けた。

最初の休日、ディスカウントスーパーでセイヤにばったり会って、マッサージをうるさくせがまれた。仕事が急がしいからと断って、市街のサービスで我慢してもらうようにお願いした。すると、セイヤは慌てて、毎週の恍惚は誰にも代わりができないと褒めちぎる。もう少し小さな声で話してくれと言いながら、三倍の値段でもいいなら引き受けると言った。家の現金調達のためにお金に余裕が欲しいのだ。セイヤは了承して、首に手を回して抱きついて耳たぶをかじってくるほどの感激ようだった。僕は果物コーナーに向かって突き放すと契約を繰り返した。客の立場にある君とは何の個人的な接触はないのだ、と。

日課のようにセイヤにマッサージを施し、愛撫の余韻も冷たくあしらって支払請求した。彼女が絶頂しているときは、壁に貼り付けてある規格住宅の間取り図に目を留めて部屋の分担を考えた。セイヤが出ていったあとは、手を洗ってオクサネンの生活にのめり込んだ。

まず、日課のチェックから始める。別にどこに急ぐというわけでもないのに、午前六時半に起床。典型的な第一世代の退役軍人。鶏の鳴く時間に目覚める習慣がついている。新聞とコーヒーとパンが二枚。着替えたあとは庭へ考え事をしに出る。木々の根元に立ち、ブランコに腰かけ、野菜畑で寝転がって、三〇分ほどの酸素吸入をする。

新聞の熟読に二〇分。手持ち無沙汰に部屋で過ごし、地下室へ立ち寄ること二回。家の電話から誰かに電話をかける。電話の相手は、近所の喫茶店入り口にあるスロットマシーンで一緒に遊ぶレイノという友人だと判明。

夜の日課。食事は凝らない。炒めたジャガイモに出来合いのミートボールか焼き魚。まともな食事は作れないようだ。

夕方六時以降、就寝時の一〇時のニュースを除いて、すべてのチャンネルのニュースに目を通す。ひざ掛けをかけて安楽椅子に座ると、すぐにうとうとする。休みであっても、すべての用事をきっかり同じ時間に行う。いいことを知った。

リンゴの木の下、窓、ベランダ、それから野菜畑で観察する。開け放たれた窓の下で、電話の会話を二件ほどテープに録音した。

メモ帳に現在までの全体像を書き出して、二つの感覚器官の旅に出た。つまり、家を触って匂いを嗅ぎたかったのだ。一〇年かけてやっと気がついたことは、五官すべてを駆使すれば世界からいくらでも離れることができるのだ。それまでは、触覚や嗅覚に対しては、ほかの感覚器官に比べて侮っていた。

心拍数計から時間を確認する。午後六時二〇分。六時半からレイノとスロットに出掛けるはずだ。

僕はジョギングに出た。行きは軽快で弾むようで、バルセロナオリンピックの長距離に出場したフィンランド代表選手リスト・ウルマラみたいだ。『ランナー』という雑誌に載っていた彼のインタビューを読んだことがあるが、明確な目標をもっている人の足取りは軽いという。ウルマラはフィンランドにメダルを持って帰ることができなかったけれど、彼の言葉には力を感じる。ただし、僕たちはウルマラとこの国のために走っているわけではない。自分たちのためだ。

オクサネンが、マウヌンネヴァに差しかかるちょっと手前の狭い砂利道を、こちらに向かって歩いてくる。僕はフードをさっと被って、気づかれないように猛スピードで通り過ぎた。最後の二〇〇メートルは、新たな家路を想像しながら歩いた。

こんなふうに、シニと一緒にレジ袋を提げてやって来るのだ。キッチンの窓からヘレナが手を振る。時刻は四時半。食事でも作ろう。今回はヘレナにも料理を手伝ってもらう。野菜畑に行って、傾きかけた人生を遠い昔のように振り返り、お互いにくすっと笑い飛ばすんだ。僕はヘレナの首にキスをして、耳たぶを噛む。彼女の瞳に、普段より長い夜を約束する煌めきがきらりと光る。

庭に入って、そのまま外壁まで歩いた。匂いを嗅ぐ。木と木屑の匂い。子ども時代の匂い。どこかで薪を割り、鋸で木を切り、台木に座った跡がある。芝生でコーヒーを飲み、瞳に希望を湛え、背後に戦争を残し、そして未来に成熟した日々を待っている。僕は彼らの生活に入っていく。

　タイストとマルッタはサウナに向かって歩いている。マルッタは裾の長いネグリジェを着て、タイストは半ズボンを履いてチェック柄のシャツを着ている。濡れた芝生が足にくすぐったい。タイストはサウナ小屋の扉を開ける。熱気が顔全体にむっと降りかかる。マルッタはネグリジェをすとんと落とし、タイストは抗いがたい柔らかな肉体を前に困惑を隠せない。これは本当だろうか。さっきまでは堅い鋼が轟音を立て、木々は葉擦れ、ヴァーナネンの足が宙を舞い、ガンガンガサガサと騒音が響き、誰かがどこかで叫び声を上げ、爆弾が湿地帯にドカンと爆音を立てれば口の中に沼の汚物が入ってきていたのに、今は、ここにマルッタがいる。白くて柔らかくて、もうすぐ二人が一つになる肉体がここにある。

　サウナベンチに手を滑らせる。きめが粗くてささくれ立っているが、健康で頑丈な木。僕は、木の破片が指に刺さったことを思い出す。父親が、ナイフの先で引き抜いてくれた。指の皮がナイフで引き裂かれ、ナイフに流れた黒い血を僕は母親にすぐに見せたがった。おもむろに壁を撫で、流れのままに掌に破片を差し込んでゆく。当時ほど血の色は黒くなかった。

　家の周囲をぐるりと回り、最後にリビングの窓枠に頬を押しつけて想像する。シニは美しい女性に成長し、僕たちを訪れるようになる。青く古くなった塗料をポリポリと剥がしながら僕は組まれた足場に立ち、小さかったわが子が今では大きく成長した様子を目にする。その子はリズミカルな足取りで庭にやって来ると、「元気？　ジュースある？」と尋ねてくる。

ヘレナが表へ飛び出して、二人は抱き合い、ジュースを作りに一緒に向かう。シニは週末、家に泊まり、この家を購入してすべてが変わった当時の思い出に一緒に浸る。そこで、シニは生涯で初めて恋に落ちたと語る。「そいつはまともな男なのか」と僕が聞く。「うん。ただし、お父さんにどこかしら似てるけど」というシニの言葉に笑いが起こる。この男性は自分の娘を大切にしてくれるかどうかということを思うと、心臓が張り裂けそうだ。もし、変なまねをしたら、僕は何をするか分からない。そして、僕とヘレナは目を合わせて、ライロックフェスティバルを思い出し、二人の心が一つになったことを思う。日曜日、シニが僕と一緒に野菜畑の雑草をむしる。横目で娘を見ると、母親と同じように金髪をかき上げる様子に気づく。シニが帰ったあと、ヘレナが何かビニールレコードを聞きたがってプレーヤーを回す。僕ははっとして、どこでこのレコードを見つけたのかと聞く。ヘレナはくすっと笑うと、「インターネットで見つけたのよ」と話す。二人で聴き入るこの曲は、頑固な主張をして髪の毛もふさふさだった当時、そらで歌っていた曲だ。

物音がして我に返った。誰かの靴音が庭で聞こえる。部屋の隅から覗き見た。

タイスト・オクサネンが玄関に向かって歩いてくる。何かぶつぶつ言いながら、ポケットに入れた鍵を探っているけれど見つからない。頭を左右に振ると、階段脇に下りて三段目の下から合鍵を取る。部屋に入ったのを見送ると、僕は道路脇まで歩いて、家の写真を三枚撮った。

# 第三章　棟上げ

# 行政

手紙は好きじゃない。手紙というのは、受取人が間に入る隙を与えないから邪魔になる。世間は好きだ。世間に手紙はない。世間では落ち着いて話すことが許されず、おもしろい喧騒を生み出しながら話と声が融合する。そして、その喧騒の中から本質をつまみ出すことが私の仕事なのだ。

ルオマが私のデスクに持ってきた手紙を読んだのも、送り主がレイアウト当事者の妻だったからだ。

---

ヘレナ・ヴィルタネンと申します。私の夫の全体像について、聞き込み調査をなさっている方々のご参考になれば、と思います。

いつだってジョギング姿です。走らないときもそうです。走らないときは、あの人はおかしなフードを被って小刻みにジャンプして、黒人のボクサーをまねています。ボクシングなんてやらないのに。買い物に行くときも走っているときがあって、ディスカウントスーパーを曲がってすぐにジョギングし始めるので、万引きと勘違いされるのもしょっちゅうです。

ばかに見えますが、そうではありません。

暴力的に見えますが、そうではありません。

ただし一度だけありました。ですから、今、この手紙を書いています。

優しそうに見えますが、そうではありません。

何でもできそうに見えるのも、インパクトがあるからです。

土地と人に合わせて自分を変えることができます。

本人は信じないでしょうが、世渡り上手です。

こんな人と、私はもう一緒には生活できません。でも、あの人は信じてくれません。

ジャーナリストのタルモ・ロッポネンが政治に詳しいように、同じくらいあの人の口ックに対する造詣には深いものがあります。

いつ何をしでかすか分かりません。だって、あの人は満足のいくことをしたことがないんですから。

あの人の作るような料理は誰も作りません。

たいてい、家から出ることはありません。行き当たりばったりでやった善行を声高に自慢します。

料理について話すことになるでしょうね。とくに調味方法について、一気に三〇分は話します。

　捜索の手掛かりになるかもしれない三つの詳細事項を記しておきます。
①自分のことを家庭戦線主夫と名乗ります。

②家を手に入れるつもりです。
③私たちを取り戻そうとしています。
この覚え書きを男の方（だと思いますが）がお読みなれば、あの人の行動において、最後の項目が重要な意味をもっていることに気がつくでしょう。

どうか真剣に受け止めてください。シニと二人、私たちはここで精神的に追い詰められています。シニは私たちの娘です。この事件は、まだ幼いこの子には重たすぎます。


---

手紙をテーブルの上に置き、冷めきったコーヒーを取った。この情報で私に何ができる？彼女が覚え書きと呼んでいる、この情報は何の役に立つ？

私たちは、テロリストや殺人者や児童買春の仲介人を追い駆けているわけではないだろう。実際のところ、これは推理力のあるルオマの領域だ。

資料をルオマのデスクに持っていったけれど、「時間がない」なんて言う。それなのに、車上荒らしを調査中とかで、あたかもそういった事件には時間があるような言い方だった。ここ四年の間、四チャンネルステレオの盗難に遭ったと泣いてくる人たちに対して、真剣に取り合ったことはない。だいたい、そういうものを車に設置する必要があるのか？　音楽よりも、もっと人の話に耳を傾ければいいのに。ステレオには、「半年の間に麻薬常用者に盗られますよ」というシールを貼り付けておいたほうがいいだろう。

この女性も含めて、こういう人たちの悩みは何だ？　この奥さんは、最初は健康なミンクを自然に帰して、次に手掛かりとなる特徴を送ってくる。それをもとに、中央公園一帯を捜索せざるを得なくなる。この特徴だと、北部ヘルシンキ市民の半数が逮捕されてしまうし、この人手だと、私たちは冷め切ったコーヒーを飲むことになるし、万引きと薬の常用者を混同してしまう。

どうして苦しんでいるのか分からない。手紙には、夫のことが好きだと思われる部分がいくつもある。皿でも割って喧嘩し合えばいいのに。最初の喧嘩で上陸し、牽引車がプロの助っ人を大声で呼んでいるみたいだ。真っ昼間からバーで飲んで、子どもみたいにレコードプレーヤーに寄りかかって泣きじゃくる。

ムカつく。国全体がポロポロと風化してゆく。以前は湿っぽい場所は別だった。今じゃ、普通の場所はどこも泣き虫ばかりで、ボロ小屋にカビが生えていたって不思議じゃない。

いずれにしろ、仕事上ではなく私はこの男に会ってみたい。このデータが私のファイルの中だけに留まることは間違いなく、情報を配ることはしない。それに、証拠なしに捕まえることはしないし、興味本位で中央公園の歩道を踏みならしに行くわけではないのだ。

# マッティ

"You can't always get what you want" と、ローリングストーンズのミック・ジャガーは高らかに歌った。石城のテラスから、態度の悪いやつらで埋め尽くされた会場に向かって歌うぶんには簡単だ。そういう集団は、コンサートが終わると、次のレコードを買うために近場のキャンプに泊まって節約する。億万長者の肉感的な唇を、たわいもない虫けらを、僕はジョギングシューズで砂利にひねり潰した。

次に、最近起こった出来事の清算をした。

オクサネンの家から、この一件の発端となった家へと走った。一回目のときと同じ穴から入る。今回はわき目も振らずに小便を引っかけた神聖な場所に向かって、芝生に両膝をつき、シャツを脱いで、それで芝生を拭うと手紙を置いた。

テラスでフラッシュがちかりと光る。男たちの声が聞こえた。僕は身を起こし、穴からダッシュで道路へ駆け出した。男たちが庭にやって来ると、残念そうな声を上げて追い駆けてきた。

後ろをちらりと振り返る。住宅ローンを抱えた超肥満がしばらくドスンドスンと地鳴りを響かせてきていたが、最初の十字路で手をぶるんと振って疲労の色を表した。自宅へ向かって力いっぱい走って、四分間のシャワーを浴びた。

これで終了だ。これで、増築のせいで台無しになった退役軍人家屋には何の用もない。僕は本物を見つけたのだ。解放された気持ちで、今晩の出来事を「生活スタイルとしてのマイホーム」ページに書き込んだ。

「草。

あいつらは草に何の可能性も与えない。地面に向かって頭を垂れてくるくらい、けっこうな高さまで伸びてくると、すぐにやつらはぶるんと紐を引っ張って、無慈悲なまでに地獄の機械を始動させる。地面が風邪を引くくらい短く刈り込んで、何千平方メートルもの大地が、轟音を立てる芝刈り機にハリネズミカットされるのだ。この殺戮は金曜日の夕方から日曜日の夕方にかけて行われる。熱心な人であれば、一週間ずっと殺しっぱなしだ。

夫婦。

旦那が機械を動かし、両足をかっと広げた奥さんはプラスチック製のガーデンチェアに座って、女性誌『アンナ』を読んでいる。旦那がぎりぎりまで近づいて芝を刈るので、草が奥さんの足に飛んでくる。芝を刈れるように奥さんは足を上げ、ハリネズミカットされてしっとりと湿った芝に足を下ろす。足の裏が気持ちいいくらいくすぐったい。奥さんが旦那ににっこりと微笑むと、旦那が微笑み返す。芝刈り機がむんむんと煙り、排気ガスが吐き出される中で、騒音に囲まれた二人はつながりを感じ取る。旦那のウィンクが、奥さんの首から胸の谷間にするりと流れ込む。草刈り後は、ベッドになだれ込んで官能のおもむくままに浸ろうと、二人は思うのだ。

家から一五〇メートルくらい先の砂利道の脇に立ち、二人を嗅ぐ。旦那はシャワーを浴び、強烈なアフターシェービングローションを手の甲でパシャパシャと頬や首に勢いよくはたき、残ったローションはズボンで拭き取る。奥さんは骨付き肉を引っくり返す。ピシャリと油が弾け飛んで、奥さんは目を細める。

二人に向かって僕は歩く。生活に向かって僕は歩く。

奥さんは旦那をレパと呼ぶ。レパがオレンジ色の椅子から立ち上がり、声のほうに頭を向ける。

「今行くから、ワインを持ってきてくれないか」

妻はテラスのドアから姿を消す。レパは肉担当だ。ジュージューと音を立て、油が滴り落ちる様子を見てにやりと笑いがこぼれる。

「白ワインも持ってきてくれよ」と、レパ。

火の傍でレパはしゃがみ込むと、黄色い短パンの紐が下にずるりと下がる。もう少しで、尻の割れ目が見えそうだ。僕はレコーダーを調整して、体勢を整える。

サンザシの垣根の刺の痛みは感じるが、自分のことは感じない。

レコーダーはよく音を拾っている。耳障りにならない程度に調節し、溝に座り込んだ。庭から僕の姿は見えないけれど、車道からはTシャツがちらりと見えるかもしれない。道路は狭い交差点になっていて、隣人は見上げるような木々に隠れている。万事オーケーだ。誰かが来たって、僕はここから動かない。

白ワインを二本にグラスを二脚、奥さんがボトルをグラスにぶつけながら持ってきた。屠殺されたブロイラー、青い芝、順風な生活スタイルを称えて、カチャンとグラスを合わせた。僕は拳をぎゅっと握って、太い指でレコーダーを切ってしまいそうになった。

君たちの幸せは、僕の幸せなんだ。

奥さんは続けざまに二杯飲んだ。体の中へワインが流れ込み、搾り出して熟した欲が露になる。奥さんは我慢できずに、レアの骨付きブロイラーをほお張る。肉を口に放り込んで引っ張るが、白い肉片は一口では入りきらず、スパイスや黄色い油膜が滴る端っこが唇から飛び出して、口に入る順番を待っている。むしゃむしゃと食べながらレパの夏っ腹を見る。僕も見るが、奥さんとは違う視点で見る。奥さんの表情からすると、腹の先のホースにむらむら来ているようだ。そして、そのホースから擦って出てくる杖を手に入れようとしている。レパは、斜視を投げかけて分かったふうだが動じない。彼はウェルダン派なのだ。油で口周りがぎとぎとした奥さんに、とくと覗きたいだけ覗かせておこう。夜のニュースの時間に尻を奪う気だ。

レパは奥さんを気に留めない。肉が嫌な音を発していたからだ。トングで網から剥がして大きな花柄の皿に移すが、ブロイラーの一部は焦げてしまっていた。

「ほらほら、こんなに焼けちゃったのは誰のせいだい？」

奥さんはへへっと笑うと、誘うように体をしならせて舌鼓を打った。ブロイラーかレパか、どちらを食べようか、といった具合に。ブロイラーをつかむと、「うわっ熱い」と声を上げて皿に戻した。

動物たちが動物を食べる様子を僕は見ていた。レパはもう三本目だ。口角は黄色い油膜に塗れ、その様子から住宅交渉してよかったことがうかがえる。北から南へ人が移ってくれば、土地と不動産の価格は上昇する。

「金は少なくともこれから下がることはないんだよ、この辺に建てるとすればどこがあるっていうんだ、いい具合にビンゴしたたっていうことだよ」

そんなレパの言葉に僕はこう答えよう。ああ、そうだね。君たちは、血のようにヘルシンキにどろどろと流れてくるやつらの後頭部をジャッキでビンゴしたんだ。

敷地から神のもとへ、二人を連れていくことを想像した。目を瞑ると二人はもういない。タンポポの冠毛となって、重々しい人間たちは天の風に乗ってふわりと飛んでゆく。敷地にあるベリーの茂みやリンゴの木や植木は僕と同い年だ。一緒に年を重ねる。年月を重ねて生えていない所も目立つ芝生は僕の頭みたいで、そこかしこにぽつんと束になって生えている。サンザシの垣根の反対側へと手を伸ばし、芝生に手を滑らす。そして、愚かなインディアンを思う。これは君たちの土地ではない。これは昔からある畑なのだ。区分化された海底だ。底なし沼だ。砂だ。根だ。中国まで続いている暗闇だ。

僕は仰向けになる。青いのは空。青い瞳は僕の。

レアであろうと、僕の準備はできている。

# 家族

これで、写真と手紙という証拠が手に入った。ヴェーラに写真を見せて、このおじさんが庭におしっこを引っかけたんだよ、と話してやりたいが、幼い娘を巻き込むべきではないとケルットゥに反対された。

この男は、マキネンの庭の植木を抱きしめにやって来たヤツと同一人物だった。この男のせいで、マキネンはおかしくなってしまって、「あれ、あれ、あれ」と連発するだけで、脳のＲＥＣボタンは機能しない。しくじった理論家。

幸いにも、過去の還付金で購入したカメラに現場を押さえた写真を収めることができた。中央公園近くに家をもつことができた今、バードウォッチングを始めることを妻に言っていた。これで、最初の〝ホオジロガモ〟がコレクションに加わった。

一見、普通の男にしか見えない。おかしなところが見えないというのが、状況を難しくする。誰しもが何でもあり得るのだ。このことについて、仲間と夜遅くまで話し合った。こういうヤツのことについて何も知らない子どもたちを、中央公園で遊ばせてもいいのだろうか？　他人の庭に小便を手際よくするようなやつらは、次に何をしでかすのか。

置き手紙については、さっぱり理解できなかった。ただ、ヤツは捕まえないといけない、ということだけは確かだ。心理学者のマキネンが言うには、手紙はトランス状態で書かれたものらしい。

ちくしょう、という言葉が思わず口を突いて出た。ケルットゥはじろりとこちらを見ると、ヴェーラを寝かしに連れていった。

こんなふうに書く人間というのは精神異常に陥っている人だ、とマキネンは説明する。現役の名俳優エスコ・サルミネンみたいなものだ。

「芝生を撫でるようなこんなマーキング男を、フィンランドのカリスマ俳優と比較するのか」

ヘイノネンが言うには、男は自分の狭い了見で物事を見つめてはいるが、こちらが脱帽するくらい自分に自信をもっている、という。

この会話を聞いた私は、もうちょっとで立ち上がりそうになって、マキネンを垣根の向こうへ放り投げようかと思った。一体、男の行動のどこに脱帽するのか、他人の生活を害する行為にどんな尊敬すべき点があるというのか。そこが問題ではない、とマキネンはきっぱりと主張した。

じゃあ、何なのだ？　マキネンは口をつぐんだ。彼は、私が注ごうとしているグラスに手を差し出して断る素振りを見せたが、構わずになみなみと注いだ。

「もうすぐボトルを下げますよ」と、ケルットゥが言う。そもそも、ボトルは週末のペタンクの集いのために用意していたものだ。

「われわれの心理学者がマーキング男の本質的な動機を明らかにしてくれるまで飲み続けるぞ」と、妻に言った。

マキネンが足を組み替える。この件についてはもう話したくはない、というジェスチャーなのだと私にはピンときた。家に帰りたがっている。でも、私は帰したくはない。

「マーキング男についてどう思っているのか話してくださいよ」

マキネンは口を開かない。

「話せ！」

マキネンの考えでは、私があまりにも興奮状態にあるので、そういう状態ではよい会話が成立しないという。マキネンの顔に私はくっつかんばかりにぐいっと迫ると、彼は視線を逸らした。

「止めて！」

ケルットゥは両手で顔を覆い、往年の女優シーリ・アンゲルコスキのように慌しく怒っていた。

「ケルットゥは、パセリでも刻んでおいで。それなら、できるだろう」

マキネンは立ち上がる。私は押し戻す。ケルットゥが背後からやって来て私の肩に手を乗せたが、その手を振り払った。

そのとき、マキネンが外へ飛び出して滑るように抜け出した。階段を抜けたものの、ヴェーラのおもちゃの車に躓いてバラの花壇の上に転倒した。

妻の叫び声が響く中、私はマキネンに飛び乗ると首を締め上げた。赤ら顔の心理学者は「うぅ」と声を上げたが、私は後頭部に何か熱いものを感じた。静寂が訪れて、ねっとりとしたものを感じた。

翌朝、騒々しい音と喉の渇きに目が覚めた。

ヴェーラが友達とリビングで騒いでいる。一体、私はどこに寝かされたのだ。ケルットゥに水を持ってくるように叫ぶと、ピッチャーを運んできた。安静にして、少なくとも一気に身体を起こさないほうがいいわ、と言い、私の頭をスコップで殴ったと言った。スコップの尖った先で頭が割れてしまったらしい。聞くところによれば、私はマキネンに襲いかかって首を締めたという。

何だか別の人のことを言われているような気がした。私はどうしてしまったんだ？　こんな人間ではなかった。庭に小便をかけられれば、人は何でもしてしまうんだ。ケルットゥは進んで事情を話したがっていたけれど、私は聞きたくなかった。

痛み止めを飲んで二時間眠って目を覚ますと、脇に置かれてあった手紙に気がついた。妻が置いていったものだ。罰として手紙に目を通し、芝生を刈り、骨付き肉をマリネに漬け込むことだった。

---

あなた方は購入対象外の家に住んでいますので、どうぞ安心してください。間違った庭にマーキングしました。第一印象を信じながら興奮してやったことです。家を間違えたんです。でも、今は本当の家を見つけました。最初はこう思っていたんです。退役軍人が建てた家にあなた方は住み、僕が夢を見るためのベッドで眠り、僕の腹を満たすお

粥を炊き、僕の体が必要としているサウナを温め、流行っているからという理由で緑の党に投票し、僕の肉であるかのような骨付き肉をバーベキューし、僕の髪型を思わせるように芝を刈り、僕があおりたいようなワインをぐいぐい飲む。そして、僕はあなた方とは目と鼻の先の距離にいる。

さあ、これで、当初の僕の考えが分かったでしょう。でも、こういう考えはもうありませんから、どうぞ安心してください。

今はこう思っています。真っ暗闇の戦線から溢れんばかりの光の中へやって来て、シベリウスが大音量で高らかに奏でるように書いた弦楽器のように、神経を張り詰めながら歩き、「肉をこっちに、早く」と言わんばかりに、我慢も欲望も抑えきれずに股間に突っ込んで鍋に向かって駆ける。

町の外れに、田畑の真ん中に、石の傍に立ち並ぶように家々は描かれ、どの家もすべて同じ造り。下階にはキッチンとリビングと寝室が、切り妻屋根に覆われた上階には、聖なる行為の結果育まれた子どもたちのための二つの小さな寝室。一面が火の海を経験した者たちへ、一階半の家と切り妻屋根。

図面を見た彼らは壁を立ち上げ、釘を板に打ちつける。的が外れたときには、くそったれの怒号が声高に響き、青ざめたさねはぎ(35)のように山積みの板の上に横になって昼寝する。板の軋み、重なり合う金属音、漏れる溜息、飛び散る飛沫。汗が背中にびっしりと貼り付き、夜には爪が食い込んでくる。ヴェイッコやマルッティやカレヴィやエルヴ

(35) 板類の木口を継ぎ合わせる方法の一つ。凸凹構造にして食い込ませる。

ィといった戦線の男たちが、漲るように何年も留守にしていた場所へと侵入する。

あなた方は何も知らずに、彼らの建てた退役軍人家屋に住んでいるんです。あなた方は、暗闇が温かい食卓と肉を欲している者たちを育み続けていることを知らないでしょう。

僕は、その生を受けた者の一人です。

# 上階の二人

私たちの生活に潤いが戻ってきます。喫煙者がやって来る前のような生活になるんです。もう少し経てば、歪みのない充実した生活に戻るんです。セックスも規則的になり、バルコニーの花々も咲き誇り、寝室には真夏の温風が勢いよく入り込んでくるのです。

ジョギングコース担当のカッリオから新情報が入りました。何でもそうですが、その情報を消化するにはしばらく時間がかかりましたが、奥さんと子どもが最終的に家を出ていったという確認がとれ、全体像がきれいに把握できたのです。私たちが結論を下した男性は、あの喫煙者に間違いはなかったということ分かりました。二人でデニッシュパンとコーヒーで乾杯しましたが、残念ながらレーナにはその祝いの席に参加する気力がありませんでした。

カッリオの持ってきた情報には、はっとするくらいショックを受けました。喫煙者は礼儀知らずな迷惑行為をしていたのです。カッリオは「ガーデングループ」を手がけている心理学者のマキネンと面会し、庭に侵入して木を抱きしめにやって来た男性について話を聞いたようです。しかも、この男は、ある別の人家の庭に小便をかけたようです。その話を聞いたレーナは、顔を背けて踵を返し、横になりました。私は、四〇〇マルッカの頭痛薬を半分に割ってレーナにわたすと、膝掛けで体を包んでやりました。

リンゴの表面に見つけた二つの黒点は、すっかり腐っていたということです。

事件の急展開に気が昂ぶって、心理学者のマキネンに電話をかけました。彼はひどく口数が少なく、この件については話したくないようでした。そこで、レーナと一緒に地道にやってきた活動について、そして数年にわたって受けてきたストレスについて話しました。できれば、人としての喫煙者に関する心理学者の意見を知りたかったのです。普通の人との相違点は何なのか、精神病患者の何パーセントが懲りないヘビースモーカーであるのか。

マキネンは疲労を訴え、昨晩のガーデンパーティが予想していたよりも長引いたせいだと話しました。私は、それ以上はもう聞きませんでしたが、連絡先は教えました。というのも、ある意味、レーナと私は患者の名づけ親みたいなものですから。

事の運びが、昼間の品質管理仕事の励みとなりました。代わり映えのないチーズ、ヨーグルト、その他の乳製品が、今では以前とは違ったふうに見えます。「生鮮食品」とレーナが適切に表現してくれました。

自分の中に、まったく新たな自分がいることに気づきました。

ヨーグルトを見ると、その薄物のような月面のような色合いの表面を喫煙者の肌と見比べます。

チーズの塊を見ると、喫煙者の首のひび割れた肌が脳裏に浮かびます。

ベルトコンベヤーで運ばれてくる牛乳パックを見ると、あの男が生涯にわたって吸い続けてきた何千本というタバコを思い出すのです。

そして、その日の仕事納めに、品質基準とパーセンテージについて点検を入れますが、チエック印の代わりに十字マークを付けている自分に気がつくのです。

彼に死を。お祝いカードを書いて、足音を立てずに階段を下り、あの男の郵便受けに押し入れました。

# マッティ

シニの体重は一七キロ、ヘレナは六一キロ、そして僕は八一キロだ。戦後に建てられた典型的な退役軍人家屋は一三五トンある。コンクリート部分が全体で一〇〇トン、残りは木造部分や釘や被覆材だ。このタイプの家の価格は、ヘルシンキだと平均して一三〇万マルッカ、つまり一キロ当たり一〇マルッカだ。それこそ、最安値のバルティックニシンの値段だ。このニシンの敷地が不十分で入手困難であれば、単価は一五マルッカまで上昇する。シニ、ヘレナ、そして僕の体重を合計すると一五九キロになる。ここ最近では、シニとヘレナの総重量が一五〇キロで、僕自身は九キロもないような気がしている。それほどにも、身軽に大気中を行き来しているのだ。

バスルームに行く。火照った頭の機能を正常にするために冷水を一六分間浴びた。そして、リビングの中央まで歩くと事実をもう一度考えてみた。

家に関する情報をヘレナに教えてなくてはならない。半年間の再考期間が終了する前に購入しなければならない。一ヵ月後には住居購入者に家を明け渡さなくてはならない。そして、この苦悶に終止符を打たねばならないのだ。

着信番号が見えるようにプッシュホンを押して、シルックに電話をかけた。すると、今回は電話に出たので、ヘレナに僕の携帯の電話番号と、家を見つけたので彼女に見せたいということを伝えてもらうように頼んだ。

「もう契約は済んだの？」

「ちょっとした詳細事項をいくつか加えれば書類は完成なんだ。このことをヘレナに伝えてくれないか？」

「いいわ」

「家の写真を君宛てに送るから、それをすぐにヘレナにわたしてくれるかい？」

「いいわよ。ところで、調子はどうなの？」

「医者として聞いてるのかい？　それとも、妻の友人として？」

「友人としてよ」

「ひどくいいよ」

「そんなわけないでしょ」

「医者としての返事だな」

　僕は受話器を置いて、嗚咽を押し殺して無理やり次の行動に出た。最終的な交渉に入る前に、もう一度将来の家に行って把握しておくことに決めた。

　タイストはレイノと一緒にスロットマシーンで遊んだあと、出来合いの食材をスーパーで購入して家に戻ってくる。つまり、僕には時間が一時間半ある計算だ。

　階段の下に置いてある鍵を取って、玄関の鍵を開けた。玄関先で靴を脱ぎ、キッチンへと進む。テーブルの上には、食器やパイプが片付けられていないまま放置されている。匂いを嗅いで、パイプを吸ったのが今朝だと分かった。椅子のコーナーには、着古したセーターが掛けてあり、色から判断するに先立った奥さんのものだろう。レンジには褪せたコーヒーポットとフライパン、その端には目玉焼きの切れ端が置いてある。

リビングへと進む。家具も品物もすべて、少なくとも五〇年は経っているものだ。椅子に腰かけるとキィーと軋んだ。黒ずんだ本棚には、掻き傷のついたテレビがある。その脇には結婚写真が立てられ、タイストとマルッタが国を築こうと意志を固めた神妙な面持ちで映っている。

椅子から立ち上がって窓際に向かった。カーテンを引くと、クリップランナーがもがくように耳障りな音を立てた。このことで、二人は何百回と話をしたことだろう。でも、タイストは修繕することはなかったのだ。僕はにっこり微笑む。こんなふうに、僕もヘレナと年を重ねたい。些細なことで喧嘩をしたい。大きな喧嘩はもう和解済みだ。

寝室へ足を進める。ベッドを見下ろすように、色褪せた家の航空写真が飾ってある。こういう写真は、今ではもう撮らない。家は、四〇年前と同じ撮影当時のままだ。

ベッドには、花柄のベッドカバーが掛けてある。僕は横になって天井を仰いだ。白い天井板が正午の太陽に照らされて煌めいている。家が完成した日を想像する。タイストがキッチンにやって来て、マルッタを後ろから抱き寄せる。胸をぎゅっと握り締めると、マルッタが体をよじらせて逃げようとする。タイストは捕まえて、こう言うのだ。

「おれの可愛い奥さん、おれたちの家だよ。みんなと同じ家さ。家も許可もおれたちのもの。

木造にコンクリート張り。上の階はあとで仕上げよう。今は下だけで十分。さあ、寝室の天井を見にいかないか。おまえの髪のようにきらきら光沢を放ってるんだ」

僕はベッドから身を起こして、木の階段を上る。四段目と八段目が軋む。何かしでかしたときには、息子はこの部分に注意して上ったことだろう。部屋に入る。すべてが、まるで一五分前に出掛けたままのようだ。

大きなポスターにはジミー・ヘンドリックスが微笑んでいる。電気ショックを受けたような髪型。このことで、タイストと口論になったことだろう。

「こんなヤツのために、おれは火の嵐の中を駆け回ったのか。四六時中、お前がこのシラミ頭の歌を叫ぶために？」

「出て行けよ、オヤジ」

タイストは息子の髪をつかんで、壁に向かって放り投げる。これでまた、息子は懲りずに次のレコードを買うことだろう。

息子の年齢を考える。きっと、僕より少し上だ。そんなに離れていない。

彼は、どんな人生を送っているんだろう？　どんな暮らしをしているんだろう？　連続住宅。既婚。バツイチ。アパート暮らし。どこに住んでいようが同じことだが、この部屋で、この国が戦ってきた様子を延々と聞かされることから解放されるのを夢見ていたのだ。そのために、息子よ、お前はインディアンのような綿のシャツをだらしなく着て、おとなしそうに庭を歩いて革命を練っていたのか。

タイストの息子は今、おそらくノキアにいる。だぶだぶのだらしないズボンを履いて、奇怪な打音をイヤホンで聴いているわが子にぶつぶつ文句を言っているのだ。「このために、父さんはノキアの長靴を舐めているのか。無駄な話のためにケータイを注文して、邪魔になるだけのコンピューターゲームをネットからホームパソコンにダウンロードできるために？父さんの話が分かるように、そのラップの音量を低くしなさい」と。

この親にしてこの子あり。インディアンのコットンシャツは、どこかでアイロン掛けのしやすいイタリアのＹシャツへと変わった。

窓から見下ろす。窓を開けると、そこから下へと続く木製の梯子が見える。この梯子を伝ってロックフェスティバルに出掛けたのだ。酒の匂いをぷんぷんさせて戻ってきたところを、タイストは髪をつかんでハサミでじょっきりと断ち切る。髪の毛をむしり取られた息子は、翌朝、キルッコヌンミに住んでいる友人の家で幻覚作用のあるキノコの味を覚える。夜を徹して、シタール音楽に聴き入ながら、ピンク色の馬の姿を地平線に見るのだ。

玄関に下りて、そこから地下へと続く階段に向かった。二台の古びた自転車、金槌と釘が数本、斧、木挽き台、木製スキー三セット、肘掛け椅子、壁いっぱいに積まれた薪。得体の知れない物体を飛び越えて、小さなサウナ小屋の着替え室へ進む。三人掛けのベンチ。丸テーブルには、花柄のテーブルクロスが掛けられている。壁には白樺の樹皮で編んだ籠が掛かっていて、中にはボディスポンジと石鹸と爪切りが入っていた。

連続燃焼可能なストーブを使用したサウナ小屋はまだ暖かい。サウナストーブを触ってみると、微かな暖かさを感じる。昨日、焚いたと分かった。オーブンの扉を開ける。樹皮を裂いて、黒い穴の中に押し込んで熾したい気持ちに駆られたけれど、とんでもない。そんな時間はない。あるとしても、三〇分のカラスの行水程度しかない。

階段を駆け上って、キッチンのテーブルの端に座る。窓から道路がはっきり見える。小さな娘が学校から帰宅する姿を、僕はここから見るのだ。ここに座って、生涯を通して学ぶのだ。ここで年をとって、この椅子から床へと転げ落ちるのだ。僕はメモ帳を取り出して、修繕するべき箇所を書き出した。それほど多くはない。大がかりなリフォームは何があろうともしない。この国では、構造には残らず手がつけられて、壁も取り壊されて、床も剥がされてしまっている。僕は、構造には手をつけないし、壁も取り壊さないし、床板も剥いだりしない。

# 不動産仲介業者

人が心から話をするときには、じっと耳を澄まして聞くのがウリスタロのやり方だ。首都圏でも、こういうやり方が普通になればいいのに。生涯のうちで一度でいいから、フィンランドの知ったかぶりに中断されることなく話すことができたら、次へと話が進めるもんだ。

会社の報酬は、住宅販売価格の四パーセントだ。この四パーセントから四割をもらえるわけで、それがオレの報酬となる。つまり、販売価格八〇万マルッカの住宅をオレが売れば、会社は三万二〇〇〇マルッカを請求し、そこからオレたち販売員は四割の一万二八〇〇マルッカをもらえるというわけだ。そこから税金が引かれる。税率は所得金額によって違いはあるが、三二パーセントとなる。となると、首都圏にある平均的な価格の家族住宅を売るとすると、八七〇四マルッカが手元に残るというわけだ。八七〇四マルッカは、果たして多いのか少ないのか。やった仕事の報酬として多すぎるのか適当なのか。

仮に、オレが先月は一軒しか売っていないと言えば、仲間の販売員は、「オレたち販売員には余る金がねえな」と穏やかに首を縦に振るだろう。ところが、オレが一一月のぬかるんだ雪道の中、同じ大きさの住宅四軒分の交渉を成立させたとなると、「何の苦労もせずに詐欺師に三万五〇〇〇も奪われた」と全員の口から不満の声が沸くだろう。

何を言おうと、反論の声が上がる。不動産仲介業者は、世界中でもっとも評価された職業中、羊飼いの前にランクする。ちなみに、羊飼いは最下位だ。

不動産の仲介業者は、売り主と買い主をつなぐ干渉リングで、こういった感情的になるような大きな物事において、お互いに会う必要のないように考案されたものだと穏やかに話しても、誰も聞く耳をもたない。実際には部屋とか不動産を売っているのではなくて夢を売るのがオレたちの仕事なのだと建設的に話しても、誰も聞いてはくれないのだ。実際は、価格について交渉しているときは夢について交渉しているのだ。

オレたちと客を繋ぐものはただ一つ。感情だ。理性を忘れろ。兆しの見える市場経済の面影を連れてこい。その面影にひと昔前の人々を惹きつけるのだ。新しい市場経済は、感情なくして機能しない。すべてがそこから始まり、そこに終わる。合理的な説明で髭剃り機やコーヒーメーカーは売られるが、家はそうではないのだ！　合理的に説明し、感情で売るのだ。ケサマーの算出だとこうなる。

オレたちは、客の感情解決がとどのつまりは理性に基づいているということを自覚させせなくてはならない。そして、最終的に客が理性と感情の見分けがつかなくなるくらい、うまい具合に二つを一つに結合させなくてはならないのだ。住宅取引において、理性と感情はこんなふうに追随し合う。

理性代表は現実的な暗渠排水の設置であり、感情代表はリンゴの木だ。理性代表は利便性のある交通手段であり、感情代表はベリーの茂みだ。理性代表は昨年リフォームした屋根であり、感情代表は軒にくつろぐリスである。理性代表は三〇平方メートル分の建築権であり、感情代表は四人掛けの庭の古いブランコである。

　こんな具合だ。こういった対照フレーズを、オレは全部で一六組作り出した。いろいろと組み換えながら、いつでも一時間のスピーチを構成する。残念ながら、この業界の集まりのときは、すでに知っているような人たちに対して話すことが多い。ただ、ハートウォールアリーナ(37)みたいに大きな場所で話すことができるなら、てらった物言いで不動産仲介業者の生活が楽だと、サービスステーションやバーや地元の居酒屋なんかでぶつぶつ言っている男も女もみんな呼びたいね。そういうやつらは、知りもしないくせに不動産仲介業者は楽な仕事だと言うんだ。

　そして、きっぱりとこう話したい。

「是非とも私の身になってみてください。昔の主人のばかげた泣き言に耳を傾けてみてください。匿名のいたずら電話の中傷や、風通しの悪い営業用ワゴンのむんむんする湿気に耐えてみてください。夜に、不特定多数の電話に応対してみてください。売り主の苦痛と買い主の苦悶を理解してみてください。家という名で通っている腐るほどの物件を、どんな方法で売るのか頭をひねってみてください。切れ目なく叫ばれる批判の言葉を受けながら、何とも知れない青いビニール袋を履いて地下室の階段をスタスタと歩いてみてください。今日、もしくは、遅くても明日までに、新しい所有者に適正価格で落ちてもらわないと月収が五〇〇〇マルッカまでにしかならない、そんな思いで朝を迎えてみてください！

　さあ、くたびれたケサマーの体は風通しして、みなさんを迎える準備はできています。フ

(37) ヘルシンキにある13,000席以上を収容する多目的ホール。コンサート、オペラ、アイスホッケー試合などのスポーツイベントに利用されている。

インランドの知ったかぶりさん、歓迎します！」

はっと我に返ったオレは、ハンドルを切ってTボイルに入り、車から降りて溜息をふうっと吐いた。なんてこった、ヤルモ・ケサマー。この状況でうっかり夏を迎えようとするなら、クリスマスまでどうやってもち堪えられるんだ？　ガンガンする頭を抱えながら、コーヒーカウンターに立って考え込んだ。

糖衣をかけたデニッシュパンを取ったのも、疲れのせいだと理由づけた。ただ、その根拠も無意味に感じた。昔の主人と会って販売契約を円滑に運ぶのには、一日の摂取量プラス四五六カロリーは消費するのだと自分自身を慰めた。

# 退役軍人

家に誰か入りおった。寝室のベッドカバーで分かった。わしとマルッタのベッドに誰かが寝た。恐ろしくなって、すぐに警察に電話をかけた。それなのに、こいつらは真面目に取り合ってくれん。「何か盗られましたか」と聞くから、「いや何も」と答えると、「それですと、私たちはすぐには動けません」なんて言いやがる。「もし来ないのなら、わしが行く」と声を荒立てた。

その警察官によれば、行為は他人の所有する財産への不法侵入に当たるものの、何も盗られた形跡がないのであれば、不法侵入窃盗罪にならないという。そんな奇怪な言葉を何で使うんじゃ。

「家の中に侵入したと見られる形跡はありますか」と聞かれて、鍵で入られたことにはっと気がついて、しばらく言葉を失った。受話器をガチャンと置いて、安楽椅子に腰かけた。

レイノですら合鍵の場所を知らない。それに知っていたとしても、レイノが自分勝手に入ってくる理由があるのか。あの不動産仲介業者に言ってしまったか？　覚えとらん。

本鍵がすぐに見つからなくて、合い鍵を使った日があった。

だが、誰の姿もなかった。

恐ろしい。

マルッタの膝掛けを取って横になった。知らないヤツが寝ていたかと思うと、ちっとも休むことができない。身を起こして、何か盗られたものはないか、もう一度点検してみる。ない。だいたい、ここには盗られるものはないんじゃ。地下室へ下りる。盗られた形跡はない。ただし、オーブンの扉が開けっ放しだ。わしは、絶対に開けっ放しにはせん。まだ暖かいサウナにヤツは座った。ヤツは薪も足しておらんし、サウナオーブンも温めておらん。どれくらい、わしは家を空けたんじゃ。二時間くらい。その間に、よくもヤツは入って来れたもんだ。

わしが家にいれば、何が起こっていたか分からん。昔みたいに身体は自由にきかんが、戦わずしてボロ小屋であろうとも誰も入らせん。杖がある。玄関にはもう一本。マルッタが一人で留守番していることがしょっちゅうあったから、叩くためではなく、薬物常用者のために警告代わりに置いてある。

レイノが若僧に金をせびられて、一度叩いたことがあった。刑務所に連れていかれないだけよかったわい。レイノのほうじゃ。帰宅中に目つきの悪いヤツが向かって歩いてきた。レイノは、財布をつかんだヤツの髪を引っ張って道路に叩き落とした。頭蓋骨が鈍く響き、「もうかかって来ないのか」とレイノはそいつを引っ張り上げた。ヤツは痛みを通り越して感覚を失っておった。だから、レイノが同じことを繰り返すと、頭が割れて庭に血が飛び散った。

その不良は一七歳で、その父親に訴えられた。レイノはＴＶで活躍しとるジャーナリストのハンヌ・カルポに電話をかけると、カルポが事情を聞きにやって来た。玄関には何台ものカメラが構え、部屋は電気コードで溢れた。けれど、四ヵ月間が虚しく過ぎても一度もテレビで流されることはなく、とうとうレイノがカルポにマルッタの遺品のスカート生地を送って断った(38)ほどじゃ。

マルッタはあまりにも早く逝き過ぎた。今、やっと気づいた。当時は、このことについて話せる人は誰もおらんかった。マルッタは今回のことも深刻に受け止めて、すぐにでも息子の家に同居しようとするじゃろう。そして、家を売り出すことを笑って話しながら、庭で泣くだろう。そんな姿を傍から見るのは嫌なもんじゃ。

レイノを呼び出した。コーヒーを沸かしてわしらはテーブルについた。レイノが、数日間だけ二階の小部屋に移ってもいいと言った。また来たら、二人でそいつをひねり潰そうと言われたが、同意しなかった。もし、また来ようものなら、レイノはそいつを殺しかねない。それは、わしは望んでおらん。この家だって売りに出すことになったわけだし。殺人事件を起こした家なんぞ、値が付かん。それに、そういう家は人から変な目で見られるもんじゃ。

(38) フィンランドでは、結婚を断りたい場合、プロポーズした相手にスカート生地を送る風習がある。

ヘレナ

職場では、手紙を違う棚に仕分けしています。悪いことをすると気分が良いです。マッティに関する私の手紙は可能なかぎりの犯罪調査に役立つかもしれないけれど、現時点では何も手が出せないと警察の人は言っていました。どういう意味なのでしょうか。シルックは、私の手紙がマルミ警察署に届いたということを、こういう形で伝えることで話に区切りをつけようとしているだけだ、と言うのです。

私は、「可能なかぎりの犯罪調査」という言葉に引っかかりました。何だか自分がばかにされた感じがして、私が警察側に詰め寄って暴力行為の詳しい状況を話しました。事情徴収した警察の人は偉そうに対応しました。私のケースは大目に見ても、せいぜい軽い罪に問われる暴行扱いだと言われました。しかも、たった一回の過ちという言い方をしたのです。私が声を強めると、一人が手を上げる背景には、たいてい二人の言葉が関係していると言葉を挟んできました。

私を責めてきたんです！　シニが一緒にいなかったら、もっとたくさんの事実を私は警察の人に話していたことでしょう。

今は、ヴァンターに移り住んでいますが、これは私が望んでいた生活ではありません。窓から見えるのは七〇〇枚もの同じ窓ガラスで、階段はアルファベット順に終わりまで続いています。以前は、コンクリートの建物に対してはとくに何も感じませんでした。でも今では、空を見るのだって、椅子を食卓の左側に移動させないと見えなくなってしまいました。昨晩などは、そこに三時間もずっと座っていました。寝つけなかったんです。その代わりに旦那が現れました。何を考えても、あの人が目の前に現れるんです。たった一人でも窓ガラスや空を覆うことだってできるし、夢だってもっていくことだってできるんです。実際には、ここにいなくても。一戸建て界隈や森でぶらぶらと徘徊していても。あの人が、もう私がかつて恋に落ちた人ではなくても。

暗闇のほうから、あの拳がやって来なかったらどうなっていたでしょう。

こんなことに時間を費やすのは無駄だとシルックに言われました。

「拳は来たでしょ、これからも続々とやって来るんだから」

何だか私は、こういう知ったかぶったような物言いに疲れてしまったと言うと、シルックは怒って出ていってしまいました。

シニを寝かしつけると、食卓の左側へ椅子をもう一度移動させました。空はまだ薄っすら明るくて、黄昏に染まった町が幾千という灯りに照らされて揺らめいていました。あそこのどこかで、あの人が走っては立ち止まり、息を切らしては考え込んでいるのではないかと思いました。あの人は機械です。エンジンが故障してやっと停止するんです。

「証拠不十分のため、ほかをパトロールしています」と警察官に言われました。証拠なんてありません。あの人がまた過ちを犯すことを、私は祈って止みません。そうでもないと、これは永遠に続きます。「これとは何ですか」と警察に聞かれましたが、説明することができませんでした。圧しかかるように重苦しい雰囲気の創造者というだけでは、犯罪人とはならないのです。

　私は十字を切りました。十字に切ったのは、一九九五年にヘルシンキで開催されたローリングストーンズのコンサート以来です。彼らがあと一曲演奏してくれますように、とマッティと一緒にお祈りしたんです。

　自分がばかみたいに感じました。無神論者のヴァンター市民が、中央公園をジョギングしているあの人に大きな過ちを犯すように、神様にうるさくせがんでいるんですから。だって、あのジョギング男は、自分の家族を取り戻したがっているんです。

　お祈りを止めて眠ろうとしました。浅い眠りの中、朝を迎え、朝一番のケータイの音で目覚めました。シルックからの電話でした。マッティがよろしく言っていたと伝えられたと同時に、彼のケータイ番号をもらいました。私は何も言えなくて、受話器を置くとキッチンのほうへよろめきながら向かいました。

　今度は何をしているというのでしょう？　どうして、ケータイを買ったのでしょう？　どうして、止めようとしないのでしょう？　どうして、この世から消え去ってくれないのでしょう？　倉庫で汗を流している独りよがりの思想家の一人ぐらいいなくても、私たちは十分にやっていけます。

　シニを抱いてリビングのソファに腰かけていたら、しばらくして焦げた匂いにはっとしました。お粥用のフレークを空焚きしてしまって、真っ黒になるくらい焦げついてしまっていました。シニは嗚咽を上げて泣き出して、私は大声を上げました。

冷蔵庫にヨーグルトがあったので、それを娘に食べさせると私はシルックに電話をかけました。

口を突いて出るままに彼女に聞いてみましたが、それほど得るものはありませんでした。ただ、家はヘルシンキのマウヌンネヴァ地区にあって、美しい建物だとマッティが言っていたようです。

「私はヴァンターのハクニラ地区に住んでいて、私は醜いのよ。あなたは森の中に住んでいて、あなたは茸よ。あなたの拳のせいで私たちがここに飛んできた今、どうしてあなたは家を買うの？　あなたに買う気はないわ、嘘を吐いているのよ。ただ、私たちを取り戻したいだけよ」

「私が家を買うわけじゃないんだから大きな声を出さないでよ」と、シルックに言われました。

私のケータイ番号をマッティに教えてもいいと約束しました。電話をかけてくるならかければいい。頭を下げてお願いしてくれればいい。あの悪魔、床を這ってでも来ればいい。私から電話はかけません。

どうして私が独り言を言っているのかシニから聞かれました。「そんなことないわよ」と言うと、「いってるもん」と娘がぶすっとしました。

「まえは、お家ではいわなかったのに、いまは、なんかいもいってるよ」

「そう」

「なにもってるの？」

「電話」

「ママはそれでなにするの？」

「シルックに電話したの」

「パパにでんわして」

「しないわ」

「してよ」

「いやよ」

「どうして」

「かけられない、というか、かけられるけど、かけたくない」

「パパもそういうのもってる？」

「まさか、少なくとも前まではもってなかったわ」

「サンタさんはパパにプレゼントしてくれる？」

「しないわ」

「どうしてよ」

「もう止めて、しばらくは何も聞いたりしないで！」

私は、シニをソファに放り投げました。娘は言葉を失ってしまいました。シニの金髪がわずかに覗くくらい、私は両手を回して娘を抱きしめました。シニはぶるぶる震えて、私は外を見ていました。別の建物の外壁を見つめて、そこからこの部屋と同じ間取りの部屋を見ました。そこには、同じ年頃の中年女性がわが子を思うようにクッションを抱いています。今週はエスポー市の外れに住んでいる父親のもとで過ごして、月曜日に戻る予定の子どものことをクッションだと思って。帰ってきた子どもは母親にこう言うでしょう。

「パパのところだとお菓子をたくさんもらえるよ」

「ママだって、おやつくらい買ってあげられるわよ、もし、もっとお金があればね」

その中年女性はクッションを枕代わりに敷いて、クッションと一緒に睡眠を少しだけ取ろうとしています。私と同じように。夢は私をマッティのいない国へと連れていってくれるもの。同意もなく勝手に古家を買ったりしない国。こんな家で扱いづらい娘を抱いたりしない国。無理やり別離することも、どこにも住む必要もない国。空が天井となり、大地が床となり、木々が内装となり、森の精が隣人となる国。私たちは、夢のあなたと一緒に暮らして、もう戻らなくていいの。

汗だくになって目が覚めました。シニを抱いたまま無理な体勢で二時間も眠っていたのです。そしてやっと、封筒を開ける気になりました。

涙を抑えきれないほど、本当に素敵な写真でした。シニの手前、私は涙を咳に変えました。

古びた黄色い家が小高い丘のてっぺんに立っています。いくぶん手入れを怠った野菜畑が茂り、庭にある物置小屋は斜に構え、敷地は長方形で、広さにして一〇〇〇平方メートル弱くらいはあるでしょう。

私がマッティに話していた家そのもの。拳が飛んでくるもう何年も前に。優しいときがあったころ。でも、あの人は聞く耳をもたなかった。すべてが壊れてしまった今、こんな写真を私に送ってくるなんて。

「このお家はなに」と、シニが聞いてきます。

「パパの家」と、つい口が滑りました。

「パパにはあたらしいお家があるの」

「そうではないけど」

「そういったじゃない」

「うっかり間違えちゃったの」

「このにわに、いってもいい」

「だめよ」

「どうしてだめなの、パパだって、にわにいるならいいじゃない」

「庭には誰もいないわ」

「くまでやねこ車もあるのに」

そう言って、シニはふくれっ面をしました。

「この写真は捨てるわ」

「あたしのよ」

「いいえ、ママのよ」

「お家がうつってるじぶんのしゃしんがほしい」

「いつか買ってあげます」

「いつかっていつ？」

「いつかよ」

# マッティ

僕の家に向かって走った。オクサネンは野菜畑でしゃがんでいた。彼の背後で立ち止まって、ゴホンと咳払いをした。オクサネンはびくっとして、後ろにふらりと引っくり返るほどだった。差し出した僕の手をしぶしぶ握る。僕は彼を立ち上がらせた。

「僕がジョギング男です。心当たりがあるでしょう」

オクサネンは、冷静を取り戻してこう言った。

「それで？」

「家を買いたいんです。現金を持ってきています」

「この家は仲介業者に任せとる。第一回目の公開展示は一週間後じゃ」

「僕は、直接あなたから家を買うことができますよ。仲介手数料も支払う必要はありません」

「わしは、この件についてはややこしいやり方でしようとは思っておらん。あの会社のケサマーに電話してくれ」

ちくしょう、と声にならない声で言ったあと、僕はデニッシュパンの入った袋を見せた。

「中でコーヒーでも飲んで、男同士で腹を割ってお話しするのはどうですか」

「飲まん」

「僕にとっては、直接、仲介なしに退役軍人から家を買うということが重要なんです」

「わしが戦線におったということを、何で知っとるんじゃ？」

「一メートル先でも分かりますよ。よい道具を使えば、もっと遠くからだって見えます」

「何？」

「何でもありません。その仲介業者は少なくとも四万五〇〇〇マルッカは手数料として取りますよ。その分を、僕に直接売ることによって節約できるんです」

「わしは、今は何とも言えん……。もう契約も交わしたし……」

「僕だって文書は書けます。公的な取引契約書を作りましょう。こういうふうにすることになったと、僕から会社に電話をかけますすよ」

「いや、わしにはできん……」

　オクサネンは視線をそらし、僕が諦めるのを待っていた。

「ほかの家族をわざわざ見学に寄越すのも無駄です。部屋を汚されるだけです。さあ、契約を交わしましょう。現金を持ってきたんです。あとからまた払います」

　オクサネンは土の塊を蹴る。

「ケサマーの書類に書いておった金額を支払うというのか？」

「そんな書類は僕は見たことありません」

「そこには、一二〇万マルッカと書いておった」

「それなりの価格を支払います。ケサマーのような人たちに邪魔をさせないでおきましょう。彼らにとって、この家は何の意味もないんですから。僕とあなたには意義がある。だからこそ契約するんです！」

言い方が強かった。失敗した。オクサネンは物置小屋のほうから離れて引き返してゆく。

「考えておいてください。オープンハウスの前に立ち寄ります」

「わしは書類を直すつもりはない。わしにはできん」

「僕にはできます。また、会いましょう。オクサネンさん、これだけは言っておきます。間取りはいいし、地下室も快適です。だから、喜んで移り住みますよ」

そう言って、僕は庭から立ち去った。オクサネンは背後から何か叫んでいたが、振り返らずに聞こうとしなかった。

自宅の玄関を開けると、床にカードが落ちていることに気がついた。青地に赤いバラの絵が書かれてある。

前略
家族を失ったことにお祝いを申し上げます。あなたの起こした事件、会話、そして、平穏な生活を妨害する迷惑行為について、次回の管理組合会議で取り上げます。たとえ、先に申し上げた違反行為を管理組合の敷地内で起こさなかったとしても。喫煙が精神状態も害するものだということについては、予測もしていませんでした。
草々
カールロ・レーナ

カードを画鋲で壁に留めて、シャワーを浴びに行った。余計な怒りを取り除け。平常心を取り戻せ。

四分では足りず、蛇口を冷水にひねって、時計を見て一分半追加した。効き目があった。タバコに火を点けて、そのまま消さずにバルコニーの床に置く。テーブルから鉄製の踏み台をぐいっと引っ張り出し、力いっぱい天井をドンドンと叩いた。以前の計測からして、ほぼ二人のベッドがある所に命中したと思う。さらに四度の衝撃を与えて、床に放り投げた。

家族の写真とパイヤンネ湖に目をやる。湖は大きくなっていくみたいだ。何だか桟橋に着くような感じで、二人を深淵へと吸い込んでしまいそうだ。

ケサマーに電話をかけると、車中から応対した。

「休憩所を探してください。一週間後にオープンハウスを控えている家の付け値を教えます」

「どちら様です？」

「資本家です」

エンジン音と摩擦音が聞こえる。カチカチというウインカーの音のあとに、やがてエンジン音は止んで、ライターのカチリという音が聞こえた。

「今、駐車場です。どちら様ですか？」

「セッポ・サーリオです」

「聞いたことのあるような名前……」

「違ったアパート物件のことで、何度か電話をかけて質問したことがありますが、今回は一軒家のことで電話をかけました。マウヌンネヴァにある古い退役軍人家屋のことです」

「ああ、あの家ですか。ですが、もう日曜日にオープンハウスを控えていますので、プライベート見学はできないんですよ」

「問題ありません。自分が欲しいものは何なのか知っていますから。あの家が欲しいんです」

沈黙が訪れ、僕の質問で沈黙を破った。

「ジョニー・ロットンは知っていますか?」

「いや、さっぱり……」

「ロットンにはスローガンがありましてね、自分が何を欲しいのか知らないのに手に入れる方法は知っているって言ったんですよ。私は、このスローガンとはまったく逆に生きてきました。このくたびれた目でも読めるように、マウヌンネヴァの家の販売価格を下げる方向で一緒に検討しなければならない状況に立っているんです」

ケサマーは笑って、この件に関してはホームスクエアが一足早く手を打っていることを告げた。

「私どもでは、一二〇万マルッカまで値下げしたんです。この価格はどれを取っても、とくに立地条件を考慮すれば適正価格ですよ」

「人生でもっとも高い買い物をするのにケータイで話す気になれません。会いましょう」

ケサマーはカレンダーをパラパラとめくると、「難しいですね」と言う。僕の耳には、薄っぺらい用紙を撫でる音にしか聞こえない。

「ああ、空いてる日がないですねぇ。日曜日のオープンハウスに来てくだされば、そこで一緒にハーモニーが奏でられますよ」

「カレンダーから、でっちあげたテニスレッスンと不倫を片付けなさい。そうすれば、交渉の時間も間違いなくとれますよ」

一〇秒間のざわめきが起こる。

「もしもし、締まりのない結婚生活を送って、高品質のネクタイを締めている販売コンサルタントさん？」

返答はない。

「いいですか、最終価格についてよく考えなさい。家というのは、やって来ては去っていくものです。そんなもののために、結婚生活を破綻させることはないでしょう」

まだ、返答がない。きっと、股間にケータイを挟んでハンドルに顔を伏せているんだろう。

「オクサネンの家は、それほどの価値はないと分かっているはずです。私と同じようにね。ヘルシンキということで、一〇〇万マルッカの付加価値が付いています。ですが、私はどうしてもその家を手に入れなくてはならないので、九〇万マルッカで手を打ちます。いいですか、メモしておきなさい！」

ケータイがガチャガチャと鳴っている。

「メルヤと会う約束をすぐにでもしなければなりませんね。彼女に、ターミナルで撮った写真と会話を録ったテープを手渡さないと。こんなこと、させないでくださいよ。もしもし？」

ケサマーのケータイが顎鬚に当たってカサコソと音がする。

「おい？　何か言え、交渉成立か？」

「あんたは誰だ？」

「資本家だ」

「どうしてオレを苦しめるんだ。オレはただ、不動産を売ろうとしているだけなのに……」

「そして私は、小ぶりの状態の悪い家を家族のために買いたいだけなんです。この共通のケースにおいて、私たちはお近づきにならないといけません。ですから、私のほうからすでにこうやって近づいてきたでしょう。もし、その家がヘルシンキを外れたフィンランド中南部のパルカノにあるなら、せいぜい三〇万マルッカがいいところでしょう。私は九〇払うと言っているんですよ」

「オレにはできねぇ……不可能だよ」

「私は苛めているんじゃないんです、付け値を言っているだけです」

「一二〇が九〇っていうのは、それは……」

「空気のようなものです。フィンランドの酸素に満ちたクリーンな夏の空気。何も大きく受け止めることはありません」

「オレにはできねぇ」

「戦後レベルにまで値下げするんだ。そうでなければ、直接、メルヤのところに行くぞ」

「あんたは誰だ？」

「資本家だ」

ケータイを切った。着信番号を残しておいたので、ケサマーはすぐに折り返しかけてきた。

「ケサマーです。価格について検討してみたいんですが」

「どれくらい検討するつもりですか」

「検討します」

「遅くとも、明日までにこの番号に電話を入れるように。私には写真とテープがありますからね」

ざわめきが流れる。

「このケータイ番号の持ち主を探そうとしているんでしょうが、私とは関係ありません。私に関係があるのはあの家だけです」


僕は、ジムの受付カウンターで領収書を切ってもらった。

服を着替えて、脱いだ服は袋に押し込んで、トレーニングウエアでジムに入った。セットを数回組んで、渡り廊下を通ってエントランスまで歩く。夏の扉が開く。

排水管のネジのせいで、ズボンと袖が破れてしまった。バルコニーに転がり込む。木格子の蓋が衝撃で壊れた。

這って寝室まで入り、カーテンを引いて立ち上がった。部屋はきれいで、マットの毛並みも揃っている。人生とは何なのか、どう過ごすべきなのか、この部屋の住人たちは知っている。壁にはラグタペストリーが掛けられ、その絵の中ではヘラジカが森の奥から泉に姿を現している。僕は、まさにそのヘラジカだ。それに、喉もからからに渇いている。

キッチンへ向かって、冷蔵庫を開けた。こんなにたくさんの乳製品をついぞ見たことがない。チーズ、ババロア、牛乳、ヨーグルト、それにスプレッド。種類が豊富で選ぶのに迷う。すべて食べたいくらいだ。衝動を抑えて、二種類のチーズをスライサーでカットして、食パンをトースターにセットする。

気持ちが落ち着いて、ひどく飢えている自分にやっと気がついた。冷蔵庫から一リットル入りのヨーグルトを取り出して、半分くらい飲んだ。冷蔵庫に青いマス目のノートを見つけた。ノートの上端に僕の名前が書いてあったので、鷲づかみして読んでみる。日時を明記した僕の生活パターンはテンポよく書かれていたけれど、ひどく一面的だ。メモによると、僕の生活は喫煙の毎日だと書かれてある。

最終メモの下に僕はこう書いた。

「自宅から品質管理者の部屋へ入る。生涯で行き着く高さまで昇ってきた感じだ。リビングで三本、書斎で一本吸う。腹筋トレーニングを二セット行い、腹ごしらえして物件交渉に出掛ける」

自分の書いたメモが見えなくなるまで黒く塗り潰して、ノートを元の場所に戻すと書斎へ向かった。思ったとおりだ。反抗期の子どもたちを思って、パスワードがパソコン画面のコーナーにくっつけてある。

IVtoHGYd と入力すると、電子メールが開く。僕はタバコに火を点けた。

同じ内容の手紙を当事者たち全員と、会社の社長宛てに打つ。

社会状況、会社のモラル、ケサマーとサンナの関係、不動産の価格について簡単に述べる。ホームスクエアの従業員が普段の会話で一五〇万クラスの物件をチェルノブイリと呼んでいることに対して、乳製品の平凡な品質管理者はいかに理解すればいいのか、と書き添える。そして最後に、こんな年にもなって尿漏れしてしまって申し訳ないという言葉で締めた。

タバコの灰がキーボードにふさりと落ちたが、ふっと息を吹きかけて散らした。電源を切って、タバコを花鉢でもみ消す。

リビングの床に座り込んで腹筋を行う。心拍数は一三五まで上がった。天井に星の絵が描かれている。その星が見えなくなるまで腹筋することに決めた。二七〇回目で目がかすんだ。

三分間、ふぅっと息を吐いて安楽椅子に腰かける。そして、タバコに火を点けた。部屋の中でタバコを吸うことに解放感を感じた。室内で喫煙できるようなプライベート住居は、八〇年代半ば以降には一つもなかったように思う。この国にはバルコニー喫煙族が増えたのだ。

もうあと二本、ゆっくりと吸いながら戦線を思い浮かべる。塹壕戦では後方部隊をずいぶんと譲渡してきた。ついに日の目を見ようとする今、わが身の戦闘準備が気にかかる。厚手のマットにタバコを押しつけて、自分が持っているものと持っていないものとを日和見する。

僕には、一〇〇万以上の家に対して現金を一〇万もっている。

僕には、すばらしい健康と固い意志がある。

僕には、この件に何らかの形で関係しているすべての情報をもっている。僕には、光への旅のために、どんな肉体的かつ精神的ストレスにも耐える準備ができている。

これらの事実を認識して床から立ち上がり、玄関を開けて閉めた。そして、自宅へ戻ると衣類をまとめにかかった。予備の肌着と二人の写真を、棚の奥に押し込んであったハイキング用リュックに詰めた。

手に靴を持ち、靴下のまま出掛けた。地下を通って裏庭に出る。木々を通り抜けて小川まで走り、そこから森の中へ入った。ジャンプ丘で汗をぐいっと拭い去ると、力のかぎり二キロをダッシュし、今度は正面玄関から自宅に戻った。

自分で書いてメガホンを取ったドラマを見ようと、僕は窓際に立った。

# 不動産仲介業者

平原に立って気が遠くなるくらい見上げれば、すべてが眩むような光の中へと消えてゆく。一所にしっかりまとめないと、立ち眩んでしまう。これについて親父は何も話してくれなかったから、二〇年前の暑い夏の日には自分で考え出さなくちゃいけなかった。そして、世界は見た目と違うものなんだと気がついた。もし、見た目どおりなら、営業の仕事は単純明快だ。

このことを若い連中の頭に叩き込む。昨日の出来事は、まさに具体的な例だ。数々の迷惑電話の背景には、都会の借家に住む乱暴なアルコール中毒患者がいると賭けてもいい。もしくは、持ち家を支払った中年の大黒柱がEメールで接触してきた。ここからオレたちは何を学ぶのか。世の中は白か黒かではなく、虹よりももっとたくさんの色があるってことだ。

Eメールを開いて、すぐにメルヤに電話をかけた。彼女に非道な頭を差し出して、複雑に絡み合った関係やクルージングセミナーでの出来心を清算することになった。来るべくして来たようだった。全員が同じメールをもらった今、メルヤは信じるしかなかった。

変人は、手に負えなくなりつつあったオレの人生にブレーキをかけたんだ。どんなに細い糸ですべてのことは編まれているのだろう。どんなに脆く崩れやすいものだと思われているのだろう。

Eメールが来て、ドリップコーヒーを飲みながらリーッタ＝マイヤとスティネンと話し合った。いたずら電話が、オレたちに溜めた精神的ストレスを発散することは大切なことだと感じた。やっかいな客の対応の仕方についてはマスターしていたけれど、正真正銘の変人については経験がなかった。脅迫者の名前も住所も明らかになっているのだから、この事件は警察に任せることになる。

リーッタ＝マイヤが、『ガーデングループ』誌の切り抜きを見せながら新たな見解を持ち込んだ。そこには、アパート住人の心理構造について書かれてあった。ある心理学者が、アパートに潜む時限爆弾についての興味深い理論を展開していた。オレたちにEメールを送ってきた客なんか、まさにこのリスクグループに当てはまると思った。けれど、リーッタ＝マイヤはそんなことよりも、マーケットに目を向けていた。つまり、こういう症状をもっている人たちに対して社会が何もしてくれないなら、オレたちが少なくとも信心を植えつけさせるよう努力する義務があると言うのだ。コンクリート住宅から木造家屋への敷居はずいぶん高い。リーッタ＝マイヤは張り切って、「顧客リストからリスクグループを集めて、彼らに狭小住宅の日常に親しむ機会を提供してもいいわね」と言った。

リーッタ＝マイヤが二つ目のデニッシュパンに手をつけているとき、オクサネンから電話がかかってきた。興奮した様子で、ある二人の人物について説明し始めた。一人はオクサネンの留守中に家に侵入したヤツで、一人は半強制的に家を購入したいと言ってきたヤツらしい。

これで、このくだらない一件をはっきりした事実でもって自信満々にひねり潰せるかもしれない。買いたいと言ってきた客の情報をもっていて、当人が稚拙なEメールを書いてきたことを話すと、オクサネンは平常心を取り戻して、許可なしに家を訪ねてきたことを話しながら憤慨し始めた。不法家宅侵入者はEメール発信者と同一人物だということを警察に言っておくことを、オクサネンに約束した。名前と住所を知りたいと言ってきたが、オレは伏せておいた。

いずれにしろ幸いだったのは、この人物がやっと自分から姿を現してくれたことだ。こいつに、何かしらの同情を感じないと言ったら嘘になる。彼は中流階級者だ。彼がいなくては、この国はアルバニアになっていただろう。支払済みのアパートに住む辛さだって想像できるし、中央公園沿いの持ち家に住めるまで、あと何年間、乳製品の品質を点検することになるのだろう。あと何回、飼い犬におしっこさせて、一戸建てを通り過ぎながら散歩することになるのだろう。いくら計算しても、電卓のデジタル数字はいっこうに望ましい数字をはじき出さない……。

あまりにもカールロの意識の中まで深く入り込んだので、この件が片付いたら彼に電話をかけようと決めた。リフォームが必要な手ごろな狭小住宅でも見つけてあげよう。

恵まれない犠牲者は、いい星の下ではネギを背負ったカモとなるのだ。

# 上階の二人

玄関を開けたあと、私は階段を駆け下りて、レーナに上がって来ないようにさせなくてはなりませんでした。彼女は買い物袋を置いて、青ざめた顔で私を見ました。

「どうしたの?」

臭い、そう言いました。レーナの顔色がさっと変わりました。私は袋を持つと、庭のブランコへ連れていき、二人で腰かけました。

「いいかい、君はここで待ってるんだ。今、一番重要なのは我慢と的確な判断だよ」

レーナは震えながら泣き声を漏らし、やがてその声は飛沫を上げるように大きくなり、喫煙者に関わってしまった私たちの行動を詰《なじ》ってきました。レーナの考えでは、詰めが甘かったのです。私たちが喫煙者を燻り出した結果がこれです。その煙は、今、私たちの部屋にあるのですから。

恥ずかしさと、戸惑いと、分の悪さが一度に襲いかかりました。この組み合わせは致命的です。私は妻を黙らせなくてはならなかったし、部屋から煙の匂いを消さなくてはなりませんでした。そして、部屋にはあいつがいるのか、それとも煙だけなのかを知っておかなくてはなりませんでした。レーナは震えていました。

「ステーキ肉はどうなっちゃうの、こんな炎天下じゃ、傷んじゃうわ。カールロ、どうしたらいいの私たち?!」

恐ろしいことが頭に浮かびました。少しは黙っているように、血だらけの肉をレーナの口に突っ込んでやりたい気持ちに駆られました。ただ、ここは管理組合の庭の真ん中だということ、三棟の窓から庭のブランコが丸見えだということ、そして私は管理組合理事会員であるということ、この抗いようのない三つの事実によって欲望を抑えることができました。

頭の中で、すばやい行動計画を立てました。

「君はブランコに残って。私が中に入るよ。もし、ヤツが中にいるなら走って逃げ出す。もし、いなければ警察に電話する」

レーナは涙をこぼし、泣き声が大きくなりました。

「もう止めるんだ、そうでないと」

「何?」

「何でもない。もう行くよ」

階段を上ります。私の心臓はシャツから飛び出さんばかりです。玄関を開けると匂いが鼻を突きました。部屋の様子を探りました。冷蔵庫が運転音を出して振動しています。用心しながらリビングに進むと、マットに皺が寄っていました。一本目をここで発見し、マットには穴が三つ開いていました。書斎に忍び寄ると、パソコンがつけっぱなしでした。「くそっ」と声を出しました。すると、暴言で部屋が解放されたかように、また私たちの家に戻りました。パソコンを閉じてキッチンに向かいました。

光景は最悪でした。ヤツは私たちのキッチンで乱暴に食い荒らしていました。手ごわくて無関心な喫煙者は彼一人だけじゃないでしょう。

喉が締めつけられて、目頭がひどく熱くなりました。フィンランドのアイスホッケー代表チームが、長年の夢であった金メダルを取って、国際試合の呪縛から解かれた一九九五年以来、私は泣いていません。胸の奥深くで、涙で歪んだヘイッキ・リーヒランタ選手にもらい泣きしました。彼はまるで、液体を搾り出す巨大な赤いにきびのようでした。

庭を見ました。レーナがブランコに揺れて、買い物袋をしっかり持っています。ウィンドブレーカーを着た赤いエダムチーズのようです。

私の妻

私たちの家

私たちのキッチン

ヤツの形跡を片付けて自分を取り戻し、マルミ署に電話をかけました。

「もしもし、カールロ・レフネンと申します…」

「自分からかけてきてくれてよかった。ちょうど、あなたの家に電話をかけるところだったんですよ。私は巡査部長のカッリオラハティです」

「ええ……？」

「こちらに来ますか？　それとも私たちが伺いますか？」

「一体どういうこと……？」

「はっきりとしたことではないんですが、お話があるんですよ」

「私たちの住まいが荒らされているんです。ここで、誰かが食べてタバコを吸っています。妻は庭で座っていてショック状態です。からかわないで下さい！」

「こんな給料でからかうはずありません。分かるように申しますが、先ほどEメールを送信しましたね」

食卓に受話器を落すと、しばらくぐらぐらと揺れて床に転落しました。コードにつながれた状態で一〇回ほどくるくると回っていました。

下に行ったと思います。

ブランコに座り込んだと思います。

レーナの手を握ったかもしれません。

息はしていたと思います。泣いていたとも思います。どういう順番だったかは覚えていません。

大地が回り、ブランコが揺れていました。

多分。

# マッティ

二人がブランコに乗っている様子を窓越しに見ていた。僕も一緒に揺られたかった。

「キィー。キィー」

女は左足でわずかに勢いをつける。ただし、ブランコがその場で動く程度に抑えながら。男は、膝小僧にくっつくほどうな垂れている。頭を少し上げたときに、頬と目の周りにきらりと光るものが見えたかもしれない。泣いていたのか、それとも太陽を直視していたのか。

青い車が庭にカーブを描いて入ってきた。ランプも点滅させずに穏やかに。

女は足を止めた。警察官が二人、車から降りてきて、ブランコに向かって歩いてくる。声は聞こえてこないけれど、無声映画を観ているみたいだった。警察官は黙り込んだ二人に話しかける。女が何か答え、男は抗うように頭を振っている。警察官が男に手を差し出すと、男はその手を振り払った。僕の頭にシニが浮かんだ。ついこの間、同じブランコに乗って小さな手で僕の頬をパチンと叩いたのだ。その手の柔らかさは忘れない。

片方の警察官が女に話しかける。女は買い物袋からジュースを取り出し、注ぎ口を開けて男に差し出した。男はコップに空けずに、震える手でそのまま飲んでいる。協調運動を失ってしまった赤ん坊のように、ジュースが胸元に流れ落ちる。

警察官が建物を仰ぎ、片方が窓を指さした。僕は壁際に動いて、カーテンの隙間から覗く。

警察官が二人で、腑抜けになった男を抱えるように立ち上がらせている。女が買い物袋を持ち上げると、警察官の一人が手を差し出したが女は突き返した。一行が建物に向かって歩いてくる。

僕は、自分で書いた黄色い紙切れを取って玄関に貼ると、地下室へ駆け下りた。四人が足音を響かせながら廊下を歩いてくる前にドアを閉め終えた。隙間を開けると、廊下に反響する会話が聞こえてきた。

女は泣き出し、男はしどろもどろに話している。警察官は落ち着いた標準語で強調する。

「誰も傷つきません、迷惑行為に関して今回が初めてならせいぜい罰金くらいで済みます」

男はもがいて僕の名前を叫び、僕の玄関を引っ掻く音が聞こえた。どこかから玄関がしきりに開け閉めしている。僕は静まるまで待っていた。

玄関まで来て立ち上がると、破り取られた黄色い紙切れを取って部屋に戻った。上階の声が聞こえないように、ヘッドフォンをつけてクラシック音楽を聴く。弦楽器と管楽器を伝って音がやって来る。ラジオを切って、やがてはラジオ寸劇に変わるドラマに耳を傾ける。憤りを抑えながら排出して感情が熟すのを待つ、というのが監督としての僕の意見だが、主人公は情動を抑え切れなかった。チーズほど熟成期間は要しないけれど、ほぼそれに近い。あんなような感情の吐露や誰かを特定することもなく当り散らしては、主人公が事件に関して確信をもっていないと言っているようなものだ。

二人の警察官も同じ考えだ。一人は、押さえ込むように長い文章を大声で読み上げ、一同が黙り込んでしまうくらいはっきりとした口調で言った。

沈黙がラジオ寸劇に拍車をかける。主人公には平静を取り戻す時間を与えられたのにそこから何も学ぼうとせず、怒鳴り続けるばかりだ。単調な言葉ばかりが聞こえてくる。くそったれ。喫煙者。ちくしょう、濡れ衣だ。あのくそったれ。あそこですよ。ここです。主人公は自分のことを繰り返すだけで、忍耐を体得していない。やっと黙ったが、静かにさせられたと言ったほうがいいだろう。

ラジオ寸劇は中断させられてしまった。続きは、僕の部屋でまもなく始まるだろう。

# 退役軍人

掃除はせん。庭の落ち葉も片付けん。シャベルは違う場所に置き直さん。玄関の古いマットも取り換えん。灰皿はそのまま窓際に置いておく。まだどこか軋むなら、オーブンの灰を階段に撒く。

息子と嫁が、公開展示に向けてどういう状態にしておくべきか意見を言いにやって来たが、その様子は、まるで御殿を売りに出しているみたいじゃった。

誰しも意見はもっておる。マルッタにも一つあった。それで七四年間を上手く通してきた。一日のうち三時間は旦那の自由にさせておく。そうすれば「亭主元気で留守がいい」のだ。人生を途中でやり直すこともなかったくらいよい考えじゃった。

どうして意見が溢れるほどなくてはならんのか、わしには理解できん。わしだって、意見というものを考えて息子や嫁に言いに行くことだってできるが、そこに何の意味がある？

わしには二つ意見がある。

マルッタには、庭の畑を耕した一九五一年に、一年を通して毎日欠かさずに玉葱を食べていれば病気知らずだと言った。レイノには、一九六〇年代後半に、若者が共産主義に対するような熱意でもって長距離競争に取り組めば、世界大会は難なく乗り越えられると言った。ただし、一九七六年のモントリオールオリンピック大会で、ラッセ・ヴィレーンが金メダルに向かって完走したあとは保守党になったけどな、とレイノに言われたが、玉葱の話は筋が通っておる。

息子と嫁には、すべてマルッタが望んでいたままの状態でいいと言って、追い払うように帰らせた。これが留守の間に鉢物やらカップを移動させたりすると雷がいつも落ちたし、それに、今さら動かしてどうなるというんじゃ。息子の意見では、少なくとも物置小屋の裏に停めてあるおんぼろ自動車は動かすべきで、仕事の同僚に手伝ってもらって処分してもいいと言う。わしは許可せんかった。おんぼろなんかじゃない。「イエローマーケット」誌に公告を出せば、車輪ならロシア人に簡単に二〇〇マルッカで売れるとレイノは言う。ヒーターだったら、外がどんなに氷点下でも車中を暖めた当時の遺品として技術博物館に売ることもできる。

不動産仲介業者から電話があって、当日の日曜日の午後一時半にわしがどこにおるつもりか聞いてきた。わしは、そいつの年齢を聞いた。すると、これとどう関係があるのか、と聞き返してきた。物分かりの悪いヤツじゃ。

「関係はある。もし、あんたがわしよりも年上であれば、あんたにはわしの予定を聞く権利はある」と言った。そいつは腰の低いヤツで、ただ契約どおり、当日はどこかへ席を外すことを確認したかったただけのようだ。頷きはしたが、心の中では家から出ていかないことを決めた。とくに、あの変人を捕まえてくれんことには。

ここに侵入したのは同じ男じゃ。間違いない。聞くところによれば、きちんと仕事にも就いていて、いい地位だそうじゃないか。今の世の中は、昔と違ってよく分からん。こういったジョギングするやつらや公園を散歩する人たちはみんな同じ格好をして、敵味方の見分けがつかん。石油王も採掘王も同じじゃ。

レイノがヴィキを番犬として連れてきた。最初は反対したが、馴染みの犬だし、まあいいかと考え直した。レイノも日曜日にはこっちに泊まるし、展示が終了したら犬を連れて帰ると言った。

また夢を見た。虚像でしかない夢は好かん。同じような理由から、映画やテレビの連続ドラマも観る気がせん。誰かがタイプライターの前に鎮座して、想像を膨らませている様子が頭から離れんからだ。

マルッタは翳りつくように見ておった。六時半か七時半。ニュースを見る人もいるだろう、と当たり障りなく言った覚えがある。想像する人の中に男もいることが理解できん。何というこじゃ。わしの息子がそういう職業に就こうものなら、毎週日曜日に一緒に茶を飲むことはない。はっきりしておる。

そいつらは戦争も作り出す。こういうやつらが書いたものなんか見れたもんじゃない。一度、こういう童話を書いたやつらの名前を教えろとテレビ局に書き送ったが、返事はなかった。レイノと二人で訪ねられると思って恐れていたに違いない。

マルッタが逝ってしまってから、週に五回は夢を見た。一時期、夢は見なくなったが、この家の話が出てきてから再び見るようになった。夢に出てくるのは必ずと言っていいほど、マルッタと一緒にショッピングセンターにいて、ショッピングカートの小さなコイン入れに小銭を押し込むことができないで、なかなかカートの鎖を外せないでいる自分だ。ショッピングセンターの私服警官に肩を叩かれて、「カートは無理やり引っ張ってはいけませんよ」と言われて目が覚める。

こんな夢は殺めてやる。もし、もう一回でも現れたら、わしは眠らんぞ。夢が疲労困憊するまで起きてててやる。夢の一つくらい殺せるわ。戦場に行った男じゃ。夢を見るのはよいことで、無意識を浄化してくれると嫁は言うが、わしのような単純な男にはそういうもんはない。知識人にはあるじゃろう。それでいいじゃないか。頭の中が少しでも軽くなればなるほど楽になる。

ひざ掛け毛布を肩にかけて、マルッタの残り香を匂った。

# 行政

あてどもなく歩けば、サウナ小屋へ続く夏の道が開かれる。こんなくたびれた憂鬱な言葉が口を突いて出たのは、パトカーの中にいた三〇分前のことだ。コホネンが「ふんっ」と鼻息を荒くしたのも、彼は強固なまでの現実派の代表で、人情には間違っても折れないからだ。一瞬だけ、年休を取っているルオマが恋しくなった。コホネンは、どっちの男も逮捕したがっていた。そうは言っても、片方については息をしているということ以外に何もはっきりしたことは分かっていない。

聞き込みを終えて、漠然とした状況に力を失った。同じ棟の上と下に住んでいる二人の男に会ったが、一人は詩を吟じて、一人は訳の分からないことを言う。警察官としては明快さを一番に評価するけれど、今回は、周りが明かり取りの窓みたいで、四五分間じっと凝視していなくちゃならなかった。

最初の一五分では、話がまったくつかめなかった。次の一五分で冷静になり、最後の一五分で自分の特技と今までに受けてきた教育を活かした。つまり、論理的に考えたのだ。

まず、レフネンのケース。中流階級の人間が理性を失えば発狂する。常習犯はその明らかなケースで、発狂的な行動を主とする。だが、このプロたちは扱いにくい。男は生きてきて間違ったことは一つもしていないということを証明するために、巧みに言葉を選りすぐる。

こちらの興味を引こうとしているみたいに。

　それこそ偽りでしかない。誰の口からも突いて出るものだ。奥さんと傷んだステーキ肉をコホネンが持ち上げたときに私が言ったのは、こちらが興味をもっているのは旦那が正常かそうでないかということではなく、旦那が不動産仲介業者にEメールを送ったかどうかということだ。すると、「一度も、絶対に、間違ってもやっていない。すべては下階の喫煙者がやったことだ」と言う。このレフネンを信じるとするなら、精神病院行きとなった殺人犯ヤンム・シルタヴオリ(39)に続く犯罪人だ。

　男はしどろもどろに話し始めて、女は泣き出した。私は、二人が供述を変えてしまうかもしれないと思って、下階の男に話を聞きに行くことを約束した。男は一緒に来ることを望んだが、コホネンに断られてどさりと椅子に倒れこむように座った。個人情報を確認すると、事の進め方について話した。男は相変わらず下階の男についてぺらぺらと事細かに言い続ける。私は、黙ってそのまま動かないように命令した。

　下階の変人は、私たちが来ることが分かっていたかのように、玄関をあまりにも早く開けた。物寂しい光景が目に映る。家具はなく、治療台らしきものがリビングの中央に置かれ、壁は家と女性と子どもの写真と電話番号で埋め尽くされ、床には図書館の本、ジョギングシューズ、汚れたTシャツ、メモ用紙、それからどうでもいいようなものばかりがあった。

　アパートの玄関にあったのと同じようなレイアウトを男の寝室のドアに見つけた。この男、要注意だ。こちらが事情を説明すると、「あんなに善い人たちがそんな困ったことになって

(39) 1980年代に少女たちを殺害したペドフィリア。

いるなんて」と上階の状況について気の毒そうに言った。そんな言葉、私が信じるわけがない。男は、あまりにも早くジムの領収書を手繰り出した。手を見せてもらったが、汚れていない。ついさっき洗ったような感じだ。私は、バルコニーを見たいと申し出た。

　見上げたが、排水管には何も形跡はない。一体、どんな方法で手と排水管を洗ったのかと尋ねたら、男は笑って、「レフネンの気持ちは分かります」と言った。きつい品質管理の仕事は驚くほどエネルギーを使うものだし、とくに最近だとEU方針のせいで、穏やかで変化のない八月の池を見るように、国産のエダムチーズの表面をじっとりと監視していなきゃなりませんからね。

　玄関にあった黄色い紙切れに書かれてあった文章「忙しい合間を縫ってレーナをマッサージする」の意味について男に聞いてみた。男は、副業がマッサージ師だと話し、隣人の肩の凝りをほぐす約束をしていると語った。

　コホネンが「くそっ」と声を漏らすと、キッチンへと姿を消した。私は、奥さんの推薦状をもらった男のことをもう少し知ろうと思った。私は正直に、男のことをEメールを送った張本人ではないかと疑っているし、このことを証明するために必要であればやって来ると言った。男の意見は一点張りだ。タバコを取り出したので一本くれないかと申し出ると、男は差し出した。ブランドを確認して、同じものがレフネンの部屋から見つかったことを話した。男は笑って、「レフネンは隠れ喫煙者だと思っていましたよ」と言う。「ばかにしないように」と私は言った。

（40）（1920〜1981）朗読者として活躍し、特に、フィンランドの国民的詩人エイノ・レイノ（1878〜1926）の『聖霊降臨祝歌』（1903）を代表とした詩の朗読で有名。

すると、男は詩を読むように話し始めた。私が子どものころに活躍していたウルヨ・ユリンコスキ(40)やエッラ・エロネン(41)のような雄弁家たちを思い出したが、こいつはまったく別物だった。それでも一つのテーマをもっていてアレンジにこだわっていた。悪質な虚偽と一般論と仮定が仕分けされずに一緒くたになって、何週間も誰とも話していないかのように男の言葉が怒涛のように押し寄せてくる。話の合間に男は白状したかもしれない。でも、男の演説にまったく別の次元へ連れていかれてしまい、そこに気を取られる暇はなかった。

何だか大麻の粉に塗れているような気がした。最後に吸ったのは、デンマークのロスキルデで勉強を始める前の二年くらいだったが、ふわふわと穏やかに漂っているような感じしか残っていない。

男はおよそ七分間ぶっ続けに話していたが、一時間のように感じた。妻について、子どもについて、住居について、ホームレスについて、不動産仲介について、太陽について、空について、懐古について、憎しみについて、そしてバードウォッチング用双眼鏡の技術について、男はコホネンが間に入ってくるまでに話し終えていた。

コホネンがキッチンからやって来ると、三〇秒間話を聞いたあとで拘置所行きを促した。男はぴたりと話を止めて、映画館でケータイを鳴らした人を見るようにコホネンを見つめた。私もコホネンを見た。二人の視線に締め上げられて、コホネンはその場を立ち去って庭へ出た。

床に日記のようなメモ帳が落ちていることに気がついた。そこには、「家庭戦線主夫の覚

(41)（1900～1987）俳優と朗読者として活躍する。1930年代には数々の古典悲劇作品の女性を演じ切り、1940年にフィンランドの国民的詩人Ｊ.Ｌ.ルーネベリ（1804～1877）の「我が祖国」を朗読して、その地位を不動のものにする。

え書き　家と人」と題してある。私はグラス一杯の水を頼んで、男が取りに行っている間にメモ帳を取ってポケットにすっと隠し入れた。

男に、最後までぶっとおしにしゃべり切らせた。演説を終えると、庭にいる同僚も呼んで一緒にお茶でもどうかと聞かれたが断った。その代わり、最近、ケータイを頻繁にかけたかどうか尋ねてみた。そんなものは持っていないと言って否定すると、レフネンは新しいテクノロジーに熱を上げていると言った。

まいった。この詩人は有罪だと確信したが、私が確信している証拠物件は、まだ舟の底で足掻いているカワカマスだ。それまでは、すべては憶測に過ぎないし、疑似餌の浮き沈みなのだ。

部屋から立ち去って、失ってしまった家族の狩に幸運を祈った。こういうヤツをいったん逃がしてしまうと、もう一度引っかけるにはぬめぬめしたカワメンタイから捕まえなくてはならなくなる。男はたとえ話を好んでいなかった。

コホネンは、じっと黙ってフォードのセダン車のモンデオに乗って待っていた。彼にとって成功したといえる聞き込みは、その結果として後部座席に犯人と一緒に座ってマルミ署の拘置所事情を事細かに説明することなのだ。遅からずとも、「品質管理者かジョギング男のいずれかを私たちの手で捕まえよう」とコホネンを励ました。

# 第四章　引越日

# 六時四九分

空が白んで、太陽はもう活動を始めている。今ですらこんなに眩しいのに、真昼になったらどんなふうに熱く照らすというのだろう。植物に、そして乾いた大地を這うゴキブリのような僕らに、水を与える雨がはたして降るのだろうか。

カーテンを開けて真っ直ぐ見ようとするけれど、できない。きらりと光る短剣のように突き刺さって、太陽が敵みたいに感じる。長い冬の間、暗闇の中で待ち続けた太陽が、今、攻撃してきたようだ。

わざとゆっくりとした足取りでキッチンに向かう。ここ最近は時間が経つのが早かったから、最後の旅路は落ち着いて進みたい。卵を割ってフライパンに落とす。何だか剃りすぎたウサギの頭みたいだ。

ラジオをつけて気象情報を探す。流れてくるのはヒットソングの数々で、何かが恋しいと歌いながら何もしない。天気予報が流れる。雲一つない青空が広がり、陽射しは強くなる。太陽は、陽炎のようにアスファルトをジリジリと焼き、人々を赤く照りつけ、大地の植物をいっそう枯らすだろう。陽射しは容赦なく、木々や葉に風を通すこともなければ、空気の流れを止めて微動だにさせない。太陽は残酷だ。けれど、本人はそれに気づいていない。ラジオのスイッチを切る。僕の行動を太陽に決めさせるわけにはいかない。

ふっくらと焼き上がった目玉焼きを丸くて大きなライ麦パンの上に載せ、赤カブサラダとチーズを盛り、もう一枚のライ麦パンで思い切り挟む。ゆっくりと噛み砕き、このカロリーでどれくらい体がもつかカロリー表を見る。かなりもつ。エネルギーが切れそうになったら、任務が僕の栄養源になる。

食糧、ポケットナイフ、双眼鏡、それからケサマー担当物件の庭から取ってきた玩具をリュックに詰める。書き終えた契約書は折り畳んで、リュックのサイドポケットにしまう。メモ帳はどこを探しても見つからない。いずれにしろ、今日は忙しくて書いている暇はない、そう自分を励ました。

今日のために、半年間近くも僕は生きてきた。今日、僕は家族を取り戻し、二人をクリーム色の家に導く。

トイレに行って、鏡に自分の姿を映す。どうにかこうにか鏡に映った男を認識した。頬や顎や首についていた肉は燃え落ちて頬はこけ、目はぐりっと飛び出している。僕は、テンかエゾオコジョみたいだ。

心拍数計のトランスミッターを胸に取りつけて、腕につけた受信機のスイッチをオンにする。小さなデジタルマンが時計の表示画面上で走り続ける。店員によると、デジタルマンは消去できないらしい。このデジタルマンのあてどもないジョギングが目障りでしかたない。

階段を小刻みにジャンプしながら下りると、掲示板の黄色い紙切れに目が留まった。でも、上階の二人の言い分を読む必要はもうない。正面玄関で、いつもより早い夜明けを祝して夕バコ二本に火を点けた。一本は口角に挟んで、一本は棟の端に置く。今日のように風のない日は、上階の二人目がけて真っ直ぐ煙が立ち昇っていく。

心拍数は六七。

今日は走らない。もう走る必要がない。急いでいないのだ。

契約を交わす前に時間を取って、ここ数ヵ月の間にいとおしくなった場所に立ち寄る。森を抜けて、通い慣れた小道を歩いて環状線一号の橋まで行くと、足を止めて手すりに寄りかかる。車は僕の下を駆け抜けていく。まるでコガネムシみたいだ。シニはコガネムシが大好きで、マッチ箱で新しい家を作ってやりたがっていた。でも、それはできない。彼らの家は、フィンランドの大地すべてだからだ。

両手を手すりから離して、翼のように広げた。脳裏にパイヤンネ湖が浮かぶ。桟橋の先端と風。それは僕を家族から引き離した。翼を下ろして手すりに寄りかかり、そのまま下へだらりと垂らした。

環状線一号。わが血管よ。わが道よ。君の上に僕は立ち、君を見下ろしたい。

一号よ、君はくねるように景色を割って進み、畑を蹂躙する。残りの最終ルートのプランを決定者たちに立てさせるのも時間の問題だ。ピルッコラ地区、パキラ地区、そしてパロヘイナ地区の独りよがりなブレーキを公園周辺でかける。敷地の蹂躙もここまでだ。

伝説のように、フィンランドでは君について話されている。君は概念でありランドマークだ。僕の血は君を伝い、君の懐に僕は入りたい。君の体毛を僕は匂いたい。君のもとではハメーンリンナやトゥースラやラハティへ続く道路は比肩に値しない。どの通りも暗闇へと続くけれど、君はどこへ連れていくということはなく、ただ町をぐるりと環を描いているだけだ。君は、ヘルシンキのバレッタとなる一番大切な血管なのだ。

君は、僕を近郊のエスポーからバレッタの縁に当たるイーストセンターへと一瞬のうちに連れてゆく。イーストセンターはヘルシンキ東部の新興地区だ。ロシアやソマリアといった外国人たち、フィンランド中南部の町パルカノやロシア国境に近いキーフテリュスヴァーラといった辺境地出身の人々が溶け合う坩堝だ。そこで、幾千というコックによるシチューがぐつぐつ煮えている。

環状線一号よ、幸いにも僕たちはお互いに一人じゃない。お互いを伝って情報が流れてゆくのだ。町は拡大し、端から脆くもひび割れていく。ブラックホールが誕生し、そこから熱い溶岩が迸《ほとばし》る。僕たちは現在の凍結者ではない。僕たちの視線上にあるものはすべてぐつぐつと煮えたぎり、それと同時に空気中にはさまざまな言語や方言が飛び交っているのだ。

君は都市化を始めた。道路の模範となった。戦後のラーッテーンティエ(42)と同じような調子で、君は二〇四〇年代には伝説の耀きを放つ幹線道路だと話されることだろう。

一見、君は不動のように見える。でも、そう見せているだけだ。家族が親戚の家に出掛けたり、日曜日のオープンハウスに足を運んだりする午後には、タールで炊かれたヘッドチーズのように熱々に湯気が立ち、てかてかと光って陽光に照らされて動くのだ。

物思いに耽っている間中、僕は両手をぶら下げていた。血が下に回って、紫色を帯びてい

(42) フィンランド北部スオムスサルミ市にある町。1939年〜1940年の冬戦争時に激しい戦場となり、記念碑が建てられている。

六時四九分　294

る。両手を上げて額を触ってみる。記念式典に軽く汗ばんだ。
フレッシュジュースで水分調整を行おう。

# 七時二二分

遅くまで仕事をやった日の夜はいつも同じだ。一時間ごとに夢に引きずられ、神経は焼けるように熱く、シーツは足元でもみくしゃになる。

あまりにも早くに目が覚め、ぐったりと寝返りを打っては夢に寝入るのを待つ。キッチンでカチャカチャいわせながらコーヒーとトーストを摂る気もせず、Tボイルに出掛けることにする。そこが二四時間営業のサービスステーションだったことは幸いだ。

パンフレットの束をがっとつかんでブリーフケースに入れる。玄関の鏡でぱっと見たオレの印象をチェックして、ドアを慎重に閉める。芝は朝露に濡れていて、トゥースラ通りの木々が静かにざわめいている。

雲一つない青空を見上げて、汗だくの一日を思う。自分にとってできるだけ心地よい姿勢を取って、メルヤが調節した座席を合わせ直す。座り心地もよくて汗だくにならない車なんてない。そんな車が販売されるならスティネンにあげるとしよう。一日の最初の悪い心が忍び込んでくる。気持ちのよいもんじゃない。さあ、日常の些細な汚い考えは取り除こう。今日は、ちゃんとした物件がけっこう売りに出されているんだ。

タイヤは乾いた砕石の上で音を立てる。庭に跡でも残したいくらいだ。ジャンクションから環状線一号へ出る。誰かが陸橋の上から手をぶら下げている。ほかにすることはないのか。

グローブボックスからディクタフォンを手探る。出来のいい考えの多くは運転中に生まれる。追い越すときや、果てしなく続く高速道路を走っているときに思いつくのだ。考えとは不意にやって来るもので、場所も時間もおかまいなしだ。

今は、やって来ない。空腹と睡眠不足のせいだ。地方ラジオの早口のパーソナリティーに話させておこう。ただし、一分間。それ以上は我慢できない。とくに、よく聞き取れないバカが聞き慣れないメタルバンドを呼んだりするのは限界を超える。

ジャンクションからTボイルへと鋭角的にカーブを切る。鼻にかけたサングラスを折りたたんでケースにしまって、蒸し暑い車から降りる。夏ズボンが肌にうっとうしく張りついてしまっている。車にエアコンでも付いていればいらいらしなくて済むのに。ただ、親父の場合は、仕事を始めた当初は車すらもっていなかった。凄い精神力だ。息子は厚かましくもエアコンのことで文句を言うのに、親父はめったに愚痴らない。親父の考え抜いた意見が出るのは、ウリスタロにたまに行ったときくらいだ。車はこの仕事の唯一の固定報酬になるから得なのだ、と親父に言っても無駄だ。

ズボンを上げて、こうなるだろうと予期される事態に構える。黒ずんだ汗がすうっと伝う。でも、ジャケットで隠そうとは思わない。一日中、ジャケットを着ていたら暑さで死んでしまう。

カウンターの水汲み機から水を注ぐ。すぐにコップ一杯空けて、二杯目を注ぐ。水の入ったコップをコーヒーと一緒にトレーに置いた。ドーナツは取らないぞ。コーヒーとセットで一三マルッカ。本日のサービス品がすぐさま快楽の世界へと引きずり込むこと間違いなしだ。今日のオープンハウスで客がサインをしたら、オレはTボイルに戻って余計に食べる。

　喫煙席コーナーから慎重に席を選ぶ。自分の座るテーブルは、空騒ぎしている若者の席から少なくとも三メートルは離れていなくちゃいけない。近すぎるとやっかいなことになる。やつらはパワーを吸い取り、生きる気力をもっていくからだ。この点においては、サービステーションの店長も同意見だが、サービス業者としては、彼らが何かを買うかぎり何もできないのだ。こういう不良グループから、持ち家に柔和な姿勢を見せるような従順な人に成長するヤツはいない。間違いない。

　コーヒーを半分飲んだところで、音にびくっとした。隣の席の椅子が床に当たって悲鳴を上げる。どこぞのジョギング男が椅子に腰かけるのに難儀している。そりゃ、座りにくいだろう。あんなリュックを背負ったまま座ろうとするなんて。フレッシュジュースをテーブルに叩くように置いて、順番通りに行動する。ジュースを一気に空けたあと、タバコを口にくわえて、これが最後の一本であるかのように吸っている。

　すると今度は、狩猟人の目でオレを見る。頭がおかしいのか。やつらに眼《がん》を飛ばそうもんなら怒り出すぞ。オレは、視線を逸らして外を見た。

# 七時三五分

目を開けると、汚れた窓越しに朝陽が入ってきて、汚れと指紋を残らず映し出しています。清潔でなくたって、どうってことありません。今日は特別です。

シニが隣で寝息を立てています。昨晩は私と一緒に眠りました。娘の髪をくしゃっと掻き上げて、「今日は何の日か当ててごらん」と尋ねます。

「あのお家をみにいく日でしょ、いこうよ」と、シニは興奮しています。

「いいえ、まだよ。まずオートミールを食べて、泳ぎに行って、それからよ」

「オートミールつくってよ」

「はいはい」

私は、ベッドから身を起こしました。シニは跳ね上がるように起き上がり、キッチンへと走ります。手を伸ばして、食器棚から片手鍋を取り出して火にかけます。こっちが急かされるくらいに、娘は本当にはしゃいでいました。

「ママがフレークを入れるからね」

「わたしがいれる」

「いいから」

「子ども番組がやってるかどうか、あっちに行って見ていらっしゃい」

シニはテレビに向かって走っていくと、スイッチを入れて床に座り込みました。私はオートミールをかき混ぜながら、レンジフードのコーナーに貼ってある写真を見て、和みました。それに、マッティの話。

あの人は、一度も家のことなんて話さなかったのに。

「ちょっと聞かなきゃならないんだけど、あなた何か飲んでるの?」

「何を?」

「だから、何かよ」

「安定剤のこと? 僕はそういうのは一切飲まないことは知っているだろう。僕はね、ヘレナ、この件について確信をもっているだけなんだ。見に来てくれればいい、何も和解をする必要はないんだ。ただ、見に来てくれさえすれば」

「わかった。行くわ」

電話を切ったあとすぐに、「パパから?」とシニに聞かれました。娘は何でも察知して、すべてを分かっているんじゃないかと感じることもあります。そうでないといいのですが。

オートミールをかき混ぜながら、いまだにこのことが現実だと信じられない思いでいます。あの人はシルックに落ち着いた口調ですべてを打ち明け、私には手短に話しました。まくしたてるように話されるのが嫌いなことを、あの人は知っているんです。

黄色いサマードレスをシニとお揃いで着て行きます。パイヤンネ湖を望むパダスヨキ市で買ったものです。シニのヘアスタイルは三つ編みにして、私はリボンをつけて行こう。ちょっと浮かれているかもしれません。まだ、その家を見に行くというわけではありませんが、暗闇がとても長かったから、自分たちを美しく着飾りたいんです。

テレビから甲高い声が聞こえ、オートミールはくつくつと滾《たぎ》り、醜い建物越しに朝日が昇り、私は溶けていきます。この場にマッティがいなくてよかった。きっとあの人の首に抱きつくことでしょう。その家のことで、というよりも何となく。最後にあの人の髭を首に感じたのはいつだったでしょう。昔のことです。でも、あの人の手を私の体の隅々まで感じたのは、もっと遠い昔のこと。

「オートミールができたわよ」と、大きな声でシニを呼びました。

# 七時四二分

個人的ではないけれど、骨の髄まで君を感じているよ。

厚かましく同席はしない。仕事で、君とまた会うことになると思うからね。君とは距離を置いておきたい。というのも、起こることには何の個人的な関わりがないからだ。僕たちはただ出会うだけ。僕がもっていないものを君がもっているからね。微力でも、状態の悪い住宅の価格を左右するんだ。

すべてが終わって契約も交わしたら、同じ轍に偶然出くわした迷子の宇宙船のようにお互いに姿を消すんだ。僕はいやに感傷的だな。僕たちはそんな宇宙人でもないのに。詳細に言えば、僕がいなかったかのように君は君の人生を歩んで、僕は白樺の薪から樹皮を剥ぎながらサウナを温めているときに君を思い出す。樹皮を匂えば金が匂う。金は君を思い出させる。

早めに出掛けたようだが、眠れなかったのかい。こんな時間じゃ、斜面地利用やタイルストーブの話はまだできないよ。僕はね、君への手紙をリュックに入れてきたんだ。でも、個人的には手わたさない。用心に用心を重ねてメルヤにわたすね。新しい付け値について折返し電話をかけなかった君が悪いんだよ。君が、僕を郵便配達人にさせたんだ。

夏ズボンは汗まみれ。額には皺が寄っている。どうしたんだい。時間があるならコーヒーを飲んで、火が点いているならタバコを吸えよ。

君が持って来たのは、安っぽいシェービングローションの匂い。では、戦後には溢れんばかりにあった希望ももって来たのか。まったくない。君はフリーセックスをもって来た。君の世代で声高に叫ばれて、僕はそのことをひどく喜ぶべきだろう。それとも、歴史の本みたいに概説しようか？　激動の一九六〇年代に、下腹部の改革について何も知らずに商科大学に在籍していたというのなら、君の年代が巻き起こしたあらゆる面倒について僕は責任を問わないだろう。

僕は君を見る。君は視線を逸らす。

僕が君なら、僕だってそうしたくなる。

君が悪いんだよ。悪い場所を選んだ君が。ここにはプライベートがない。じきに、ふらふらした足取りでドアを開けてすぐにキレたり、薬が効いていないのかぶつぶつつぶやいたりする人が姿を現すぞ。さあ、君はどうする。予算は削減され、病院の数は縮小されたんだ。サービスステーションの席は慎重に選べ。

僕はケサマーへの長いモノローグを止めた。座りづらそうに腰かけて、尻の座りを交互に動かし、足を軽く組んで投げ出している。自分がまだ見られているのかどうか横目で確認する。そうだよ。これが、僕流の肉のバーベキュー方法なんだ。

脳裏で憐憫がふと冷淡に変わった。ジュースを飲み干して、ついには結婚生活が連邦生活に成り変わってしまう男に僕は手を振った。ケサマーは何がなんだか分からない様子で身動きすらできないでいる。君の鼻先で、今日、家を購入する男に手を振り返すこともできずに。

# 八時一五分

こんな日に、何もしゃべらずにマルッタと庭のブランコに腰かけておった。風の吹くまま、鳥の囀るままに。

ヴィキがリードにつながれたまま、わしの膝に向かってジャンプしてくる。犬を飼うことについてマルッタと話したこともあったが、そのままになってしまった。ヴィキはちゃんとした番犬ではないが「もちろん危険は察知する」とレイノが言っておった。

菓子パンをいくつかスーパーで買って、昼過ぎにやって来るレイノのためにコーヒーを沸かす。公開展示の前に、一緒にバーに寄ってスロットをしよう。展示が終わるまでここにいてくれるとレイノは約束してくれた。会社の男には知らせていないが、関係ない。もし、契約が成立したら、サウナを炊こうという話も少し出た。

いろいろと掃除をした。ワックスがけも息子や嫁の手を借りずにやった。それに、物音を立てられるのも、やっていない改築の話をされるのも、古い家具を指摘されるのも、聞く気にならんかった。わしがもっと繊細な人間じゃったら、傷ついておったろう。

息子家族が家に来ておったとき、レイノと鉢合わせたことがあった。息子の批判を聞いておったレイノは、自分だったら二分も耐えられないとあとから言うので、わしは方法を教えた。批判の声はいつも左耳で聞いて、右耳で鳥の囀りを聞く、と。

庭のブランコを洗った。家族連れは購入を検討するときにブランコに座るようで、物置小屋の角に三メートル近づけてほしいと会社の男に頼まれた。どうやら、二時間の販売時間中に心地よく陽射しが当たるらしい。ばかげた話じゃが、男を立ててやろうと思った。

家が販売価格で売れたら、どうしたらいいのかわしは分からん。そんな金。わしはどう扱えばいいんじゃ。息子の会社の株を少し買ったとしても、あり余るほど金が残る。マルッタとは、金を使わないようにしてきた。一人で服も買えん。車だって、町にはここ三年は行っていない。大金を掛けてゲームをしようとレイノと打算してみたが、そんなことに人生を無駄にしてはならん。

息子に金は残る。息子はワゴン車を買う。子どもが一人いるんだから、そういうのもあってよかろう。スキーセットやサーフボードや子どもの使うあらゆる道具なんかも。ステーションワゴンにはどうやっても入りきらない、と息子が愚痴っておった。

わしは驚いてばかりいる。ここ三〇年間は驚く以外に何もしておらん。驚くことと拝むことに時間は過ぎてゆく。

何を言われるか分かっておるから、口も息子にようきけん。息子は、わしとは違う生活を送り、違う世界に生き、違う人生を過ごしておる。わしは、自分の国にいながら異邦人のようじゃ。わしが息子の年ぐらいに生きておった世界はもうない。もしあったとしても最低じゃ。この世界は、わしの頭上に立っておる。

こんな話はばかばかしいとマルッタは言う。

息子の年のころに、わしは自分らしい生き方ができんかった。わしはフィンランドの生き方を送った。少なくともそう感じる。レイノも同じ意見じゃ。

自分らしい生き方とは何なのか。自分の時間とは何なのか。すべて同じ時の流れにあるのに、同じ世界にない。

# 九時四五分

じっとこっちを凝視するおかしなヤツを頭から振り払った今、オレは会社で、家の紹介スピーチを暗記していた。紙を見ないでそらでスピーチすると印象が違う。敬虔主義者たちは紙を見ながら説教したことはない、と親父に言われたけれど、不動産販売は由緒ある言葉と比べられるようなものじゃない、とオレは補足した。

この紙からインクを吸い取ってワインに変える。事実を取り除いて、フィクションに集中する。ペンテコステ派伝道者ニーロ・ウリ＝ヴァイニオ(43)のように扇動的に、番組プロデューサーのハンヌ・カルポのように極言的に。

家族の魂を打つような言葉を発しなければ。かわいいミセスや、Ｆ１ドライバーだったミカ・ハッキネンの太り気味のファンに確信をもたせなければ。ここがそうですよ、あなた方の巣ですよ、気持ちよく晴れた日にケサマー価格で提供します、と。

今日の客層を想像する。販売業は、他人の立場に身を投げる俳優の仕事だ。

当日の客は、ヴァンターのお粗末な連続住宅に住んでいる四五歳の役人かもしれない。隣家のバーベキューの煙が木柵越しに侵入し、妻は値の張るインテリア雑誌を買っては生活に変化をほのめかす。子どもたちはお金をねだり、夏至までにピアスをするんだとギャーギャー言っている。

(43)（1920〜1981）1970年から1980年にかけて精力的に説教活動し、その扇動的でカリスマ的な語り口調で有名な伝道者。伝道活動はアフリカやアジアへ及ぶ。

しばらく、彼に成り代わってみる。この物件を彼の目で見る。何が見える？　邪魔されない自分の時間、変化の種は裏庭に蒔こう。子ども時代と変わらぬ上へと続く階段の軋む音、そしてテラス。ぼろぼろと剥がれ落ちる窓枠には新しく上塗りをしよう。ここから、家族の新しい生活が始まる。タバコは止めて、そこの中央公園をジョギングして上半身を鍛えよう。と、ここで想像するのを止めた。ワキが匂う。嘘だろ。まだ一日は始まったばかりなのに、もう匂う。

会社のトイレでデオドラントを吹きかける。シャツを取り替えて、ワキにはしっかり四回、首には軽く二回。外は炎々と車を照りつけている。もし、オレに選択肢があるのなら白い車に乗りたい。その車なら強い日差しは入ってこない。もし、オレに選択肢があるのなら、車体には何も書いていないものがいい。少なくとも会社の名前ぐらいは。オープンハウスを目前に控えた日曜日のデリケートな一時《ひととき》は、オープンカフェや公園に出て開放的な人々を見る。すると、オレは人生で何一つ選べない人のように感じる。市場経済とは、やらなければならない仕事のコードネームに過ぎず、オレは茹だる庭の真ん中に立って話すように固められたコンクリートだ。ただ、無性に話すためだけに。話が金に変わるまで、希望が賃借対照表に変わるまで、夢が書類で名前に変わるまで、ずっと。

また、悲観的になってしまった。冷蔵庫からコカ・コーラを取り出してがぶ飲みすると、バチンと頬を二回打った。ヤルモ、さあ仕事だ。ヤルモ、さあ日曜日だ。

オープンハウスの前に、連続住宅の部屋のことで話をしておかなくてはならない。頼むから上手くいってくれ。契約成立は、オレを六〇メートルもの高さへと急上昇させるリンナンマキ遊園地にある絶叫マシンの「スペース・ショック」みたいなものだ。上からオープンカフェの人々を見下ろして、こう尋ねよう。今日、家を必要としている人たちを世話した人はいますか？　一万マルッカの金を動かした人はいますか。

# 一〇時二四分

僕は、この地域の長い道を思い出に浸りながら、そして別れの挨拶を残しながら端から端まで二時間かけて歩いた。見慣れたサンザシの垣根、植木、郵便受け、庭の小人たち。あの溝に座り込んで、白いレンガ造りの家の中庭を双眼鏡で見ていた。あの庭からは芝を引き抜いてサンプルにし、殺風景な部屋で毎晩匂いを嗅いでいた。

僕の願いに叶った家を見つけた今となっては、やってきたことの多くが無駄に感じる。恥ずかしい思いさえあるけれど、自分がやってきた地道な基礎作業を軽視しているわけではない。自己憐憫に陥ったり、ほかの行動力を害するような感情に浸ったりすることはしない。肝心なことは、まだやり終えていないのだ。

老人ホームを横目に通り過ぎ、ひざ掛けをして車椅子に腰かけている年配の男性に目が留まって立ち止まった。一〇年前までは老人を見ても過去しか見えなかったのに、今では未来が見える。僕はもう部屋の真ん中に立っているわけではなく、今ではもう奥の壁も見えるのだ。彼に一言声をかけに行きたいけれど、止めておく。

歩き始めようとしたちょうどそのとき、老人が抱えていたラジオのボリュームを上げた。そこから、有名なフィンランド人登山家のインタビューが流れてくる。喉にいつもの消化しきれない苛立ちを感じたけれど、じっと耳を澄ました。

登山家は、災難について、高山気候について、基礎テントの準備について、高山への挑戦について、いかにして山が大勢の青年の命を奪ってしまったかについて語った。そして、協力者と、長年自分を支えてきてくれた妻にメッセージを送った。

吐き気がする。でも、今日の任務のためにはエネルギーを蓄えておかなければならない。一九九五年以来、ずっと嘔吐に悩まされてきた。その年、三人の二〇代の若者が、氷上で黒い物体を弄びながら運んでいた。巧みな手さばきで、フィンランドはアイスホッケーの世界選手権で初優勝を歴史に刻んだ。どんなにか嬉しかったことか。当時のアイスホッケー選手のサク・コイヴ、イェレ・レヘティネン、ヴィッレ・ペルトネンのファンタスティックなゲームが、どんな結果をもたらすことになるのか、僕には予想すらできなかった。

そして、新愛国主義時代が始まった。沼から持ち上げられた巫女のように高らかに話す歩兵隊長に耳を澄まし、彼が話すことすべてが神の言葉と比較された。次に世界選手権に出場するチームには、ヴァイノ・リンナ(44)の戦争小説『無名戦士』がホテル滞在中の読本として配られた。代表監督は冗談交じりに戦争用語で話し、選手たちには、『無名戦士』で果敢に戦ったアンッティ・ロッカ伍長を模範するように命令した。

この光景を、熱を出した娘を抱きながら見ていた。一体、これがアイスホッケー、あるいはこの国とどう関係があるというんだろう。なぜ、フィンランド語特有の巻き舌もできない頭の弱そうな将官を、法王のように車で送迎するのだろう。なぜ、「フィンランドはよい国だ」という彼のフレーズが、フィンランド特産の花崗岩に名言として刻まれるのだろう。

(44)（1920～1992）フィンランドの小説家。隣国ソビエト軍と奮闘するフィンランド兵士の姿を情緒豊かに描いた小説『無名戦士』（1954年）は代表作。1963年に北欧閣僚評議会文学賞を受賞するなど国際的に高い評価を得ている。

新愛国主義が到来する前は、夏の朝に熱弁を振るう登山家に代表されるような、狂信的な個人主義の時代だった。僕は、ゴムやプラスチック製品を販売しているスーパー「エトラ」で、嘔吐用のバケツをもう一個買わなくてはならなかった。アイスホッケー熱と将官のために、購入したバケツにはフィンランド語でこの国を意味する「スオミ」と書き、もう一個には英語で「フィンランド」と書いた。「スオミ」を抱きながらテレビの前に座り、「フィンランド」はキッチンに置いた。ヘレナは分かってくれなかった。彼女にしてみれば、あらゆる山のトップであるエベレストの登頂成功は賞賛に値するという。この一言のせいで、僕たちは一週間口をきかなかった。

老人に向かって歩く。目を見て、彼が盲目であることに気づいた。老人にラジオを切ってもらうように頼むと、僕が何者で、どうしてラジオを切る必要があるのか聞いてきた。自分はマッティ・ヴィルタネンで、登山家が詐欺行為を働いているからだと話した。彼は、過激なキャンペーンをしながら、大勢の聴衆を前にして自分には家族がいると信じさせた。こんなふうに、数多くの家族向けの衣料品メーカーとスポンサー契約を交わしてきたのだ。

そういう話はよく分からないが、ラジオは聞いていたいと老人が言う。「別の局を探してあげます」と言うと、それを受け入れてくれた。登山家の周波数を遠くへ押しやり、代わりに国営放送局「ＹＬＥ１」チャンネルに合わせた。

自分の出すぎた行為を詫びて、「よい夏の日を過ごしてください」と挨拶した。老人は頷いて、ひざ掛けを手探りでかけ直した。

# 一一時六分

青い湖。湖畔には赤い家。庭には旦那さんと奥さん。そして、二人に挟まれた娘がにっこりと微笑んでビーチボールを手にしています。旦那さんはふさふさの黒髪で、くわえタバコでマイクを持っています。奥さんの黄色い髪は足まで届くほど長く、頬に絆創膏を貼っています。

花柄のワンピースを着たシニはキッチンの真ん中に立って、書いたばかりの絵を自慢げに見せています。私がパチパチと拍手をすると、娘はにこにこしてノートから絵を引きちぎり、テントウムシのマグネットで冷蔵庫のドアに留めました。

これで、シニの描いた絵は三〇枚になるでしょう。もう何ヵ月も前から絵を描き始めましたが、そのときは青い湖と虚しい桟橋だけでした。

もうそろそろ町へ出ます。マウヌンネヴァに行くまで時間がたっぷりあるので、シルックと駅で落ち合います。カイヴォ公園を散歩して、ピザを一緒に食べます。こんなに良い気分になったのは、いつ以来でしょう。ただ、良い気分には危険が匂います。

今朝は、ずっと、寛大にマッティのことを考えていました。物事の角ばった部分を丸く丸くしていました。私たちはブランコに揺られ、砂場でシニを遊ばせる。そんな家のことがずっと頭に浮かんでいました。お互いに許し合い、一晩中、古家の寝室で和解を結ぶのです。

憎悪が安全なのは、一線を画すからです。

愛が危険なのは、一線を失くすからです。

許しが無防備なのは、武器を下ろすからです。

私は武器を下ろしたりしません。一線も画します。でも、その家は見ます。そのチャンスはマッティに与えます。

シニが新しい絵をまた持ってきました。青空に浮かぶ三つの雲。どの雲にも天使が立っていて、そのうち一つにはタコのような奇妙な首飾りをしています。

「この三人は誰なの?」

「わたしとママとパパ」

「ママたちは死んでないわよ」

「うん、そうだよ」

「じゃあ、どうして天使なの?」

「てんしだから」

「どうして、一人はタコみたいな、そういう首飾りをしてるの?」

「それ、ママだよ」

「どうして、ママはタコを首に下げてるの?」

「だって、ママがそういうはなしをしてたから」

「お願いだから、そんなの描かないで」

「かいたっていいもん」

「でも、描かないでほしいってママはお願いしてるの」

「かくもん」

　私はシニから絵を取り上げて、くしゃっと丸めました。泣き出した娘にびくっとして抱き上げましたが、腕の中でもがいてベッドへ走っていくと嗚咽を上げ始めました。絵を元のように広げて、シニの所へ向かいました。

「泣かないで。ごめんね」

　シニは背を向けて、泣き続けるばかりです。後悔と戸惑いが一緒にやって来ました。子どもの絵を破ってしまった。でも、その絵に私は傷つけられてしまった。

　この数ヵ月間、無理やり気分をよくしていた自分に気がついて、今、その反動が襲ってきたのです。シニの背中をさすると、嗚咽は止みました。冷蔵庫からアイスキャンディを持って来ると、シニは振り向きました。汗で額に貼り付いていた髪の毛をはらってやり、アイスキャンディをわたしました。

「仲直りしよう。悪かったわ」

「ちがうもん、ママがじぶんで、くねくねしたタコのことをはなしてたんだよ」

「ママはね、絵をめちゃめちゃにしたことを言ってるの。直すからね」

「ああ、そのこと」

「ママはまだ、少しいらいらして神経が浮き出ちゃってるの」

「湖にあるスイレンの葉っぱってこと？」

「それとは違うわ」

「どうして？　葉っぱにあるのは神経じゃなくて葉脈よ。それはね、頭の中にあるの」

「でも、ういてるってママいったじゃない」

「さあ、もうアイスを食べなさい。それからバスに乗りましょう」

# 一二時九分

連続住宅のオープンハウスには客が八人訪れた。そのうち六人は「詮索人」だ。この的を得たネーミングはスティネンが考え出したもので、住宅購入が目的ではなく、他人のプライベートを中傷したり仲介業者を苛めたりするためにオープンハウスに足を運んでくる人のことだ。

平常心を維持するために、購入目的でやって来た二人の女性に神経を集中した。パンフレットを差し出して、二人の行動と声色をうかがった。どちらも四〇歳から四五歳くらいで、着ている服から判断するに中の上の中流階級で、年収はおよそ二〇万マルッカ、現在の住まいは3ＬＤＫのアパートといったところだろう。

物件の長所を説明して、管理組合の堅実さと目抜き通りに面した三角地帯に立つ好立地条件を強調した。トゥースラとハメーンリンナに続く幹線に挟まれ、環状線一号内に住めるということは、便利な交通手段を期待できるということだ。女性の一人はお礼を言って、その場を去った。

ショックから立ち直って、奮い立つようにもう一人の後について庭へ出る。植木はそれほどよい状態とは言えない。小さな庭が手入れを必要としているのは否めないが、現在の所有者はいずれも、海外プロジェクトにかなりの時間を取られてしまって庭の手入れをする余裕がなかったのだ。オレにはよく分からんが、オレの手で花壇はどうにかして改善すべきだろう。女性から、屋根のリフォーム時期の可能性について突っ込まれた。

「それはちょっと分かりません。そういうことまで聞いておりませんので」

「突き当たりに住んでいる知人から聞いたんですよ。工事の付け値が出されるまで一年はかかりそうですね」

　禿げかけたオレの頭に陽射しが降りかかり、掻きむしった肌を容赦なく照らす。秋には検査してもらおう。痒みをどうにかして止めないといけない。フローリング材について女性が聞いてくる。

「ラミネートです、パルケットみたいな感じです」

「でも、パルケットではないのね」と、女性が言い直してくる。

　ちっ、そうだけどさ。女性は同じことばかり攻めてくる。そこで、サウナから上がって連想ゲーム番組が始まるのをじっと待ってりゃいい。そう考えているうちに、女性はもう洗面ルームに入っていた。

　この浴室。そう女性が言い始めた途端、楽園に蛇がくねりながら入ってくる気配を感じた。連続住宅の専門家のような口調で話してきて、オレはまるでミスを犯して現場に呼ばれた哀れな棟梁みたいだった。

　バスルームのタイル張りの継ぎ目に不手際が見られると言う。確かに、そう見えるかもしれない。オレは頷いておく。

「妹の旦那がリフォームしたときに継ぎ目の仕事がうっかり忘れさられてしまっていたようですが、幸いにもこの住宅ではそういうことはないようですね」と話して、その場の雰囲気を軽くしようと努めた。

オレには妹はいないけれど、苦境に立たされたときに特定の人物を使うようにしているのだ。

ケータイが鳴る。着信表示を見てメルヤだと分かった。仕事中は電話に出ないって話したのに。オレは、ケータイのスイッチを無下に切った。

女性は黄色いソファに腰かけて、ふうっと溜息を吐いている。九八万五〇〇〇マルッカは、連続住宅の一棟にしては高い。もうあと一〇キロ北へ移動すれば、一軒家が買える値段だ。ただ、こんな路面状況で出掛ける人なんていない。もちろん、ヴァンターの森の中にも家はあるが、映画館からもオペラ劇場からもほど遠いし、唯一のオープンカフェだってサービスステーションの中だ。これがオレの意見だが、口には出さない。

「こちら側としては付け値を快く受け入れますよ。さあ、若奥さん、思い切って踏み込んでみては」と、そこまで言ってすぐに言葉の選択を誤ってしまったことに気がついたけれど、もう手遅れだった。

お客のことを「若奥さん」呼ばわりしてはいけないのだ。たとえ、その言葉がかなりの確率で的を得ていても。

女性は「若奥さん」呼ばわりしたオレを一瞥し、花の絵に視線を向ける。腰を上げて玄関に向かい、青い下履きを脱いで、「来週明けに連絡します」と絶対に連絡してこない約束をして、適切な応対に感謝しながらドアに向かっていく。オレは飛びつくように後を追って、この魅力的な物件はかなり人気があるので、急いだほうがいいと念を押した。すでに庭を歩き始めていた女性は、自分は決断力が速いし、もしかしたら明日にでも若旦那のケータイがピーピー鳴るかもしれない、と言い残して、アウディにするりと乗り込んだ。ブルンとエンジンがかかると、勢いつけて減速車線を発進した。

玄関の青い下履きを掻き集めてビニール袋に入れる。キッチンに向かって、冷蔵庫からブルーベリーのフルーツスープを取り出すとパックのまま飲んだ。気持ちがよかった。こういう職業のちょっとした特権だ。

口元についたブルーベリーの液体を拭って、敗戦を認めた。気を抜いて間違った言葉を使ってしまった。彼女に対しては、陶芸家やインテリアデザイナーのように話しかけるべきだったのだ。

「若奥さん」から何を学んだか。言葉使いに注意。言い返されても軽蔑はするな。客の格付けを早まるな。いつ踏み込んで、いつ自然に近寄るべきか、その親近性をよく考えろ。謙遜が、まさに連続住宅販売におけるキーワードかもしれない。連続住宅族はたいがいにおいて未来のマイホーム族なのだ。

謙遜。これを講演のテーマにするのはどうだろう？

冷蔵庫からフレッシュジュースを取り出す。どちらのパックからも五〇ｃｃずつ注ぐ。これで、減っていないように見せかける。

謙遜。これは物議を醸す用語だ。手始めにはよいかもしれないが、最終的な契約は謙遜で交わすことはめったにない。客の気持ちを解すときには有益だが、さっきは空回りしてしまった。腰が低くて飢えた仲介業者は若奥さん呼ばわりしないのだ。

オープンサンドを一個作ることに決めた。冷蔵庫を開ける。ドアポケットには、オイル漬けドライトマト、ギリシャ産チーズ、オリーブ、カレーペースト、胡麻スプレッドが入っている。普段の生活では、オレには馴染みがないものばかりだ。あるものすべてを少しずつパンに載せて、口に運ぶ。ライ麦パンはその重さに耐え切れず、ぼろぼろと下から崩れていく。エキゾチックなご馳走の一部が口からこぼれ落ち、首筋を伝ってシャツと汗ばんだ皮膚に流れ落ちる。首や胸毛についたドライトマトのオイルの匂いに、ひどくむせた。崩れてしまった部分をテーブルの上に置く。

自分の詰めが甘かった。アイスホッケーの代表選手のように、ちょっとのミスでだめになる。不遜な攻め方をすれば自分に返ってくる。コーナーを攻めず、熱心にフォアチェックもしなければ、メダルを期待しても無駄だ。

ケータイが鳴る。また、メルヤだ。電話に出るが、こっちが言う隙もなく、あっちから大きな声でいろいろ言ってくる。異例にも、郵便物が日曜日に届いたという時点でオレは察知した。

# 一二時一〇分

My my, hey hey, rock'n roll is here to stay. It's better to burn out than to fade away.

僕の家からだいたい三〇〇メートル先の石の上に座って、チェック柄のシャツを着た往年のニール・ヤングの歌を試してみる。彼には政治家としての素質があるのか、それとも、ご立派な曲で僕を煽るだけなのか。家庭戦線主夫に非政治的な影響を与えた大物は何人かいるけれど、こんな大事な日に誰からも裏切られたくない。

この状況で、燃え尽きることをすすめている歌が何の役に立つのいうのだ？　僕は、ニールをジョニー・ロットンとミック・ジャガーと同じコンポストに押し込んで、家に向かって歩き出した。

犬がこっちに向かってくる。いくらおだてても、いっこうに吠えるのを止めない。

ここで自分を抑えたら何を失う？　失うものはかなりある。

僕は首をつかむ。

力いっぱい強く絞める。犬が喘ぐ。鳴き声が出たって毛が抜け落ちたって気にせずに、絞め続ける。体をくねくねとしならせて、首は異様に太い綱のように感じる。ぐったりと緩み出したところで、心拍数をチェックする。一三四。理想は一二〇から一五〇の間だ。そして、最後の一息まで絞める。魂が抜けていく。

僕は物置小屋の前まで引きずって、扉を開けて芝刈り機の隣に下ろした。芝刈り機の刃に、夏の名残りの刈り取った草が房になってついている。すべてが終われば、芝刈り機を洗って油を塗ろう。

呼吸がないことを確認する。上出来だ。血も痣も首についていない。剥がれた皮膚が数枚いやみったらしくぶら下がっているので、むしり取った。抜け殻は穏やかな表情をしている。抜け殻は最期を遂げた。最終地点の物置小屋の冷気に到達したのだ。僕は、その茶色の瞳と強ばったままの血色の悪い口元を見て、見た目よく整え直す。

地面に座って、心拍数が落ち着くのを待つ。横になるだけで、できるだけ低い安定した数値を得ることができるが、よい心拍数を出す余裕がない。六六。状況を考えるといい数値だ。

物置小屋は利用価値のある美しさがある。不動産仲介業者たちは物置小屋に十分な注意を払っていない。宣伝スピーチではついでに付け足したり、見下したように紹介したりする。よく手入れの行き届いた昔の物置小屋には魂がある。だから、僕は抜け殻をここに連れてきたのだ。

よし、気持ちは落ち着いた。ただ、もう一つ確かめておきたいことがある。ここで薪割りをするのだろうか？　木、薪割り台、それから斧。割ったばかりの木々の匂いは、完璧を期する点から考えると不可欠だ。

もちろん、ここにはよい配置ですべてが揃っている。それから、本物の物置小屋になくてはならない小道具の諸々。熊手、鍬、シャベル、ちぎれた綱、革の手袋、スキー板、金槌、スペード、[45]そしてスコップ。すべてがよい配置で並んでいる。
僕は抜け殻の瞼を閉じる。
抜け殻よ、瞼の下で起き上がれ。

(45) 土を掘り起こす道具。

# 一二時一六分

ヴィキは、表で何をそんなに吠え立てておるんじゃ。
階段先まで出てみるが、犬の姿はどこにも見えん。呼んでも来ない。
物置小屋から誰かがやって来る。
わしはどうすりゃいいんじゃ。あいつは誰じゃ？
そいつはどんどん近づいてくる。ジョギング男だ。
ヴィキはどこじゃ？
これはどういうことなんじゃ？

# 一二時一七分

　オクサネンは怯えている。怖がる理由などないのに。できるだけ、冷静に僕は歩み寄った。

「どうも、こんにちは。僕がそのマッティ・ヴィルタネンです。覚えているでしょう」

「ヴィキはどこじゃ？」

「お宅の犬ですか。気性が激しかったですねえ。しばらく眠ってもらうことにしました」

「どこにおるんじゃ……レイノの犬は……？」

「眠っていますよ。あそこの物置小屋の中で」

「あんた、あいつに何をした？」

「悪いことは何も。中に入りましょう」

「何をするつもりじゃ？」

「最終的な契約を交わしにやって来たんです。契約書と現金一〇万マルッカを用意しています。さあ、中へ入りましょう」

「家の展示はまだあとじゃ……」

「自分が何を買うのか分かっています」

「わしはまだ……」

「いいえ、中に入りましょう。話はそれからです」

「わしは出ていかんぞ。警察に電話する」

　不本意ながら、僕はオクサネンの腕を持ち上げて引きずるように階段を上らせ、家に入ることになった。キッチンに入ると椅子に座らせた。

「わしは、あんたに何もしておらん。出ていけ」

「いいかげんにしてくださいよ。住宅売買はさして驚くようなものでもないんです。ここに契約書を用意していますから」

　そう言って、リュックサックから契約書を取り出してテーブルの上に置いた。オクサネンの機嫌をよくして事の運びをはかどらせようと、サイドポケットから札束を引き抜いて契約書の脇に添えた。

「オクサネンさん、ここに一〇万マルッカあります。現金です。残りの八〇万は明日、銀行が開いたら支払います」

「価格は一二〇万マルッカじゃ」

「九〇万マルッカです。家庭戦線主夫に対する退役軍人家屋の価格です」

「何じゃと……?」

「家庭戦線主夫です。僕は家事という戦線に立つ主夫なんです。戦後、あなたには敷地とこの家の建売住宅図面が与えられた。僕は歴史を勉強しました。自分の青春を、家と女性に捧げてきたというのに、僕には町外れの小さな家に住むというチャンスがこれっぽちも与えられていない。さあ、オクサネンさん、契約書によく目を通して。そうすれば分かりますよ」

オクサネンが契約書を手に取り、目を細める。僕は流し台から老眼鏡を手渡す。無意味に声を張り上げすぎた。オクサネンが最後までよく読みさえすれば、万事上手くいくんだ。

# 一二時二〇分　328

警察の仕事では、めったなことで当事者の本心に踏み込むことがない。というのも、大勢が真意をもっていないからだ。だからこそ、この日記を読むことは有益なのだ。実際には、これは日記というよりも、ある種の覚え書きと調査資料の複合物に近い。事件が解決して、男も罰金刑に処すことができたら、いくつかの印について彼と話をしてみたい。

男は、一連の迷惑行為事件のほとんどすべてに関わっている犯人だ。これは、一〇〇ページにわたる申し分のない告白文だが、それ以上のものがかなりある。こういったケースについては紙面で読むことがない。というのも、こういうタイプの人間は下級裁判所で尋問されることが多いからだ。彼の主張や結論には荒削りな部分もあるが、状況を考慮すればしごく当然だ。女としては多くの点で領けるが、警察としてはまったくない。

ジョギング男は固い意志をもっており、事柄に揺るぎなくのめり込む人間だ。この意志を健全なものへ向けることができれば、つまり、このエネルギーをもってすれば、実際に今、彼は新築の家を建てていたかもしれない。

バルコニーでメモ帳をめくる。休日。何かしら、妙な感じで文章を愉しんでいる。なぜだろう？　手を止めて考えに耽った。その理由の一つとして、個人的にこの地域を好ましく思っていないことと、マイホームという発想自体が嫌いなせいだと考えた。

どうしようもないこいつは、ずいぶん骨を折っている。だいたい、こんな考えで家を手に入れようなんて思い浮かばない。とくに妙だと感じたのは、彼を取り巻く周囲についての観察と測定だ。バーベキューで消費する電気代や芝刈り機の燃料費を計算し、しかもメモ帳には夏期の芝刈り機の騒音時間まで書き留めている。カセットテープ一本分もの騒音を録音し、レコード会社に資料として提供するつもりらしく、住宅フェア会場でカセットを販売してはどうかという考えらしい。

あらゆる点で男はほかのことに役立ちそうだ。文章は未完成の論文みたいで、住宅事情への精通の仕方から、彼が先の長い研究調査に耐えうる人だということがうかがえる。

# 一二時二一分

頭の中で荒れ狂うどよめきを聞いてきた。抑えきれない歓喜が潮騒となって押し寄せる。オクサネンは契約書を読んでいる。その手が震えている理由が、僕には分からない。彼の目は潤んでいるけれど、まさか、こんな目でたい日に泣くわけがないだろう。

「どうですか？　すばらしい条件でしょう、違いますか？」

「いや、わしは……出ていってくれ。時計と金をくれてやるから」

「事を取り違ってもらっちゃ困ります。よく読みましたか？」

オクサネンが頷く。

「本当に最後まで？」

「金を持っていけ、あんたが欲しいもの全部……」

分かっていない。あまりにも小さい文字で書いてしまったのだろうか？　僕は契約書を手に取り、オクサネンに読み上げる。

「買い主は次のことを締結する。売り主タイスト・オクサネンは、生涯を終えるまでこの家に住むことができる。売り主の部屋は、かつて息子の部屋であった上階とする。買い主は、売り主に対して一年を通して一日に二度の温かい食事を用意することを締結する。売り主には、買い主およびこの家族と同等の権利を有することとする。

どうです？　これは法的文書です。同じものを二部用意しています。足りないものは署名だけです。こちらに、あなたのお名前を書いていただけますか？」

契約書をオクサネンに差し出す。

彼は嗚咽を上げ始めた。

# 一二時二二分

こいつは大きくて悪いヤツじゃ。わしを思い通りにさせようとしておる。
レイノはいつ来るんじゃろう。
ヴィキは死んでしまったのか。なぜ来ない、なぜこいつに噛みつかない。
どうやって、こいつから逃げよう。
走る気力はない。
サインはできん。
玄関から入って来て、こいつを連れ去ってくれる人はおらんのか。

# 一二時二三分

シニをあやすことくらいできるけれど、年寄りの男は無理だ。シニが泣いたら、抱き上げてこう言う。

「心配ないよ。パパがここについてるからね」

どんなにすばらしい契約かってことが、オクサネンは本当に分かっていないのだろうか。ケサマーに仲介手数料を支払う必要もないし、昔の田舎みたいに自分の家に留まることもできる。現代版世代交代であって、家庭平和の作品のようなものじゃないか。真の目的は復興だ。

「名前をそこに書けば、こういった形式的な作業から解放されるんですよ」

返答がない。僕が彼の手を取って書かなければならないのか？　それこそ辱めじゃないか。彼だって一応は戦線に立った男だし、自分の手で家を建てたんだから。

「オクサネン、さあ名前を書くんだ！」

「じゃが、一二〇……」

「九〇万ですよ、そう書いてあるだろう。僕がそう計算したんだぞ！」

「じゃが……」

「ほんっとにバカなオウムだな。僕にはこれ以上のお金がないんだ。これは家庭戦線主夫の値段であって、ジョニー・ロットンの計算器ではじき出した額なんだ！　これにまだ三〇万マルッカも銀行から借り入れたら、完済したころにはあんたの年になってる。こんなことはあり得ない。あんたが住宅ローンを払い終えた年齢を僕に置き換えて思い出してみろ！」

叫ぶ気はない。彼は敵ではなく戦友なのだ。単純なことなのに、いっこうに前へ進まない。

# 一二時二四分

窓枠には、ポケットナイフが置いてある。
そこまで手が届くか。
刃は鈍っていないだろうか。マルッタが畑仕事で使っていたものじゃ。
こいつが、あと一メートルでも離れてくれれば試してみてもいい。
サインはせん。
そう決めた。
こいつに、わしの家は買わせん。
忍び寄って、そのナイフを取って、殴って、走って、表へ逃げ出して生きるんじゃ。

# 一二時二五分

ヘルシンキのウルスラ・カフェから見えるフィンランド湾沿いの桟橋に、シニが両手を広げて立って笑っています。窓越しに桟橋を見た娘は、どうしても行きたいと言い出しました。「おっきい湖でパパがこんなふうにやってたわ」と、シニは大きな声で言っています。パイヤンネ湖のことです。

シルックが時計に目をやりました。そろそろ出掛ける時間です。泣きそうです。ところかまわず泣けてくるほど本当に辛い時期でした。本当にばかみたいな理由で。シニが近寄って来てどうして泣いているのか尋ねます。

「嬉しくて」

「うそ」

「本当よ」

「うれしくてなかないもん。ママ、なかないで」

「あなたが心配することないのよ」

シニを腕に掻き抱くと、この子の笑いが私にも移ってきました。風でシニの髪の毛が目に当たり、乱れる髪の合間から陽光で海がはためいているのが見えます。カモメが短剣のように一直線に飛び込んで、捕まえるべきものを捕らえました。

# 一二時二六分

水を飲もうとコップを口まで持っていくと、脇腹に刺すような痛みを感じた。コップは床に飛んで、手で振り払った瞬間、オクサネンのこめかみに命中した。彼はよろめきながら玄関に向かう。僕もよろめきながら後を追って足を蹴った。オクサネンは床に倒れて、這いながらキッチンへと進む。僕は椅子を持ち上げて頬を殴ると、オクサネンは大声を上げて、泣いてわなわなと震えた。

脇腹に温かいものを感じて、傷口に手を押し当てる。たいしたことはない。血まみれのナイフが床に落ちていたので、流し台に放り投げた。

オクサネンの背後に回って、右手をがっちりとつかんでペンを押し込んだ。オクサネンは嗚咽を上げている。二人で契約書にサインするんだ。僕の手から落ちた血で文書が汚れてしまったけれど、法的効力には何ら影響はない。

さあ、落ち着いて考えなければ。こんなことは望んでいなかった。オクサネンがナイフを取った。その行動が僕には理解できない。なぜ、彼にはよいことが分からないのだろう。僕が、このためにどんなに苦労したか、取引に関するあらゆる詳細事項において、どんなに尽力してきたか、本当に分かっていないのだろうか。この日曜日に、この町で、僕以外にこんな大金を持っている人なんて誰もいないんだ。売り主が売り払った不動産に生涯を通して住むことができ、一日に二回も食事の管理をしてくれる買い主なんていないんだ。いい素材を使って、心と手の込んだ料理を出す買い主なんていないんだ。

今夜の予定には入っていなかったが、オクサネンを地下に連れていかなくてはならなくなった。下りたついでにサウナを焚こう。気持ちが安らぐ。

# 一二時二七分

今度は何だ。

両腕を掴まれた。

頬と足が痛む。

わしはもうすぐ死ぬ。

レイノはどこじゃ。

ヴィキは死んでしまったのか。

わしはマルッタの所へ行く。そこには天国がある。

息子はどこにおる。嫁は。

床やドアや壁や天井がぐらぐらと動いて、一緒くたになる様子が目に映る。踵が階段を鳴らしておる。わしはすぐさま殺されるのか。サウナに連れていく気か。くらくらする。胸が痛い。

マルッタが迎えに来ておる。

そう言っておる。

# 一二時三七分

ヴィキの姿がない。タイストが散歩に連れていったのか。そんなはずはない。そんな話はまったくなかった。

大声でヴィキを呼ぶ。ここにはいない。

玄関を試してみるが、鍵が掛かっている。タイストらしくない。俺が来るって知ってるのに。階段脇に地下の窓があって、ちらちら動きが見える。

屈んで見てみる。

俺の心臓は丈夫じゃない。

こんなのに耐えられるもんじゃない。

どこかの男がタイストの手を後ろに回して縛っている。

心臓が飛び出してきそうだ。

電話を持ってない。

もうすぐ呼吸ができなくなる。ゼーゼーという喘ぐ音しか出なくなる。

車道まで出る。車か人が来る気配は？

家までもつだろうか。もたせなくては。そこには電話がある。ヴィキはどこだ。地下室か。

あの男は誰だ。タイストには大金はない。何しにこいつは来たんだ。

# 一二時四五分

オープンハウスは一時半からだが、家に帰ることはできない。郵便配達人が先回りしていた。

オレは、マウヌンネヴァへ車を走らせることに決めた。いっそのことウリスタロへ行って、空を仰ぎたいくらいだ。穏やかで和んだ昔の庭がちょっとは癒してくれる。月曜日には早速、メルヤが離婚届を書くと確信している。レフネンの証拠資料はおそらく申し分ないだろう。

オクサネンの静まり返った庭へカーブを切る。歩いて玄関まで行くが、普段と違って鍵が掛かっている。ベルを鳴らす。誰も開けに来ない。変だ。オクサネンこそが、オープンハウスの間ずっと家に居座ると脅してきた本人なのに。おそらく、友人の家に遊びにでも行っているんだろう。ブランコに座って、タバコに火を点ける。

玄関が開いた。見知らぬ男がやって来て、文書を手に階段に座り込んだ。

「ケサマーさん、こんにちは。三〇分遅かったですね」

ヤツは紙をひらひらとちらつかせている。オレは近くに寄ってみるが、男に見覚えはない。

「これは何です?」

「これは契約書です。少し前、オクサネンはこの不動産を僕に売ったんです」

「これは無効な文書ですよ。この物件の売却に関する契約書は、われわれの会社にあります。

オープンハウスは一時半からです。あなたはどなたですか？」

「郵便配達員」

「何だって？」

「それから、資本家」

「おまえか……？」

「何がです？」

「オレやオレたちをずっと悩ませてきたのは」

「僕は、僕の家族に首都圏の家を手に入れるために手を尽くしました」

「その紙は無効だ」

「いいえ」

「オレに仲介手数料を支払うことになるぞ」

「いいえ。だって、家の情報はあなたの会社を通して手に入れたわけではありませんから。自分で見つけて、買い主と値段の交渉をしたんです」

「オクサネンはどこにいる？」

「眠っています」

「オレが起こす。こんなふうにはさせない」

「いいえ。重苦しい交渉の結果、取り引きが成立したんです。年寄りを少しの間は休ませてあげましょう」

「これで終わらないぞ」

「これで終わるんですよ。奥さんにどうぞよろしく」

オレは暴力は振るわない。一度だって誰かを殴ったことはない。今だって、異常な行動に出るつもりはない。車まで歩くんだ。スティネンとラーキオに電話を入れなくちゃならない。即、パンでも摘まないと。腰を落ち着かせないと。どうやってオープンハウスをキャンセルしよう。そういうことはできるのか。紙面にも広告を載せたんだ。

親父の仕事道具が雷に遭って、タイヤがパンクしたことがある。乗っていた車から空に飛んでって、少しの間、角張った車輪で運転していたそうだ。今、雷はオレに落ちたよ。世界はクレバスみたいに裂けて、底に向かってかぎりなく落ちてゆく。裂け目の出っ張りにはまって手と足が折れて、落ちている間はオレは何もできない。助けになるものは何かあるのか。ウリスタロの空が一点に集約していく。風に吹かれてもみくしゃになってゆく巨大なビニールみたいに。

# 一二時五五分

仕事用の電話が鳴る。メモ帳を膝に置いて電話に出る。

コホネンの報告がすべて理解できたのなんて初めてだ。私の手中にいる当事者が、コホネンの言っている男と合致したからだ。

状況は援護部隊を必要としている、というのがコホネンの考えだ。私も同感だ。それに、私は区域担当の巡査部長だし、指揮を執る責任がある。現場にすぐ行くということで話がまとまった。

# 一二時五八分

オクサネンの体勢を整えて、ミックスジュースを差し出す。意識はあるが、ぐったりとうな垂れて、飲ませようとしてもだめだ。

これから家族も食べにやって来るから、マカロニグラタンを作るよ、と話した。グラタン料理は僕の一八番だ。もうしばらく縛ったままになることに対しては申し訳ないけれど、これは僕の本心ではないのだ。

上に行って薬箱から必要なものを取ると、傷口に包帯を巻いた。何針か縫ったほうがよいようだが、月曜まで延びそうだ。冷蔵庫から炭酸水を取り出し、リビングの古いソファに腰かけた。テーブルに足を上げてタバコに火を点けて時計を見た。小さなデジタル男が画面上で走っている。止まることはないのだろうか。気の休まる小さなリビングを見る。行動に出てよかった。得るものは大きかった。

できるだけゆっくりとタバコを吸う。心拍数九八。

火の嵐でのオクサネンの心拍数はいくつだったろう。一七〇は超えていたに違いない。

キッチンに行って、お湯を沸かす。玉葱を刻んで、牛乳を入れた卵液に混ぜる。挽肉をフライパンで炒めて、軽く味つけする。オクサネンは辛い料理は苦手だと思う。黒胡椒が少々、歯に当たるくらい。入れすぎると、生クリームで味を調整することになる。そうすると、グラタンが水っぽくなる危険性がある。余ったグラタンで、明日また一品作れるように量を考えてある。シニがどれくらい食べるかにもよる。これは娘の好物なのだ。

地下に下りる。オクサネンは呻き声を上げている。かわいそうに。縄を緩めて、手を自由にしてやった。

「悪いことはしないね？」

返事はない。オクサネンの頬をさする。青痣ができている。片目は瞑って、片目でやぶ睨《にら》みしている。

「タイスト」

何だか、下の名前で呼ぶのも妙な気分だ。

「うぅ、うぅ」

「ジュースを飲むかい？」

コップを口元まで持っていくと、口を開いたので飲ませることができた。口から漏れたジュースが首へすうーっと伝い落ち、チェック柄のシャツに入っていく。顎と首を拭いてやろうとオクサネンの頭を持ち上げた。片目が開いた。両目を開けた彼は、一瞬、僕の友達のようだった。ただ、彼は僕を見ていたわけじゃなく、小窓越しにちらつく人影を見ていたのだ。

# 一三時二分

全員に家を包囲するように指示を出し、自分は玄関に向かった。

ベルを鳴らす。物音もしない。小窓から見てみると、老人が椅子に座って、がっくりとうな垂れている様子が見える。けれど、ヴィルタネンの姿はない。

どういうケースかについては話してあるし、早まった行動を取らないようにとも注意してある。メモ帳を書いた男は、今までのケースの変人とは違う。ただ、家族を取り戻したいだけだ。前科もない。武器一つ持っていない。けれど、固い意志はもっている。そして、この事件はアルコール絡みではないことも念を押した。

ルオマが、死んでしまったフィンランドスピッツを物置小屋から運び出す。

もう一度、ベルを鳴らす。キィーと軋む郵便受けを開けて、口を突っ込んでこう言った。

「マッティ・ヴィルタネン！　私は巡査部長のマリタ・カッリオラハティだ。表に出て、穏やかに問題の解決を図ろう」

応答はない。階段から小窓へ移動して、中を見ようとする。太陽が窓ガラスにきらりと眩しく反射して、何も見えない。車中からメガホンを取り出した。

# 一三時四分

あいつらがすべてをかき乱しにやって来る。配慮も理解もない。この一件について何も分かっていないのだ。僕が悪いことをしていると思っているのだろう。

マカロニが茹で上がった。キッチンへ駆け上り、鍋を半分レンジからずらしてお湯を切る。ほんの少しだが茹で過ぎた。こんな状態では、何にも集中することができない。グラタン皿にバターを塗って、具を混ぜて卵液を加え入れる。チーズを少し載せてオーブンに入れて外を見た。青い服を着た男が、サンザシの垣根脇で肩越しを指しながら話している。

地下に下りて、四〇分後に食事ができるからとオクサネンに言う。うぅと呻いて、ジュースの入ったコップを指し示す。僕が手わたすと、今度は全部飲み干した。万事、上手くいく。

マカロニグラタンは定番料理の中でもレパートリーの一つで、これから、いろいろと栄養のあるフィンランド料理を食べさせてあげるからね、と話した。あとは、邪魔しにやって来るあいつらを追い返すだけだ。

# 一三時五分

「女性と小さな女の子が門のところに来ています」と、コホネンから告げられた。

女性は、マッティ・ヴィルタネンの妻だと名乗った。二人に近寄って自己紹介し、知っていることを話した。女性は泣き出して、小さな女の子は母親の足をぎゅっとつかんだ。二人には、パトカーの後部座席に座ってもらうようにした。そして、私たちで事態の収拾に当たりますので、と言って安心させた。

「緊急事態になればお呼びします」

一人が車に残って女性と娘の傍につき、自分はメガホンを持って小窓の前へ出た。

「ここにいるのは巡査部長のマリタ・カッリオラハティだ。マッティ・ヴィルタネン。落ち着いて表に出てきなさい。経緯《いきさつ》については知っている。おまえのメモ帳を持っているんだ！聞こえるか、取り返しがつかなくなる前に解決しよう！」

# 一三時六分

あいつは、僕のメモ帳を読んでいた。数ヵ月にわたる仕事を盗んだのだ。一体、何様のつもりだ。背伸びして窓越しに覗き見る。そして、隙間を開けて叫んだ。

「あっちへ行け！　これは、普通の商談以外の何ものでもないんだ！」

「おまえは、老人を人質に捕っているんだぞ！」

「人質なんかじゃない。ここに一緒に住むんだから。僕たちは契約を交わしたんだ。僕の庭から出ていけ！」

「できない！　そっちが表に出てこないなら、こっちが中へ入るぞ！」

「そんなことできないぞ、これは僕の家なんだ！」

相手を見ようと、椅子の上に立って窓越しに見てみるが姿は見えない。見えるのは、芝生と青い車と窓ガラスだけだ。

ヘレナとシニ。

二人がそこに座って僕を待っている。

僕の大切な二人。

ずいぶん早く来たんだね。

いいさ。グラタンはもうすぐできる。

ヘレナ。

オクサネンに、ヘレナとシニを呼んでくると告げた。オクサネンはぶるぶると震えている。寒いのだろうか、しっかりと毛布を着せてあげなくては。

「すぐ戻るから。それから食事にしよう」

階段を上り、玄関に向かう。輝かしい光に向かってドアを開ける。陽光が眩しくて、庭のディテールが分からない。僕は両手を目にかざす。

両手首をつかまれた。手が捻じ曲げられた。悲鳴が聞こえる。

風がひとしきり、見上げるような白樺の枝を揺らし太陽を遮る。僕には二人が見えた。

# 一三時七分

リンゴの木の下にある庭のブランコに座って、芝生の上で素足を滑らせる。八月の黄昏時、サウナを焚く。もうすぐ二人が車から降りてきて、一緒にサウナに入るんだ。その前に、僕にすべてを与えてくれた彼に食事を与えよう。

あの見上げるような白樺で鳥が囀っている。何の鳥だろう。僕は一日中、大きな叫び声と不整脈を刻む鼓動を聞いていた。自分の音なのに、今では何を伝えているのか分からなくなっている。優しい風が白樺にそよいで、鳥を連れ去ってゆく。視線を高く上げて地面から足を離すと、ブランコが僕をわずかにぐわんと揺らす。くらくらする。動きを止めても芝生がしばらく波打っているように感じるほど、一日の仕事疲れに脳の酸素が蝕まれてしまった。

# それぞれのマイホーム——訳者あとがきにかえて

## 夢の家に期待するもの

都心部といっても、雲を突き抜けるような高層ビルはなく、空気は冴え冴えと澄み渡って霞み一つすら見えない。両手を広げたら宇宙に飛んでゆけんばかりに開放的で、足裏から伝う石畳は、フィンランド人の折れない精神力を物語っているように固い。

質実剛健なフィンランド人らしく、大きな買物については経済的な余裕も考慮に入れながら現実的に考える。住居センター（Huoneistokeskus）のアンケート調査によると、近年の傾向として、フィンランド人がドリームハウスに望んでいるのは、機能性、効率性、そして空間の広さよりも質である。アンケート回答者の半数以上は、マイホームを持つことが夢であると回答している（二〇〇四年九月現在）。フィンランド人のドリームハウスの形成になくてはならないものとして、当然のようにサウナが格付けのトップに座っている。また、機能的な空間利用や利便性のあるシステムキッチン装備も希望リストの上位にある。ここで、興味深いのは、高齢者や一人住まいの希望リストでは、サウナは一〇位と低いことだ。サウナの維持管理には、予想以上に労力と時間がいる。そのため、共同サウナの設置されている集合住宅や、最近では各部屋にシャワールームほどの一人用のホームサウナが備え付けられたアパートメントに住んでいるお年寄りも多い。

情報公開の時代に連れ添うように、住居に対する購入者の知識も情報量も多いので、建築技術のほかに、床暖房や機密性のある複層ガラスの使用といったエコロジカルなエネルギー使用に関連した事柄にも関心が集まっているようだし、場所に対する概念も変わりつつあるようだ。高齢者になるほど交通の利便性が好ましい場所を望む傾向はあるものの、マイホームを夢みる人たちにとっては必ずしも絶対条件ではないようである。職場に近い場所より、より良い住環境と快適さを優先したい考えだ。

フィンランドの大手銀行ノルデアのエコノミストによると、二〇〇四年度の国民総生産は上方傾向にあり、経済に対する消費者の姿勢も前向きなことから、住宅購入も活発になるということだ。労働者の給与も右肩上がりで、一〇年前と比較すると六〇〇ユーロ増収しているし、近年は住宅ローン期間も長期化していることから、ローンの支払能力も増加して、それに追随するように住宅購入も増加するというわけだ。

フィンランド統計局（Tilastokeskus）によると、需要の上昇に伴って、一戸建て住宅の価格は一〇年前と比べると二倍に跳ね上がり、昨年と比較してもフィンランド全体でおよそ一〇パーセント上昇している。敷地価格を見てみると、首都圏地域では全体の平均価格の一〇倍もの値がついている（二〇〇四年六月現在）。同センターによる調査では、建築費用もまた、材料費や人件費などを総合した結果、ここ一年で二・八パーセントの上昇が見られた（二〇〇四年九月現在）。

首都圏を含む南部および西部フィンランドでは、敷地供給が低く住宅需要が高いことから、価格は依然として高騰している。とくに、センター街における新築への需要は非常に高い。主人公マッティ・ヴィルタネンの綿密な調査が物語っているように、六〇平方メートルくらいの中古のアパートメントでも、なんと四〇万ユーロくらいまで跳ね上がる。東部ヘルシンキでは、中古の連続住宅へのニーズが高い。もちろん、一戸建て住宅への需要のほうがはるかに上回っているが、建設地の供給が追いつかないため連続住宅に快適さを求める家族も多い。そのため、多くの狭小住宅が連続住宅へと改築される場合もある。

反対に、希望者ができるだけ多く住めるように都心部に伝統的な退役軍人家屋のような狭小住宅を増築するという案もある。あるいは、住宅情報センター（Asuntotietokeskus）によると、現存する退役軍人家屋を現代のニーズに応えるようにリフォームするケースもある。伝統的な退役軍人家屋の屋根裏を活用し、下階にはキッチンとバスルームを含めたすべての生活空間を配置したり、リビング空間を開放する代わりに寝室はコンパクトに納めたり、あるいは斜面地を利用して高台に設置されたリビングルームから壮麗な海原を望めるようにするといったようなリフォームだ。

不動産仲介業者ヤルモ・ケサマーの言うとおり、首都圏から離れるほどマイホームが手に入れやすくなる。なによりも、解放された居住空間や自然と共生した住宅環境がヘルシンキに比べて良心的な価格で提供される。先に述べたように、生計の向上と経済発展に伴って住宅への期待感が膨らんでいることから、より健康的で質の高い住まいを求める人が増えているのである。

交通の便は最優先ではないものの、常に発展している交通機関にも将来の可能性が見込める。子どものいる家庭が望む最初の住居は一戸建て住宅である。より安価でより快適な暮らしは、おのずと首都圏外に集中してくる。首都圏近郊都市のエスポー市は人気がある。部屋数よりも遠隔仕事ができるようなコンピュータールームの確保や、帰国子女の多いエスポーに特化した小・中学校などの教育機関の多様性が購入の決め手になっているようだ。また、フィンランドの国民的詩人ルーネベリ（一八〇四～一八七七）の故郷であるポルヴォー市では、南部フィンランド特有の牧歌的な田園風景が安心感と温かい家庭というイメージを与えていることから、ポルヴォーへの転居者も増えている。

首都圏外都市のなかでも、トゥルク市、タンペレ市、ユヴァスキュラ市、オウル市といった西部フィンランドにも居住者が増加している。これらの都市に共通しているのは、大学都市であるということだ。IT産業やサービス業といった職場が期待できることから都心部の住民層は若く、学生が多い。近郊都市には、子どもをもった家族や比較的収入のある家族が居を構えている。

同じように、クオピオ市やヨエンスー市といった大学都市をもつ東部フィンランドや、ロヴァニエミ市を中心とした北部フィンランドも、以前は住民が減少傾向にあったものの上向きになりつつある。その理由として、失業者の減少と観光都市としての急成長が挙げられるが、小さな町では依然として若い労働力は減少し高齢化してきているといった課題もあるようだ。

いずれの町であれ、近年、マイホームに期待するのは家族が安心して快適に住めるクオリティ優先の家であり、自然と共生できる家が求められている。

## タパニラの木造家屋

ヘルシンキ中央駅から、首都圏を連絡するVR鉄道ティックリラ線のI電車に乗る。各駅停車の控えめな電車で、大きな窓枠からゆっくりと景色がめくられる。ガタンゴトンと震える枕木、おっくうそうに軋むブレーキ。確実に電車の息づかいが足裏から伝わってくるからI電車は好きだ。I電車が止まる駅は全部で九駅、マルミ駅の次の四駅目がタパニラだ。

一九世紀半ばにタパニラに鉄道が敷かれたのに伴い、新たに鉄道警備員たちが移住してきた。その一人に、アンデルス・グスタフ・フランツェーンという人がいる。一八七〇年、小作農も営んでいたフランツェーンの家に、フィンランドの文豪アレクシス・キヴィ（一八三四～一八七二）が数週間滞在していたことから、タパニラ区の通りの名前にはキヴィの代表作『七人兄弟（Seitsemän veljestä）』（一八七〇）にちなんだ名前が数多くつけられている（一七ページの注（5）を参照）。そのユコラ兄弟の一人であるティモの名を冠した通りに、私の大切な友人が住んでいる。

二〇世紀初頭にヘルシンキ市がタパニラ区をゴミ捨て場として定めたが、肥沃な堆肥と土壌に恵まれて造園業が盛んになった。その名残りからか、通りを挟む木々は見上げるように高く成長している。木漏れ日を細片のように切り取りながら連なるリラの並木道。舗装されていない荒削りの砂利道が、ゴツンゴツンと靴裏を叩く。時折、右に左にバランスを崩しながら走り去る車が振り撒く砂いきれに、少しむせぶ。右手に折れると褪せた水色の柵が見えてくる。足元に造作なく転がっている松ぼっくりを歓迎のしるしと思いながら、人ひとり通れるくらいのポーチをくぐる。

中へ入ると奥の右手に離れがある。赤煉瓦色の屋根をかぶったサウナ小屋だ。友人の息子が土曜日にかならず火を熾してサウナを焚く。サウナ小屋を背景に広がる庭には、初夏のころにはユリ科のシラーが静謐な青い小花を咲かせる。小型の星状花は、まるでコスモスから降ってきた星屑みたいだ。基礎台を飾るように咲くのが、同じ球根性多年草のハナニラだ。広線形に地面を撫でるように伸びる葉をもち、細い星型の花弁をもつ。一株につく花数は少ないが、淡紅色の花が群生すると息を呑むほど美しい。

家を囲んでいる柵と同じ、くすんだ青い玄関脇にもたれかかるカエデの巨木に圧倒される。老練な顔つきの守護神カエデには、おおぶりの傘を広げたアミヒラタケが寄生していた。築数十年という二階建ての木造家屋は、開ける扉はどれもきまり悪そうに鈍い音を立て、階段や床板はどの継ぎ目を踏んでも痛そうに声を上げる。これは、家が人と生きてきた証だ。木は呼吸する。雪水を吸って膨張し、乾いた陽光に繊維が縮む。火傷するような氷点下には、梁は伸縮して悲鳴を上げるのだ。

昔の造りの木造家屋には、円筒状のストーブが大黒柱のように二階まで貫通していて、各部屋を芯から温めてくれる。残り火にスペルト小麦を入れた鍋を入れておくと、翌朝には口当たりのまろやかなお粥に仕上がっている。どっしりと貫禄のあるストーブは、時を経てクリーム色の塗料がパラパラと剥がれ落ちていたので、昨冬に銀色に化粧直しされた。

「少しは、ボロ隠しになったかしら」と、つぶやく友人の瞳は優しくて蒼い。

地下室はなく、洗面所とトイレとシャワールームと洗濯場は一部屋に収まっている。勝手口近くのガラス張りのベランダは日の当たる場所で、植物の苗床やプランター、それにお気に入りの本が壁伝いのマントルピースに並んでいる。ある日、表玄関に鍵が掛かっていたので勝手口から入らせてもらったら、頬に夕日を受けてまどろんだ友人が出迎えてくれた。その光景は今でも忘れられない。

**クスタヴィ群島のアトリエ**

西部フィンランドの古都トゥルクから、数本の橋桁に支えられて慎ましく大陸と群島をつなぐカイタイセット橋を渡る。およそ五〇〇メートルにおよぶカイタイセット橋は、フィンランドでもっとも長い橋の一本だ。橋が建設される一九八二年までは、渡し守が橋渡しをしていた。

トゥルクから六九キロ、数千島からなる「群島の王国」と呼ばれるクスタヴィは、一七八四年にグスタフ三世（一七四六～一七九二）の命によって、ストックホルムとトゥルクを連絡する郵便道と、グスタフ三世の通行の確保のために開通された。現在の島民人口は一一〇〇人だが、夏になるとサマーコテージで休暇を過ごす人たちで二五〇〇〇人にまで膨れ上がる。

松林を突き抜けて桟橋に出たら、車を止める。そして、係留しておいたモーターボートに画材道具を持って乗り込む。荷物が多いときには何度もこれを往復する。東南と西北に走るストローミ海峡を望むカトゥクル島が、友人の芸術家の夏のアトリエとなる。氷河期時代の岩盤に建てられた煉瓦色の二階建ての母屋。内壁はピンクに染められ、群青色の窓枠が海原を想起させる。どの部屋も光で溢れ、採光窓は引き伸ばしたように天井まで届かんばかりだ。

アトリエは離れにある。松林で陰になりそうなのに、アトリエの白壁がわずかな陽光さえも逃さずに吸収して微かな輪郭線をも浮かび上がらせてくれる。年代物のプレス機、金属と塗料の混じった匂い、そして白木の新鮮な香りが幻想的に溶け合う。ベランダからは、雲の陰影を映し出すストローミ海峡や岩肌に生えた小ぶりの松に飾られた島の風景が見える。

一段下がった岩盤に造ったサウナ小屋は、着がえ室と浴室とサウナ室と開放的なベランダを備えた本格的なものだ。薪で小屋を暖め、その熱で石を熱くする。水をかけられた焼け石はジュワッと白い蒸気を吐いて、肌にじっとりと纏わりつく。サウナベンチは緩やかなカーブを描き、腰掛けるだけではなく横になれるようになっている。芸術家と娘さんと私の三人は、木肌に触れるように寝そべって、サウナストーブのジンジンという音に耳を澄まし、じんわりと滲み出る汗の筋に耐え切れなくなって一糸纏わず海へ滑り込んだ。海なのに、淡水が混じっているように薄い味がした。

イソカリ灯台を目印にストローミ海峡を抜けて外海に出ると、蓋のようにうっすら浮かぶ島が見える。フィンランド自治領アハベナンマー（オーランド）諸島だ。この海峡を往来する船は少なくない。ここは、クスタヴィ有数の漁獲水域で、バルトニシンやトラウトサーモンやパーチといった海魚が獲れる。身はきゅっと締まっていて新鮮でおいしい。

「ときどき、ケータイ商いするのよ」と、芸術家がなにか神秘的な言葉を吐いた。よく聞けば、ストローミ海峡を往来する漁船と携帯電話で直接取引して、獲ったばかりの新鮮な魚をコテージの桟橋まで運んできてくれるというのだ。

「今日はシナノユキマスが四匹獲れたから、二匹はソテー、二匹はハンノキのチップでスモークしましょうよ。ソテーのソースは、ピンクペッパーをきかせたホワイトソースできまりね」

芸術家の腕がふるった夕食はご馳走だった。

「強烈な緑を帯びた逞しい島の松は、岩肌のわずかな隙間にしがみつくように生え、わずかに垣間みえる地殻からしたたかに生命力を吸収する。地面と呼べるような地面すらない岩もあるのに、松は頑なに根を下ろして生きている。嵐や旱魃に抗いながら生き抜いて、その強靭な梢は海風に揺れてきた。ぽつんと高く聳え立つあの松は、今も昔もずっと変わらない。

クスタヴィの松の成長速度は遅く、目に見える変化が現れるまで数十年はかかってしまう」（イナリ・クルーン著『*Muusa kirjahyllyssä*（本棚のミューズ）』（二〇〇四））

氷河期の岩盤は何百年もの歳月を経て波に尖端を削られたせいか、丸くて艶やかだ。土壌が極めて乏しい岩盤に根を張る松の木は両掌で包めるほど華奢なのに、ぎっしりと機密に年輪を描いた木々はほかのどの木よりも頑丈だ。水を求めて根を張るうちに岩肌に沿うように生え、曲芸師のようにくねったり、尺取虫のようにしなやかに輪を描いたり、一本一本が個性的で独創的だ。

「クスタヴィで初めて自然の存在を身体全体で感じ、まるで文明と原始の交差点に立っているようだった。周りを取り巻いている海は、目の前で果つることのない外海へと広がってゆく。（…）広大な蒼い海に抱かれた群島は神さまの夢のよう。島はひとつとして同じものはなく、それぞれが独自の世界をもっている。クスタヴィで夏を過ごし始めたころは、水は玲瓏な美しさを秘め、海の深淵には海藻ケルプの森が漂っていた。茶色のマットのように折り重なって海岸に打ち寄せられたケルプに、きらりと耀きを放つ貝殻が絡みつく。氷河期時代の岩肌は絹のようになめらかで、夏、泳いだあとに裸のまま柔らかな懐に寝そべると太陽の温もりを感じた。太古の昔、なにかしらの大きな手によって自由気ままに描かれた絵のように、岩は多彩な顔をもつ。（…）色はどれも強烈で光輝があって対照的だ。外海に散る光の砕片、強烈な緑を帯びる松の森、雲の形成に合わせて移ろう光。帳が降りるころ、雲は空から紫と緑とピンクを呑み込んで微かに波立ち、真珠色にグラデーションする水面に投影する。

嵐や雨が降るときには、雲は鈍色《にびいろ》のカーテンを引き、霞をかける」（イナリ・クルーン著、前掲書）

この芸術家一家は、幼少時代をクスタヴィで過ごし、海のある風景や神秘的な森や動植物をモチーフにした作品を数多く描いている。木々の繊維一本一本、葉の葉脈一筋一筋、すべてを長けた観察眼で植物標本のように映した作品は心の深淵を突いてくる。

同じように、クスタヴィの風景を作品に濃厚に取り入れたフィンランド人作家に、ヴォルテル・キルピ（一八七四～一九三九）がいる。彼はクスタヴィで生まれ育った小説家で、一九三〇年代に書き残した長編小説『*Alastalon salissa*（アラス屋敷の広間にて）』（一九三三）をはじめとした「島シリーズ」は、些細な物事の描写に膨大なページを割いた現代主義風の作品で代表作となった。

キルピの屋敷はまだ現存しており、黄ばんだクリーム色の屋敷は、芸術家のいるカトゥクル島から肉眼で見える。ディテールに富んだ優雅な壁紙、床を余すところなく敷き詰めた二種類のカーペット、天井から吊るされたシャンデリア、高級な質感が伝わってくるソファ、窓越しに零れてくる木漏れ日。芸術家の繊細なタッチの活きた水彩画「アラス屋敷の広間にて」（一九七六）は、現在、ヘルシンキの国立現代美術館キアスマに収蔵されている。

キルピを記念して開催される文学イベント「ヴォルテル・キルピ・ウィーク」は来年で七回目を迎えるが、タパニラの友人と芸術家は、このイベントの常連だ。

## ハメーンキュロのノスタルジア

フィンランドの工業都市として栄え、現在、第二の都市として知られるタンペレ市は、大学都市ということからも、年々、居住者が増加の一途をたどっている。駅からセンター街まで伸びる大通りの突き当たりに市立図書館「メッツォ」を構え、左手の坂をてくてく上ると見晴らしのよいピューニッキの尾根に出る。今では、高級住宅地として羨望の場所となった。ピューニッキの尾根のてっぺんには小ぶりで筒状の煉瓦造りの展望台がすっくと立ち、入って右手の昇降エレベータがタンペレを一望できる屋上へといざなう。

町のパノラマよりも人気があるのは、気の置けないサロン風の「ドーナツカフェ」だ。カフェの名のようにドーナツ行列ができることで有名だ。ここのフィンランドドーナツは、カルダモン入りのパン生地を揚げてグラニュー糖をたっぷり塗したリングドーナツで、噛むと砂糖の粒子がシャリシャリと歯に当たり、一噛み二噛みすると揚げたてのふかふかの生地がホットココアと一緒に溶け合ってとてもおいしい。

尾根を少し下ると、フィンランドで最大級の野外劇場「ピューニッキ劇場」がある。中央に勾配をつけた観客席があり、その周りをぐるりと舞台が取り囲む。シーンが変わるたびに観客席がまるごとギイィと軋みながら動く。まるで、時代がごっそり音を立てているような、空間に歪みができたような感覚に陥ってしまう。潮騒のような木々のざわめきが微かな音響効果となって、臨場感がいっそう湧いてくる。そこで観た、人物描写に長けた小説家カッレ・パータロ（一九一九～）の自伝風物語『**Pohjalta ponnistaen**（がむしゃらに）』（一九八三年）は忘れられない。

展望台のドーナツも可動式のピューニッキ劇場も、ハメーンキュロの友人と訪れた。「ピューニッキの高級住宅地で絶景とともに晩年は暮らしたいんだ」と、ぼそっと呟きながら尾根を案内してくれたことを思い出す。でも、きっと本気じゃない。同じくらい絶景を抱く故郷ハメーンキュロを離れるなんて、彼にはきっとできない。

タンペレから四〇キロ西北に国道三号線沿いを走ると、森や林がふつりと途絶えて牧歌的な田園風景が開けてくる。その風景の数々は、一九九五年に国の文化的景観として保護地域に定められている。フィンランドで唯一のノーベル文学賞受賞者F・E・シッランパー（一八八八～一九六四）の故郷でもあるハメーンキュロには、外海へと広がる湖に面した荘園風のカフェがあり、折々の野草が咲き誇る森があり、春先に漂う酪農の営みの肥えた匂いが漂う。

友人は生真面目な教員で、週末や長い休暇になると、「君たちの週末の予定はどうなんだい？　もし、空いているなら、ハメーンキュロに招待したいんだ」と、電話をかけてきてくれた。五分前の精神で待合場所にフォードで現れ、必ず旧街道を通ってハメーンキュロの文化的景観を褒め称える。アスファルト道を右手に折れると、舗道されていない細い路地に入る。その路地を挟むようにゆったりと間隔を空けて数軒が点在する。

家の隣近所は、彼の奥さんの親族で固められている。田舎の郵便受けはたいてい、アスファルト道に面した路地に一カ所に設置されている。郵便受けの名札は、友人宅を除いてみな

「リンナインマー」だ。アスファルト道を左手に折れたところに、いくぶん幅の広い道が長く続いている。その道を延々と歩くと、シッランパーの生家がある。質素で謙虚な小さな家は、こもごもの植物たちに彩られて優しい印象を醸し出す。この通りを「シッランパー通り」というが、名付け親は友人の奥さんの父らしい。リンナインマーはハメーンキュロではちょっと名の知れた一族のようだ。

せめて形だけでも、と友人が無造作に置いた門扉らしき四角い石の塊は、砥をかけるのを拒んでいるかのようにごつごつしていて、ちょっと友人を想わせる。表玄関に面したジャガイモ畑は秋の収穫のために、夏に蓮華色の葱坊主をつける野生のチャービルやケールは夏野菜スープのために、幾冬を越えて結実したリンゴはジャムと小動物のために。裏庭は太陽の輻射熱を全身で受けるように雄大に扇状にひろがり、その斜面地はサウナ小屋と湖へ勾配をつけている。以前はもっと白樺が林立していたのに、見晴らしよくしたいからと間引きするように友人に伐られた木々は、今ではサウナやオーブンの焚きつけ用となった。

子どもがまだ小さいときはタンペレでアパート暮らしをしていたそうだが、念願のマイホームを建てる土地を手に入れてから、夫婦二人で何年もかけて家族のドリームハウスにした。赤い屋根に空色の外壁、風除室を抜けて右手に客間、左手にキッチン、真正面にリビングルーム。リビングの向こうには、増築したガラス張りのベランダがある。日溜りになる突き出たベランダに回転式のテーブルを置き、帳の降りない白い夏の夜にコーヒーを飲む。リビングを挟んで、夫婦の寝室と息子二人の部屋がある。寝室と連結している室内サウナと浴室は勝手口へと続き、そこは奥さんの裁縫部屋兼作業場にもなっている。ロフトのような上階は客室となっていて、その脇には物置化した屋根裏が続く。

各部屋を彩っているのは、アンティーク好きの友人が集めた家具の品々だ。ハメーンキュロまでの道程、かならず骨董屋に立ち寄って陶酔の溜息を漏らしていた彼を思い出す。緩やかな曲線が美しいユーゲンド調のソファや椅子やチェストやグラスが家を飾り、そして、オクサネン家にもあったような、建築当時の家の航空写真が額に入れられて壁に堂々と飾られている。

斜面地をうまく利用した地下室もある。地下室の床扉をぐいっと上に開ける。この床扉は冷気を遮断するためのものだ。その扉を開けるたびに、ひんやりとした土とコンクリートの匂いが漂って痺れるような緊張感があった。地下室は貯蔵庫と物置と作業場として機能していた。秋に森で収穫したベリーや茸、突然の来客のためのシナモンロールや霰糖をかけた菓子パンのプッラ、調理済みの肉料理や冷凍食品の数々、いつのものか分からないパック詰めされたものも貯蔵庫に眠っている……。地下室にはいらなくなった椅子や机やおもちゃの数々も右に左に散在している。独りになって考え事をしたいときには、友人は森に行くか地下室にこもる。冷静になるらしい。

友人のこだわりは、煉瓦造りのストーブだ。家の中央にどっしりと構えた保温性のあるストーブの中で、ラーティッコと呼ばれるグラタンやキャセロールがグツグツと煮え、ピーラッカと呼ばれるパイや穀類たっぷりのパンがふっくらと焼き上がる。残り火の温かさは家の隅々まで行き渡り、安らかな眠りをも誘う。オーブンの持続する暖かさは、パン種の格好の発酵場所ともなり、雪水で濡れそぼった靴下や手袋の乾燥場所となり、飼い猫キスキスの最高の寝床ともなる。

ずっと下った離れにサウナ小屋があるが、電気はなく明り取りの窓は光の筋が顔を照らすくらい小さい。シュンシュンと沸く洗い湯、ジュッジュッと焼けるサウナストーブ、パシャパシャと白樺の葉束で打ち叩くと蒸気する清冽なアロマ。仄かに暮れなずむ夏至の微光を受けながら浸かる湖の水は、一瞬ためらうくらいまだ冷たいのに二人は儀式のように水を楽しむ。

時間と労力をかけて築き上げてきた夢の家は、いつも花でいっぱいだった。二重窓の空間に湿原で摘んできたワタスゲや苔を飾り、忘れな草や風露草や金鳳花はグラスに活けて食卓に花を添える。仕事人間の友人夫妻がついつい手入れを見逃してしまった紅紫色のツツジは霜枯れて花がつきにくくなってしまったけれど、母の日のころに下草のようにひっそりと咲く白い二輪草は毎年二人のために咲いてくれる。

岩間に奥ゆかしく綻ぶ淡紅色のスイカズラ科のリンネソウは二人のお気に入りだ。針金のように細い枝をもち、数センチほどの花茎を立てる。先端で二つに分かれて釣鐘状の花冠を抱く可憐な花は、一つの茎から二つの花が寄り添うように咲く。「夫婦花」と呼ばれるリンネソウは、二人の営みを映しているようだった。

主人公マッティ・ヴィルタネンのドリームハウスは、戦後に建てられた築数十年の規格住宅だった。外壁からは塗料がパラパラと剥がれ落ち、床板も階段もギイィと鈍く軋む木造住宅は、装飾性も個性もなく、贅沢という言葉からかけ離れた慎ましやかな簡素な家だった。けれども、家がどんな服を纏い、どんな容貌をしていようとも、彼にとって大切だったのは住まう人たちなのだ。

「(…)便器もブロンズ製でなくて結構。レバーもアルミ製でなくて結構。家族と家が三五年間を一緒に過ごせればそれでいい」(『マイホーム』より)

タパニラの木造住宅も、クスタヴィのアトリエも、そしてハメーンキュロのノスタルジアも、住まう人びとの心が家とともに具現化されているように感じる。家は家族の営みとともに年を重ねてゆく。そのなかで一緒に紡ぎだされてゆく幸福があるからこそ、どんなに古くても胸を打たれる感動がある。

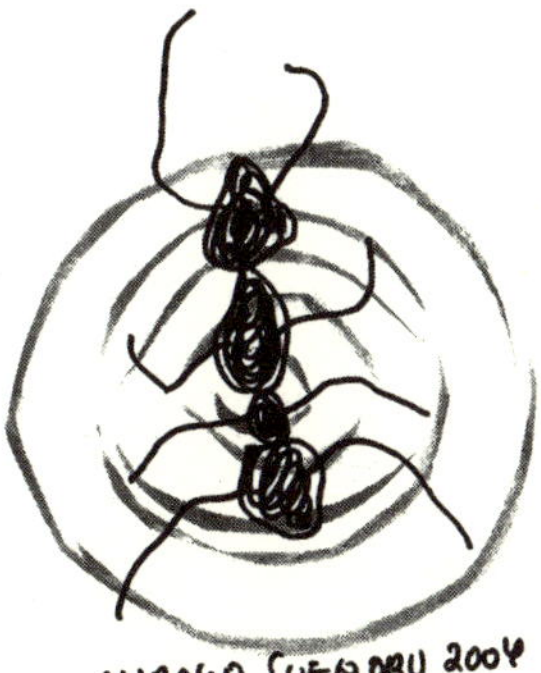

カリ・ホタカイネン著『マイホーム』翻訳本出版に際しまして、この度も多くの方々のご支援とご協力を賜りました。翻訳助成金を承諾してくださったフィンランド文学協会フィンランド文学情報センター（ＦＩＬＩ）には、ただただ感謝の気持ちで溢れております。イリス・シュヴァンク所長をはじめとしたスタッフの皆様には、大変お世話になりました。また、作者であるカリ・ホタカイネン氏、および、ＷＳＯＹ社の関係者の方々には、快く質問にご回答していただきました。本当にありがとうございました。同じように翻訳を進めるうえでご協力とご労力を割いてくださった、駐日フィンランド大使館広報部の皆様、奥田ライヤ氏、末延甫治氏、そしてフィンランド文学研究者およびフィンランド語講師の末延淳氏に厚くお礼を申し上げます。

最後に、常に丁寧な校正とアドバイスをしていただいた株式会社新評論の武市一幸氏に、心より深謝申し上げます。

二〇〇四年九月三〇日　美しが丘にて

末延弘子

## 訳者紹介

**末延弘子**（すえのぶ・ひろこ）

文学修士。

1997年東海大学北欧文学科卒、1995年トゥルク大学（フィンランド語・文化コース）を経て、1997年よりフィンランド政府奨学金留学生としてタンペレ大学人文学部文芸学科に留学。フィンランド文学を専攻し、2000年に修士課程を修了。2002年にフィンランド文学情報センター（FILI）と国際交換留学センター（CIMO）共催による国際翻訳家セミナーに参加。2002年にフィンランド文学情報センターに翻訳研修給付生として勤務。

フィンランド文学情報サイト（http://kirjojenpuutarha.pupu.jp）を、末延淳氏と主宰。フィンランド文学協会（SKS）正会員。現在、翻訳、通訳、執筆を手がける他、都内各所でフィンランド語講師をしている。

訳書に、『ムーミン谷における友情と孤独』（ミルヤ・キヴィ著、タンペレ市立美術館、2000年）、『ウンブラ／タイナロン』（レーナ・クルーン著、新評論、2002年）、『おとぎの島』（ミルヤ・キヴィ著、タンペレ市立美術館、2003年）、『木々は八月に何をするのか』（レーナ・クルーン著、新評論、2003年）など。

**マイホーム**　（検印廃止）

2004年11月30日　初版第１版発行

訳　者　末　延　弘　子

発行者　武　市　一　幸

発行所　株式会社　新　評　論

〒169-0051
東京都新宿区西早稲田３-16-28
http://www.shinhyoron.co.jp

電話　03(3202)7391
FAX　03(3202)5832
振替・00160-1-113487

落丁・乱丁はお取り替えします。
定価はカバーに表示してあります。

印刷　フォレスト
製本　清水製本プラス紙工
装幀　山田英春＋根本貴美江



Printed in Japan
ISBN4-7948-0634-5 C0097

## よりよく北欧を知るための本

レーナ・クルーン／末延弘子訳
**ウンブラ／タイナロン**
四六 284頁 **2625円**
ISBN 4-7948-0575-6 〔02〕
【無限の可能性を秘めた二つの物語】私たちが目にしている「現実」は，「唯一の現実」ではないかもしれない…幻想と現実の接点に迫る現代フィンランド文学の金字塔。本邦初訳。

---

レーナ・クルーン／末延弘子訳
**木々は八月に何をするのか**
四六 230頁 **2100円**
ISBN 4-7948-0617-5 〔03〕
【大人になっていない人たちへの七つの物語】植物は人間と同じように名前があり，個性があり，そして意思をもっています。詩情溢れる言葉で幻想と現実をつなぐ七つの短編集。

---

福田成美
**デンマークの環境に優しい街づくり**
四六 250頁 **2520円**
ISBN 4-7948-0463-6 〔99〕
自治体，建築家，施工業者，地域住民が一体となって街づくりを行っているデンマーク。世界が注目する環境先進国の「新しい住民参加型の地域開発」から日本は何の学ぶのか。

---

福田成美
**デンマークの緑と文化と人々を訪ねて**
四六 304頁 **2520円**
ISBN 4-7948-0580-2 〔02〕
【自転車の旅】サドルに跨り，風を感じて走りながら，デンマークという国に豊かに培われてきた自然と文化，人々の温かな笑顔に触れる喜びを綴る，ユニークな旅の記録。

---

河本佳子
**スウェーデンの作業療法士**
四六 264頁 **2100円**
〔00〕
【大変なんです，でも最高に面白いんです】スウェーデンに移り住んで30年になる著者が，福祉先進国の「作業療法士」の世界を，自ら従事している現場の立場からレポートする。

---

河本佳子
**スウェーデンののびのび教育**
四六 256頁 **2100円**
〔02〕
【あせらないでゆっくり学ぼうよ】意欲さえあれば再スタートがいつでも出来る国の教育事情（幼稚園～大学）を「スウェーデンの作業療法士」が自らの体験をもとに描く！

---

A.リンドクウィスト，J.ウェステル／川上邦夫訳
**あなた自身の社会**
A５ 228頁 **2310円**
〔97〕
【スウェーデンの中学教科書】社会の負の面を隠すことなく豊富で生き生きとしたエピソードを通して平明に紹介し，自立し始めた子どもたちに「社会」を分かりやすく伝える。

---

藤井　威
**スウェーデン・スペシャル（Ⅰ）**
四六 258頁 **2625円**
ISBN 4-7948-0565-9 〔02〕
【高福祉高負担政策の背景と現状】前・特命全権大使がレポートする福祉大国の歴史，独自の政策と市民感覚，最新事情，そしてわが国の社会・経済が現在直面する課題への提言。

---

藤井　威
**スウェーデン・スペシャル（Ⅱ）**
四六 314頁 **2940円**
ISBN 4-7948-0577-2 〔02〕
【民主・中立国家への苦闘と成果】遊び心に溢れた歴史散策を織りまぜながら，住民の苦闘の成果ともいえる独自の中立非同盟政策と民主的統治体制を詳細に検証。

---

藤井　威
**スウェーデン・スペシャル（Ⅲ）**
四六 244頁 **2310円**
ISBN 4-7948-0620-5 〔03〕
【福祉国家における地方自治】高福祉、民主化、地方分権など日本への示唆に富む、スウェーデンの大胆な政策的試みを「市民」の観点から解明する。追悼　アンナ・リンド元外相。

---

※表示価格はすべて税込み定価です・税５％